DU MÊME AUTEUR

Aux Éditions Gallimard

L'ENVERS ET L'ENDROIT, *essai.*

NOCES, *essai.*

L'ÉTRANGER, *roman.*

LE MYTHE DE SISYPHE, *essai.*

LE MALENTENDU suivi de CALIGULA, *théâtre.*

LETTRES À UN AMI ALLEMAND.

LA PESTE, *récit.*

L'ÉTAT DE SIÈGE, *théâtre.*

ACTUELLES :
- I. Chroniques 1944-1948.
- II. Chroniques 1948-1953.
- III. Chroniques algériennes 1939-1958.

LES JUSTES, *théâtre.*

L'HOMME RÉVOLTÉ, *essai.*

L'ÉTÉ, *essai.*

LA CHUTE, *récit.*

L'EXIL ET LE ROYAUME, *nouvelles.*

DISCOURS DE SUÈDE.

CARNETS :
- I. Mai 1935-février 1942.
- II. Janvier 1942-mars 1951.
- III. Mars 1951-décembre 1959.

JOURNAUX DE VOYAGE.

CORRESPONDANCE AVEC JEAN GRENIER.

Adaptations théâtrales

LA DÉVOTION À LA CROIX de Pedro Calderón de la Barca.

LES ESPRITS de Pierre de Larivey.

Suite de la bibliographie en fin de volume

CAHIERS
ALBERT CAMUS

VII

CAHIERS
ALBERT CAMUS
7

Le premier homme

nrf

Gallimard

Il a été tiré de l'édition originale de cet ouvrage soixante et un exemplaires sur vergé blanc de Hollande numérotés de 1 *à* 61 *et soixante et onze exemplaires sur vélin pur chiffon de Lana numérotés de* 62 *à* 132.

Note de l'éditeur

Nous publions aujourd'hui Le premier homme. *Il s'agit de l'œuvre à laquelle travaillait Albert Camus au moment de sa mort. Le manuscrit a été trouvé dans sa sacoche, le 4 janvier 1960. Il se compose de 144 pages tracées au fil de la plume, parfois sans points ni virgules, d'une écriture rapide, difficile à déchiffrer, jamais retravaillée (voir les fac-similés in texte, pages 10, 49, 109 et 233).*

Nous avons établi ce texte à partir du manuscrit et d'une première dactylographie faite par Francine Camus. Pour la bonne compréhension du récit, la ponctuation a été rétablie. Les mots de lecture douteuse sont placés entre crochets. Les mots ou membres de phrase qui n'ont pu être déchiffrés sont indiqués par un blanc entre crochets. En bas de page figurent, appelées par un astérisque, les variantes écrites en superposition ; par une lettre, les ajouts en marge ; par un chiffre, les notes de l'éditeur.

*On trouvera en annexe les feuillets (que nous avons numérotés de I à V) qui étaient, les uns insérés dans le manuscrit (feuillet I avant le chapitre 4, feuillet II avant le chapitre 6*bis*), les autres (III, IV et V) placés à la fin du manuscrit.*

Le carnet intitulé Le premier homme (Notes et plans), *petit carnet à spirale et à papier quadrillé, qui permet au lecteur d'entrevoir le développement que l'auteur souhaitait donner à son œuvre, y est joint à la suite.*

Quand on aura lu Le premier homme, *on comprendra que nous ayons aussi placé en annexe la lettre qu'Albert Camus envoya à son instituteur, Louis Germain, au lendemain du prix Nobel, et la dernière lettre que Louis Germain lui adressa.*

Nous tenons à remercier ici Odette Diagne Créach, Roger Grenier et Robert Gallimard pour l'aide qu'ils nous ont apportée avec une amitié généreuse et constante.

Catherine Camus

I

RECHERCHE DU PÈRE

Intercesseur
Vve

ALBERT CAMUS

À toi qui ne pourras jamais lire ce livre

Ajouter anonymat
quelque part

Solférino

Au-dessus de la carriole qui roulait sur une route caillouteuse, de gros et épais nuages filaient vers l'Est dans le crépuscule. Trois jours auparavant, ils s'étaient gonflés au-dessus de l'Atlantique, avaient attendu le vent d'ouest, puis s'étaient ébranlés, lentement d'abord puis de plus en plus vite, avaient survolé les eaux phosphorescentes de l'automne, effilochés droit vers le continent, s'étaient effilochés aux crêtes marocaines, reformés en troupeaux sur les hauts plateaux d'Algérie, et maintenant aux approches de la frontière tunisienne, essayaient de gagner la mer Tyrrhénienne pour s'y perdre. Après une course de milliers de kilomètres au-dessus de cette sorte d'île immense, défendue par la mer mouvante au nord et au sud par les flots figés des sables, passant au-dessus de ce pays sans nom un peu plus vite que ne l'avaient fait pendant des millénaires les empires et les peuples, leur élan s'exténuait et certains fondaient déjà en grosses gouttes de pluie espacées qui commençaient de résonner sur la capote de toile au-dessus des quatre voyageurs.

La carriole grinçait sur la route assez bien dessinée mais à peine tassée. De temps en temps une étincelle jaillissait sous la jante ferrée et un silex venait frapper le bois de la carriole ou s'enfonçait au contraire avec un bruit feutré dans la terre molle du fossé. Les deux petits chevaux avançaient cependant régulièrement, butant un peu de temps en temps, le poitrail en avant pour tirer la lourde carriole, chargée de meubles, rejetant sous eux la route à leurs deux trots différents. L'un d'eux parfois chassait bruyamment l'air de ses naseaux et son trot se désorganisait. L'Arabe qui conduisait faisait alors claquer sur son dos le plat des rênes usées et la bête reprenait courageusement son rythme.

L'homme qui se trouvait sur la banquette avant, près du conducteur, un Français d'une trentaine d'années, regardait, le visage fermé, les deux croupes qui s'agitaient au-dessous de lui. Trapu, le visage long, avec un front haut et carré, la mâchoire énergique, les yeux clairs, il portait malgré la saison avancée un veston de coutil bleu à trois boutons fermés au col à la mode de ce temps-là, et une casquette légère sur des cheveux coupés court. Au moment où la pluie commença de couler sur la capote au-dessus d'eux, il se retourna vers l'intérieur de la voiture. Sur une deuxième banquette, coincée entre la première et un amoncellement de vieilles malles et de meubles, une femme, pauvrement habillée mais enveloppée d'un grand châle de laine grossière, lui sourit faiblement. Un petit garçon de quatre ans dormait contre elle. Elle avait un visage doux et régulier, des cheveux d'Espagnole bouclés et noirs, un petit nez droit, un beau regard marron et chaud. Mais quelque chose dans ce visage frappait. Ce n'était pas seulement une sorte de fatigue qui en masquait provisoirement les traits, non, plutôt un air d'absence et de douce distraction, comme en ont perpétuellement certains innocents, mais qui n'affleurait que fugitivement sur la beauté des traits. À la bonté si frappante du regard se mêlait aussi parfois une lueur de crainte irraisonnée qui s'éteignait vite. Du plat de sa main usée déjà par le travail et un peu noueuse aux articulations

Intercesseur : Vve Camus

À toi qui ne pourras jamais lire ce livre[a]

Au-dessus de la carriole qui roulait sur une route caillouteuse, de gros et épais nuages filaient vers l'est dans le crépuscule. Trois jours auparavant, ils s'étaient gonflés au-dessus de l'Atlantique, avaient attendu le vent d'ouest, puis s'étaient ébranlés, lentement d'abord et de plus en plus vite, avaient survolé les eaux phosphorescentes de l'automne, droit vers le continent, s'étaient effilochés[b] aux crêtes marocaines, reformés en troupeaux sur les hauts plateaux d'Algérie, et maintenant, aux approches de la frontière tunisienne, essayaient de gagner la mer Tyrrhénienne pour s'y perdre. Après une course de milliers de kilomètres au-dessus de cette sorte d'île immense, défendue par la mer mouvante au nord et au sud par les flots figés des sables, passant sur ce pays sans nom à peine plus vite que ne l'avaient fait pendant des millénaires les empires et les peuples, leur élan s'exténuait et certains fondaient déjà en grosses et rares gouttes de pluie qui commençaient de résonner sur la capote de toile au-dessus des quatre voyageurs.

La carriole grinçait sur la route assez bien dessinée mais

a. (ajouter anonymat géologique. Terre et mer)
b. Solférino.

à peine tassée. De temps en temps, une étincelle fusait sous la jante ferrée ou sous le sabot d'un cheval, et un silex venait frapper le bois de la carriole ou s'enfonçait au contraire, avec un bruit feutré, dans la terre molle du fossé. Les deux petits chevaux avançaient cependant régulièrement, bronchant à peine de loin en loin, le poitrail en avant pour tirer la lourde carriole, chargée de meubles, rejetant sans trêve la route derrière eux de leurs deux trots différents. L'un d'eux parfois chassait bruyamment l'air de ses narines, et son trot se désorganisait. L'Arabe qui conduisait faisait claquer alors sur son dos le plat des rênes usées*, et bravement la bête reprenait son rythme.

L'homme qui se trouvait sur la banquette avant près du conducteur, un Français d'une trentaine d'années, regardait, le visage fermé, les deux croupes qui s'agitaient sous lui. De bonne taille, trapu, le visage long, avec un front haut et carré, la mâchoire énergique, les yeux clairs, il portait malgré la saison qui s'avançait une veste de coutil à trois boutons, fermée au col à la mode de cette époque, et une casquette[a] légère sur ses cheveux coupés court[b]. Au moment où la pluie commença de rouler sur la capote au-dessus d'eux, il se retourna vers l'intérieur de la voiture : « Ça va ? » cria-t-il. Sur une deuxième banquette, coincée entre la première et un amoncellement de vieilles malles et de meubles, une femme, habillée pauvrement mais enveloppée dans un grand châle de grosse laine, lui sourit faiblement. « Oui, oui », dit-elle avec un petit geste d'excuse. Un petit garçon de quatre ans dormait contre elle. Elle avait un visage doux et régulier, les cheveux de l'Espagnole bien ondés et noirs, un petit nez droit, un beau

* fendillées par l'usure

a. ou une sorte de melon ?

b. chaussé de gros souliers.

et chaud regard marron. Mais quelque chose sur ce visage frappait. Ce n'était pas seulement une sorte de masque que la fatigue ou n'importe quoi de semblable écrivait provisoirement sur ses traits, non, plutôt un air d'absence et de douce distraction, comme en portent perpétuellement certains innocents, mais qui ici affleurait fugitivement sur la beauté des traits. À la bonté si frappante du regard se mêlait parfois aussi une lueur de crainte irraisonnée aussitôt éteinte. Du plat de sa main déjà abîmée par le travail et un peu noueuse aux articulations, elle frappait à coups légers le dos de son mari : « ça va, ça va », disait-elle. Et aussitôt elle cessa de sourire pour regarder, sous la capote, la route où des flaques commençaient déjà de luire.

L'homme se retourna vers l'Arabe placide sous son turban à cordelettes jaunes, le corps épaissi par de grosses culottes à fond ample serrées au-dessus du mollet. « C'est encore loin ? » L'Arabe sourit sous ses grandes moustaches blanches. « Huit kilomètres et tu arrives. » L'homme se retourna, regarda sa femme sans sourire mais attentivement. Elle n'avait pas détourné son regard de la route. « Donne-moi les rênes, dit l'homme. – Comme tu veux », dit l'Arabe. Il lui passa les rênes, l'homme l'enjamba pendant que le vieil Arabe se glissait sous lui vers la place qu'il venait de quitter. De deux coups du plat des rênes, l'homme prit possession des chevaux qui redressèrent leur trot et tirèrent soudain plus droit. « Tu connais les chevaux », dit l'Arabe. La réponse vint, brève, et sans que l'homme sourît : « Oui », dit-il.

La lumière avait baissé et d'un coup la nuit s'installa. L'Arabe tira de sa gâche la lanterne carrée placée à sa gauche et, tourné vers le fond, usa plusieurs allumettes grossières pour allumer la bougie qui s'y trouvait. Puis il replaça la lanterne. La pluie tombait maintenant doucement et régulièrement. Elle brillait dans la faible lumière de la lampe et, tout autour, elle peuplait d'un bruit léger l'obscurité totale. De temps en temps, la carriole longeait des buissons épineux ; des arbres courts, faiblement éclairés pendant quelques secondes. Mais, le reste du temps, elle roulait au milieu d'un espace vide rendu plus vaste encore par les ténèbres. Seules des odeurs d'herbes brûlées, ou, soudain, une forte odeur d'engrais, laissaient penser qu'on longeait parfois des terres cultivées. La femme parla derrière le conducteur, qui retint un peu ses chevaux et se pencha en arrière. « Il n'y a personne, répéta la femme. – Tu as peur ? – Comment ? » L'homme répéta sa phrase, mais en criant cette fois. « Non, non, pas avec toi. » Mais elle paraissait inquiète. « Tu as mal, dit l'homme. – Un peu. » Il encouragea ses chevaux, et seul le gros bruit des roues écrasant les sillons et des huit sabots ferrés frappant la route emplit de nouveau la nuit.

C'était une nuit de l'automne 1913. Les voyageurs étaient partis deux heures auparavant de la gare de Bône où ils étaient arrivés d'Alger après une nuit et un jour de voyage sur les dures banquettes de troisième. Ils avaient trouvé à la gare la voiture et l'Arabe qui les attendait pour les mener dans le domaine situé près d'un petit village, à une vingtaine de kilomètres dans l'intérieur des terres, et dont l'homme devait prendre la gérance. Il avait fallu du temps pour charger les malles et quelques affaires, et puis la route mauvaise les avait encore retardés. L'Arabe, comme s'il percevait l'inquiétude de son compagnon, lui dit : « N'ayez pas peur. Ici, il n'y a pas de bandits. – Il y en a partout, dit l'homme. Mais j'ai ce qu'il faut. » Et il frappa sur sa poche étroite. « Tu as raison, dit l'Arabe. Y a toujours des fous. » À ce moment, la femme appela son mari. « Henri, dit-elle, ça fait mal. » L'homme jura et excita un peu plus ses chevaux[a]. « On arrive », dit-il. Au bout d'un moment, il regarda de nouveau sa femme. « Ça fait encore mal ? » Elle lui sourit avec une étrange distraction et sans paraître cependant souffrir. « Oui, beaucoup. » Il la regardait avec le même sérieux. Et elle s'excusa de nouveau. « Ce n'est rien. C'est peut-être le train. » « Regarde, dit l'Arabe, le village. » On apercevait en effet, à gauche de la route et un peu plus loin, les lumières de Solférino brouillées par la pluie. « Mais tu prends la route à droite », dit l'Arabe. L'homme hésita, se retourna vers sa femme. « On va à la maison, ou au village ? demanda-t-il. – Oh ! à la maison, c'est mieux. » Un peu plus loin, la voiture tourna à droite dans la direction de la maison inconnue qui les attendait. « Encore un kilomètre », dit l'Arabe. « On arrive », dit l'homme dans la direction de sa femme. Elle était pliée en deux, le visage dans ses bras. « Lucie », dit l'homme. Elle ne bougeait pas. L'homme la toucha de la main. Elle pleurait sans bruit. Il cria, en détachant les syllabes et en mimant ses paroles : « Tu vas te coucher. J'irai chercher le docteur. – Oui. Va chercher le docteur. Je crois que c'est ça. » L'Arabe les regardait, étonné. « Elle va avoir un petit enfant, dit l'homme. Il y a le docteur au village ? – Oui. Je vais le chercher si tu veux. – Non, tu restes à la maison. Tu fais attention. Moi j'irai plus vite. Il a une voiture ou un cheval ? – Il a la voiture. » Puis l'Arabe dit à la femme : « Tu auras un garçon. Qu'il soit beau. » La femme lui sourit sans paraître comprendre. « Elle n'entend pas, dit l'homme. À la maison, tu cries fort et tu fais les gestes. »

La voiture roula soudain presque sans bruit. La route devenue plus étroite était couverte de tuff. Elle longeait de petits hangars couverts de tuiles derrière lesquels on voyait

a. Le petit garçon.

les premières rangées des champs de vigne. Une forte odeur de moût de raisin venait à leur rencontre. Ils dépassèrent de grands bâtiments aux toits surélevés, et les roues écrasèrent le mâchefer d'une sorte de cour sans arbre. L'Arabe sans parler prit les rênes pour les tirer. Les chevaux s'arrêtèrent, et l'un d'eux s'ébroua[a]. L'Arabe désigna de la main une petite maison blanchie à la chaux. Une vigne grimpante courait autour de la petite porte basse dont le pourtour était bleui par le sulfatage. L'homme sauta à terre et sous la pluie courut vers la maison. Il ouvrit. La porte donnait sur une pièce obscure qui sentait l'âtre vide. L'Arabe, qui suivait, marcha droit dans l'obscurité vers la cheminée et, grattant un tison, vint allumer une lampe à pétrole qui pendait au milieu de la pièce au-dessus d'une table ronde. L'homme prit à peine le temps de reconnaître une cuisine chaulée avec un évier carrelé de rouge, un vieux buffet et un calendrier détrempé au mur. Un escalier recouvert des mêmes carreaux rouges montait à l'étage. « Allume du feu », dit-il, et il retourna à la voiture. (Il prit le petit garçon ?) La femme attendait sans rien dire. Il la prit dans ses bras pour la mettre à terre et, la gardant un moment contre lui, il lui renversa la tête. « Tu peux marcher ? – Oui », dit-elle, et elle lui caressa le bras de sa main noueuse. Il l'entraîna vers la maison. « Attends », dit-il. L'Arabe avait déjà allumé le feu et le garnissait de sarments de vigne avec des gestes précis et adroits. Elle se tenait près de la table, les mains sur son ventre, et son beau visage renversé vers la lumière de la lampe était maintenant traversé de courtes ondes de douleur. Elle ne semblait remarquer ni l'humidité ni l'odeur d'abandon et de misère. L'homme s'affairait dans les pièces du haut.

a. Il fait nuit ?

Puis il apparut dans le haut de l'escalier. « Il n'y a pas de cheminée dans la chambre ? – Non, dit l'Arabe. Dans l'autre non plus. – Viens », dit l'homme. L'Arabe le rejoignit. Puis on le vit surgir, de dos, portant un matelas que l'homme tenait à l'autre bout. Ils le placèrent près de la cheminée. L'homme tira la table dans un coin, pendant que l'Arabe remontait à l'étage et redescendait bientôt avec un traversin et des couvertures. « Couche-toi là », dit l'homme à sa femme, et il la conduisit vers le matelas. Elle hésitait. On sentait maintenant l'odeur de crin humide qui montait du matelas. « Je ne peux pas me déshabiller », dit-elle en regardant autour d'elle avec crainte comme si elle découvrait enfin ces lieux... « Enlève ce que tu as en dessous », dit l'homme. Et il répéta : « Enlève tes dessous. » Puis à l'Arabe : « Merci. Dételle un cheval. Je le monterai jusqu'au village. » L'Arabe sortit. La femme s'affairait, le dos tourné à son mari, qui se détourna aussi. Puis elle s'étendit et, dès qu'elle fut allongée, ramenant les couvertures sur elle, cria une seule fois, longuement, à pleine bouche, comme si elle avait voulu se délivrer d'un coup de tous les cris que la douleur avait accumulés en elle. L'homme, debout près du matelas, la laissa crier, puis, lorsqu'elle se tut, se découvrit, mit un genou à terre et embrassa le beau front au-dessus des yeux fermés. Il se recouvrit et sortit alors sous la pluie. Le cheval dételé tournait déjà sur lui-même, ses pattes de devant plantées dans le mâchefer. « Je vais chercher une selle, dit l'Arabe. – Non, laisse-lui les rênes. Je le monterai comme ça. Rentre les malles et les affaires dans la cuisine. Tu as une femme ? – Elle est morte. Elle était vieille. – Tu as une fille ? – Non, grâce à Dieu. Mais j'ai la femme de mon fils. – Dis-lui de venir. – Je le ferai. Va en paix. » L'homme regarda le vieil Arabe immobile sous la pluie fine et qui lui sourit sous ses moustaches mouillées. Lui ne souriait toujours pas, mais il le regardait de ses yeux clairs et attentifs. Puis il lui tendit la main, que l'autre prit, à l'arabe, du bout de ses doigts qu'il porta ensuite à la bouche. L'homme se retourna en faisant crisser le mâchefer, marcha vers le cheval, sauta à cru sur son dos et s'éloigna d'un trot pesant.

Au sortir du domaine, l'homme prit la direction du carrefour d'où ils avaient aperçu pour la première fois les lumières du village. Elles brillaient maintenant d'un éclat plus vif, la pluie s'était arrêtée de tomber, et la route qui, à droite, menait vers elles était tracée droit à travers des champs de vigne dont les fils de fer brillaient par endroits. À mi-chemin environ, le cheval ralentit de lui-même et prit le pas. On approchait d'une sorte de cabane rectangulaire dont une partie, formant une pièce, était maçonnée et l'autre, la plus grande, construite en planches, avec un grand auvent rabattu sur une sorte de comptoir saillant. Une porte s'encastrait dans la partie maçonnée sur laquelle on pouvait lire : « Cantine agricole Mme Jacques ». De la lumière filtrait sous la porte. L'homme arrêta son cheval tout près de la porte et, sans descendre, frappa. Aussitôt une voix sonore et décidée demanda de l'intérieur : « Qu'est-ce que c'est ? – Je suis le nouveau gérant du domaine de Saint-Apôtre. Ma femme accouche. J'ai besoin d'aide. » Personne ne répondit. Au bout d'un moment, des verrous furent tirés, des barres ôtées, puis traînées, et la porte s'entrouvrit. On distinguait la tête noire et frisée d'une Européenne aux joues pleines et au nez un peu épaté au-dessus de grosses lèvres. « Je m'appelle Henri Cormery. Pouvez-vous aller près de ma femme ? Je vais chercher le docteur. » Elle le regardait fixement d'un œil habitué à peser les hommes et l'adversité. Lui soutenait son regard fermement, mais sans ajouter un mot d'explication. « J'y vais, dit-elle. Faites vite. » Il remercia et frappa le cheval de ses talons. Quelques instants après, il abordait le village en passant entre des sortes de remparts de terre sèche. Une rue unique, apparemment, s'étendait devant lui, longée de petites maisons sans étages, toutes semblables, qu'il suivit jusqu'à une petite place couverte de tuff où s'élevait, de façon inattendue, un kiosque à musique à armature métallique. La place, comme la rue, était déserte. Cormery marchait déjà vers une des maisons quand le cheval fit un écart. Un Arabe surgi de l'ombre, dans un burnous sombre et déchiré, marchait vers lui. « La maison du docteur », demanda immédiatement Cormery. L'autre examina le cavalier. « Viens », dit-il après l'avoir examiné. Ils reprirent la rue en sens inverse. Sur l'une des bâtisses qui comportait un rez-de-chaussée surélevé où l'on accédait par un escalier peint à la chaux, on pouvait lire : « Liberté, Égalité, Fraternité ». Un petit jardin entouré de murs crépis la jouxtait, au fond duquel se trouvait une maison que l'Arabe désigna : « C'est ça », dit-il. Cormery sauta de cheval et, d'un pas qui ne marquait aucune fatigue, il traversa le jardin dont il ne vit, au centre exact, qu'un palmier nain aux palmes desséchées et au tronc pourri. Il frappa à la porte. Personne ne répondit[a]. Il se retourna. L'Arabe attendait, silencieux. L'homme frappa de nouveau. Un pas se fit entendre de l'autre côté et s'arrêta derrière la porte. Mais celle-ci ne s'ouvrit pas. Cormery frappa encore et dit : « Je cherche le docteur. » Aussitôt, des verrous furent tirés et la porte s'ouvrit. Un homme parut, au visage jeune et poupin, mais aux cheveux presque blancs, de haute et forte taille, les jambes serrées dans des leggins et qui enfilait

a. J'ai fait la guerre contre les Marocains (avec un regard ambigu) les Marocains ils sont pas bons.

une sorte de veste de chasse. « Tiens, d'où sortez-vous ? dit-il en souriant. Je ne vous ai jamais vu. » L'homme s'expliqua. « Ah oui, le maire m'a prévenu. Mais, dites-moi, c'est un drôle de bled pour venir accoucher. » L'autre dit qu'il attendait la chose pour plus tard et qu'il avait dû se tromper. « Bon, ça arrive à tout le monde. Allez-y, je selle Matador et je vous suis. »

À mi-chemin du retour, sous la pluie qui recommençait de tomber, le docteur, monté sur un cheval gris pommelé, rattrapa Cormery maintenant tout trempé mais toujours droit sur son lourd cheval de ferme. « Drôle d'arrivée, cria le docteur. Mais vous verrez, le pays a du bon, sauf les moustiques et les bandits du bled. » Il se maintenait à la hauteur de son compagnon. « Remarquez, pour les moustiques, vous êtes tranquille jusqu'au printemps. Pour les bandits... » Il riait, mais l'autre continuait d'avancer sans mot dire. Le docteur le regarda avec curiosité : « Ne craignez rien, dit-il, tout se passera bien. » Cormery tourna vers le docteur son regard clair, le regarda tranquillement et dit avec une nuance de cordialité : « Je n'ai pas peur. J'ai l'habitude des coups durs. – C'est votre premier ? – Non, j'ai laissé un garçon de quatre ans à Alger chez ma belle-mère[1]. » Ils arrivaient au carrefour et prirent la route du domaine. Bientôt le mâchefer vola sous les pieds des chevaux. Quand les chevaux stoppèrent et que le silence retomba, on entendit venir de la maison un grand cri. Les deux hommes mirent pied à terre.

Une ombre les attendait, abritée sous la vigne dégouttant d'eau. En approchant, ils reconnurent le vieil Arabe encapuchonné dans un sac. « Bonjour, Kaddour, dit le docteur. Comment ça va ? – Je ne sais pas, surtout je n'entre pas

1. En contradiction avec la page 12 : « un petit garçon dormant contre elle ».

chez les femmes, dit le vieux. – Bon principe, dit le docteur. Surtout quand les femmes crient. » Mais aucun cri ne venait plus de l'intérieur. Le docteur ouvrit et entra, Cormery à sa suite.

Un grand feu de sarments flambait devant eux dans la cheminée et illuminait la pièce plus encore que la lampe à pétrole avec entourage de cuivre et de perles qui pendait au centre du plafond. À leur droite, l'évier s'était couvert soudain de brocs métalliques et de serviettes. À gauche, devant un petit buffet branlant de bois blanc, la table du milieu avait été poussée. Un vieux sac de voyage, un carton à chapeaux, des ballots la recouvraient maintenant. Dans tous les coins de la pièce, des vieux bagages, dont une grande malle d'osier, occupaient tous les coins et ne laissaient qu'un espace vide au centre, non loin du feu. Dans cet espace, sur le matelas placé perpendiculairement à la cheminée, était étendue la femme, le visage un peu renversé sur un oreiller sans taie, les cheveux maintenant dénoués. Les couvertures ne couvraient plus maintenant que la moitié du matelas. À gauche du matelas, la patronne de la cantine, à genoux, cachait la partie du matelas découvert. Elle tordait, au-dessus d'une cuvette, une serviette d'où dégouttait de l'eau rougie. À droite, assise en tailleur, une femme arabe, dévoilée, tenait dans ses mains, dans une attitude d'offrande, une deuxième cuvette d'émail un peu écaillée où fumait de l'eau chaude. Les deux femmes se tenaient aux deux bouts d'un drap plié qui passait sous la malade. Les ombres et les feux de la cheminée montaient et descendaient sur les murs de chaux, les colis qui encombraient la pièce et, de plus près encore, rougeoyaient sur les visages des deux gardes et sur le corps de la malade, engoncé sous les couvertures.

Quand les deux hommes entrèrent, la femme arabe les

regarda rapidement avec un petit rire puis se détourna vers le feu, ses bras maigres et bruns offrant toujours la cuvette. La patronne de la cantine les regarda et s'exclama joyeusement : « Plus besoin de vous, docteur. Ça s'est fait tout seul. » Elle se leva et les deux hommes virent, près de la malade, quelque chose d'informe et de sanglant animé d'une sorte de mouvement immobile et d'où sortait maintenant un bruit continu semblable à un grincement souterrain presque imperceptible[a]. « On dit ça, dit le docteur. J'espère que vous n'avez pas touché au cordon. – Non, dit l'autre en riant. Il fallait bien vous laisser quelque chose. » Elle se leva et céda sa place au docteur, qui masqua de nouveau le nouveau-né aux yeux de Cormery resté sur la porte et qui s'était découvert. Le docteur s'accroupit, ouvrit sa trousse, puis il prit la cuvette des mains de la femme arabe, qui se retira immédiatement hors du champ lumineux et se réfugia dans l'encoignure sombre de la cheminée. Le docteur se lava les mains, le dos toujours tourné à la porte, puis il versa sur ses mains un alcool qui sentait un peu le marc et dont l'odeur emplit aussitôt la pièce. À ce moment, la malade redressa la tête et vit son mari. Un merveilleux sourire vint transfigurer le beau visage fatigué. Cormery avança vers le matelas. « Il est venu », lui dit-elle dans un souffle, et elle avança la main vers l'enfant. « Oui, dit le docteur. Mais restez tranquille. » La femme le regarda d'un air interrogateur. Cormery, debout au pied du matelas, lui fit un signe apaisant. « Couche-toi. » Elle se laissa aller en arrière. La pluie redoubla à ce moment sur le toit de vieilles tuiles. Le docteur s'affaira sous la couverture. Puis il se redressa et sembla secouer quelque chose devant lui. Un petit cri se fit entendre. « C'est un garçon, dit le

a. comme en ont certaines cellules sous le microscope.

docteur. Et un beau morceau. – En voilà un qui commence bien, dit la patronne de la cantine. Par un déménagement. » La femme arabe dans le coin rit et frappa deux fois dans ses mains. Cormery la regarda et elle se détourna, confuse. « Bon, dit le docteur. Laissez-nous un moment maintenant. » Cormery regarda sa femme. Mais son visage était toujours renversé en arrière. Seules les mains, détendues sur la couverture grossière, rappelaient encore le sourire qui tout à l'heure avait empli et transfiguré la pièce misérable. Il mit sa casquette et se dirigea vers la porte. « Comment allez-vous l'appeler ? cria la patronne de la cantine. – Je ne sais pas, nous n'y avons pas pensé. » Il le regardait. « Nous l'appellerons Jacques puisque vous étiez là. » L'autre éclata de rire et Cormery sortit. Sous la vigne, l'Arabe, toujours couvert de son sac, attendait. Il regarda Cormery, qui ne lui dit rien. « Tiens », dit l'Arabe, et il tendit un bout de son sac. Cormery s'abrita. Il sentait l'épaule du vieil Arabe et l'odeur de fumée qui se dégageait de ses vêtements, et la pluie qui tombait sur le sac au-dessus de leurs deux têtes. « C'est un garçon, dit-il sans regarder son compagnon. – Dieu soit loué, répondit l'Arabe. Tu es un chef. » L'eau venue de milliers de kilomètres tombait sans discontinuer devant eux sur le mâchefer, creusé de nombreuses flaques, sur les champs de vigne plus loin, et les fils de fer de soutien brillaient toujours sous les gouttes. Elle n'atteindrait pas la mer à l'est, et elle allait inonder maintenant tout le pays, les terres marécageuses près de la rivière et les montagnes environnantes, l'immense terre quasi déserte dont l'odeur puissante revenait jusqu'aux deux hommes serrés sous le même sac, pendant qu'un faible cri reprenait par intervalles derrière eux.

Tard dans la nuit, Cormery, étendu, en caleçon long et tricot de corps, sur un second matelas près de sa femme, regardait les flammes danser au plafond. La pièce était maintenant à peu près rangée. De l'autre côté de sa femme, dans une corbeille à linge, l'enfant reposait sans bruit, sauf, parfois, de faibles gargouillis. Sa femme dormait aussi, le visage tourné vers lui, la bouche un peu ouverte. La pluie s'était arrêtée. Le lendemain, il faudrait se mettre au travail. Près de lui, la main déjà usée, presque ligneuse de sa femme lui parlait aussi de ce travail. Il avança la sienne, la posa doucement sur celle de la malade et, se renversant en arrière, ferma les yeux.

Saint-Brieuc

[a]Quarante ans plus tard, un homme, dans le couloir du train de Saint-Brieuc, regardait d'un air désapprobateur défiler, sous le pâle soleil d'un après-midi de printemps, ce pays étroit et plat couvert de villages et de maisons laides, qui s'étend de Paris à la Manche. Les prés et les champs d'une terre cultivée depuis des siècles jusqu'au dernier mètre carré se succédaient devant lui. Tête nue, les cheveux coupés ras, le visage long et les traits fins, de bonne taille, le regard bleu et droit, l'homme, malgré la quarantaine, paraissait encore mince dans son imperméable. Les mains solidement placées sur la barre d'appui, le corps en appui sur une seule hanche, la poitrine dégagée, il donnait une impression d'aisance et d'énergie. Le train ralentissait à ce moment et finit par stopper dans une petite gare minable. Au bout d'un moment, une jeune femme assez élégante passa sous la portière où se tenait l'homme. Elle s'arrêta pour passer sa valise d'une main à l'autre et aperçut à ce moment le voyageur. Celui-ci la regardait en souriant, et elle ne put s'empêcher de sourire elle-même. L'homme baissa la vitre, mais le train repartait déjà. « Dommage », dit-il. La jeune femme lui souriait toujours.

a. Dès le début, il faudrait marquer plus le monstre chez Jacques.

Le voyageur alla s'asseoir dans le compartiment de troisième où il occupait une place près de la fenêtre. En face de lui, un homme aux cheveux rares et plaqués, moins âgé que ne le laissait croire son visage gonflé et couperosé, tassé sur lui-même, les yeux fermés, respirait fortement, gêné visiblement par une digestion laborieuse, et coulait de temps en temps des regards rapides* vers son vis-à-vis. Sur la même banquette, près du couloir, une paysanne endimanchée, coiffée d'un singulier chapeau orné d'une grappe de raisin de cire, mouchait un enfant roux au visage éteint et fade. Le sourire du voyageur s'effaça. Il sortit une revue de sa poche et lut avec distraction un article qui le faisait bâiller.

Un peu plus tard, le train s'arrêta, et, lentement, une petite pancarte, portant : « Saint-Brieuc », vint s'inscrire dans la portière. Le voyageur se dressa aussitôt, enleva sans effort du porte-bagages au-dessus de lui une valise à soufflets et, après avoir salué ses compagnons de voyage qui lui répondirent d'un air surpris, sortit d'un pas rapide et dévala les trois marches de son wagon. Sur le quai, il regarda sa main gauche encore sale de la suie qui s'était déposée sur la rampe de cuivre qu'il venait de lâcher, sortit un mouchoir et s'essuya soigneusement. Puis il prit la direction de la sortie, rejoint peu à peu par un groupe de voyageurs aux vêtements sombres et au teint brouillé. Il attendit patiemment sous l'auvent à petites colonnes le moment de donner son billet, attendit encore que l'employé taciturne lui rendît son billet, traversa une salle d'attente aux murs nus et sales, décorés seulement de vieilles affiches où la côte d'Azur elle-même avait pris des tons de

* éteints

suie, et dévala d'un pas vif dans la lumière oblique de l'après-midi la rue qui descendait de la gare vers la ville.

À l'hôtel, il demanda la chambre qu'il avait retenue, refusa les services de la femme de chambre qui avait une figure de pomme de terre et qui voulait porter son bagage, et lui donna cependant, après qu'elle l'eût conduit à sa chambre, un pourboire qui l'étonna elle-même et qui amena sur son visage de la sympathie. Puis il se lava les mains à nouveau et redescendit du même pas vif sans fermer sa porte à clé. Dans le hall, il rencontra la femme de chambre, lui demanda où était le cimetière, en reçut un excès d'explications, les écouta aimablement, puis se dirigea dans la direction indiquée. Il parcourait maintenant les rues étroites et tristes, bordées de maisons banales aux vilaines tuiles rouges. Parfois, de vieilles maisons à poutres apparentes montraient leurs ardoises de guingois. De rares passants ne s'arrêtaient même pas devant les devantures qui offraient la marchandise de verre, les chefs-d'œuvre de plastique et de nylon, les céramiques calamiteuses qu'on trouve dans toutes les villes de l'Occident moderne. Seules les boutiques d'alimentation montraient de l'opulence. Le cimetière était ceinturé de hauts murs rébarbatifs. Au voisinage de la porte, des étalages de fleurs pauvres et des boutiques de marbriers. Devant l'une d'elles, le voyageur s'arrêta pour regarder un enfant à la mine éveillée qui faisait ses devoirs dans un coin sur une plaque de pierre tombale encore vierge d'inscription. Puis il entra et se dirigea vers la maison du gardien. Le gardien n'était pas là. Le voyageur attendit dans le petit bureau pauvrement meublé, puis avisa un plan, qu'il était en train de déchiffrer quand le gardien entra. C'était un grand homme noueux au nez fort et qui sentait la transpiration sous sa grosse veste montante. Le voyageur demanda le carré des morts de la guerre de 1914.

« Oui, dit l'autre. Ça s'appelle le carré du Souvenir français. Quel nom cherchez-vous ? – Henri Cormery », répondit le voyageur.

Le gardien ouvrit un grand livre couvert de papier d'emballage et suivit de son doigt terreux une liste de noms. Son doigt s'arrêta. « Cormery Henri, dit-il, blessé mortellement à la bataille de la Marne, mort à Saint-Brieuc le 11 octobre 1914. – C'est ça », dit le voyageur. Le gardien referma le livre. « Venez », dit-il. Et il le précéda vers les premières rangées de tombes, les unes modestes, les autres prétentieuses et laides, toutes couvertes de ce bric-à-brac de marbre et de perles qui déshonorerait n'importe quel lieu du monde. « C'est un parent ? demanda le gardien d'un air distrait. – C'est mon père. – C'est dur, dit l'autre. – Mais non. je n'avais pas un an quand il est mort. Alors, vous comprenez. – Oui, dit le gardien, n'empêche. Il y a eu trop de morts. » Jacques Cormery ne répondit rien. Certainement, il y avait eu trop de morts, mais, quant à son père, il ne pouvait pas s'inventer une piété qu'il n'avait pas. Depuis des années qu'il vivait en France, il se promettait de faire ce que sa mère, restée en Algérie, ce qu'elle [1] lui demandait depuis si longtemps : aller voir la tombe de son père qu'elle-même n'avait jamais vue. Il trouvait que cette visite n'avait aucun sens, pour lui d'abord qui n'avait pas connu son père, ignorait à peu près tout de ce qu'il avait été, et qui avait horreur des gestes et des démarches conventionnelles, pour sa mère ensuite qui ne parlait jamais du disparu et qui ne pouvait rien imaginer de ce qu'il allait voir. Mais, puisque son vieux maître s'était retiré à Saint-Brieuc et qu'il trouvait ainsi l'occasion de le revoir, il s'était décidé à rendre visite à ce mort inconnu et avait

1. *Sic.*

même tenu à le faire avant de retrouver son vieil ami pour se sentir ensuite tout à fait libre. « C'est ici », dit le gardien. Ils étaient arrivés devant un carré entouré de petites bornes de pierre grise réunies par une grosse chaîne peinte en noir. Les pierres, nombreuses, étaient toutes semblables, de simples rectangles gravés, placés à intervalles réguliers par rangées successives. Toutes étaient ornées d'un petit bouquet de fleurs fraîches. « C'est le Souvenir français qui se charge de l'entretien depuis quarante ans. Tenez, il est là. » Il montrait une pierre dans la première rangée. Jacques Cormery s'arrêta à quelque distance de la pierre. « Je vous laisse », dit le gardien. Cormery s'approcha de la pierre et la regarda distraitement. Oui, c'était bien son nom. Il leva les yeux. Dans le ciel plus pâle, des petits nuages blancs et gris passaient lentement, et du ciel tombait tour à tour une lumière légère puis obscurcie. Autour de lui, dans le vaste champ des morts, le silence régnait. Une rumeur sourde venait seule de la ville par-dessus les hauts murs. Parfois, une silhouette noire passait entre les tombes lointaines. Jacques Cormery, le regard levé vers la lente navigation des nuages dans le ciel, tentait de saisir derrière l'odeur des fleurs mouillées la senteur salée qui venait en ce moment de la mer lointaine et immobile quand le tintement d'un seau contre le marbre d'une tombe le tira de sa rêverie. C'est à ce moment qu'il lut sur la tombe la date de naissance de son père, dont il découvrit à cette occasion qu'il l'ignorait. Puis il lut les deux dates, « 1885-1914 » et fit un calcul machinal : vingt-neuf ans. Soudain une idée le frappa qui l'ébranla jusque dans son corps. Il avait quarante ans. L'homme enterré sous cette dalle, et qui avait été son père, était plus jeune que lui[a].

a. Transition.

Et le flot de tendresse et de pitié qui d'un coup vint lui emplir le cœur n'était pas le mouvement d'âme qui porte le fils vers le souvenir du père disparu, mais la compassion bouleversée qu'un homme fait ressent devant l'enfant injustement assassiné – quelque chose ici n'était pas dans l'ordre naturel et, à vrai dire, il n'y avait pas d'ordre mais seulement folie et chaos là où le fils était plus âgé que le père. La suite du temps lui-même se fracassait autour de lui immobile, entre ces tombes qu'il ne voyait plus, et les années cessaient de s'ordonner suivant ce grand fleuve qui coule vers sa fin. Elles n'étaient plus que fracas, ressac et remous où Jacques Cormery se débattait maintenant aux prises avec l'angoisse et la pitié[a]. Il regardait les autres plaques du carré et reconnaissait aux dates que ce sol était jonché d'enfants qui avaient été les pères d'hommes grisonnants qui croyaient vivre en ce moment. Car lui-même croyait vivre, il s'était édifié seul, il connaissait sa force, son énergie, il faisait face et se tenait en mains. Mais, dans le vertige étrange où il était en ce moment, cette statue que tout homme finit par ériger et durcir au feu des années pour s'y couler et y attendre l'effritement dernier se fendillait rapidement, s'écroulait déjà. Il n'était plus que ce cœur angoissé, avide de vivre, révolté contre l'ordre mortel du monde qui l'avait accompagné durant quarante années et qui battait toujours avec la même force contre le mur qui le séparait du secret de toute vie, voulant aller plus loin, au-delà et savoir, savoir avant de mourir, savoir enfin pour être, une seule fois, une seule seconde, mais à jamais.

Il revoyait sa vie folle, courageuse, lâche, obstinée et toujours tendue vers ce but dont il ignorait tout, et en vérité elle s'était tout entière passée sans qu'il ait essayé

a. développement guerre de 14.

d'imaginer ce que pouvait être un homme qui lui avait donné justement cette vie pour aller mourir aussitôt sur une terre inconnue de l'autre côté des mers. À vingt-neuf ans, lui-même n'était-il pas fragile, souffrant, tendu, volontaire, sensuel, rêveur, cynique et courageux. Oui, il était tout cela et bien d'autres choses encore, il avait été vivant, un homme enfin, et pourtant il n'avait jamais pensé à l'homme qui dormait là comme à un être vivant, mais comme à un inconnu qui était passé autrefois sur la terre où il était né, dont sa mère lui disait qu'il lui ressemblait et qui était mort au champ d'honneur. Pourtant ce qu'il avait cherché avidement à savoir à travers les livres et les êtres, il lui semblait maintenant que ce secret avait partie liée avec ce mort, ce père cadet, avec ce qu'il avait été et ce qu'il était devenu et que lui-même avait cherché bien loin ce qui était près de lui dans le temps et dans le sang. À vrai dire, il n'avait pas été aidé. Une famille où l'on parlait peu, où on ne lisait ni n'écrivait, une mère malheureuse et distraite, qui l'aurait renseigné sur ce jeune et pitoyable père ? Personne ne l'avait connu que sa mère qui l'avait oublié. Il en était sûr. Et il était mort inconnu sur cette terre où il était passé fugitivement, comme un inconnu. C'était à lui à se renseigner sans doute, à demander. Mais celui qui, comme lui, n'a rien et veut le monde entier, il n'a pas assez de toute son énergie pour s'édifier et conquérir ou comprendre le monde. Après tout, il n'était pas trop tard, il pouvait encore chercher, savoir qui était cet homme qui lui semblait plus proche maintenant qu'aucun être au monde. Il pouvait...

L'après-midi s'achevait maintenant. Le bruit d'une jupe près de lui, une ombre noire, le ramena au paysage de tombes et de ciel qui l'entourait. Il fallait partir, il n'avait plus rien à faire ici. Mais il ne pouvait se détacher de ce nom, de ces dates. Il n'y avait plus sous cette dalle que cendres et poussières. Mais, pour lui, son père était de nouveau vivant, d'une étrange vie taciturne, et il lui semblait qu'il allait le délaisser de nouveau, le laisser poursuivre cette nuit encore l'interminable solitude où on l'avait jeté puis abandonné. Le ciel désert résonna d'une brusque et forte détonation. Un avion invisible venait de dépasser le mur du son. Tournant le dos à la tombe, Jacques Cormery abandonna son père.

3

Saint-Brieuc et Malan (J. G.)[a]

Le soir, au dîner, J. C. regardait son vieil ami attaquer avec une sorte d'avidité inquiète sa deuxième tranche de gigot ; le vent qui s'était levé grondait doucement autour de la petite maison basse dans un faubourg proche de la route des plages. En arrivant, J. C. avait remarqué dans le ruisseau sec, en bordure du trottoir, des petits morceaux d'algues séchées, qui, avec l'odeur du sel, évoquaient seuls la proximité de la mer. Victor Malan, qui avait fait toute sa carrière dans l'administration des douanes, avait pris sa retraite dans cette petite ville, qu'il n'avait pas choisie, mais dont il justifiait le choix après coup, en disant que rien ne venait le distraire de la méditation solitaire, ni l'excès de beauté, ni l'excès de laideur, ni la solitude elle-même. L'administration des choses et la direction des hommes lui avaient beaucoup appris, mais d'abord, apparemment, qu'on savait peu de choses. Pourtant sa culture était immense et J. C. l'admirait sans réserve, parce que Malan, dans un temps où les hommes supérieurs sont si banals, était le seul être qui eût une pensée personnelle, dans la mesure où il est possible d'en avoir une, et dans tous les cas, sous des

a. Chapitre à écrire et à supprimer.

apparences faussement conciliantes, une telle liberté de jugement qu'elle coïncidait avec l'originalité la plus irréductible.

« C'est ça, fils, disait Malan. Puisque vous allez voir votre mère, essayez d'apprendre quelque chose sur votre père. Et revenez à toute pompe me raconter la suite. Les occasions de rire sont rares.

– Oui, c'est ridicule. Mais puisque cette curiosité m'est venue, je peux au moins essayer de glaner quelques renseignements supplémentaires. Que je ne me sois jamais préoccupé de ça, c'est un peu pathologique.

– Mais non, c'est la sagesse ici. Moi j'ai été marié trente ans avec Marthe, que vous avez connue. Une femme parfaite et qui me manque aujourd'hui encore. J'ai toujours pensé qu'elle aimait sa maison [1].

– Vous avez sans doute raison », disait Malan en détournant son regard, et Cormery attendait l'objection dont il savait qu'elle ne pouvait manquer de suivre l'approbation.

« Cependant, reprit Malan, moi, et j'aurais certainement tort, je me garderais de chercher à savoir plus que la vie m'a appris. Mais je suis un mauvais exemple à cet égard, n'est-ce pas ? En somme, c'est sûrement à cause de mes défauts que je ne prendrais aucune initiative. Tandis que vous (et son œil s'éclaira d'une sorte de malice), vous êtes un homme d'action. »

Malan avait l'air d'un Chinois avec sa tête lunaire, son nez un peu camus, les sourcils absents ou presque, la coiffure en béret et une grosse moustache insuffisante à couvrir la bouche épaisse et sensuelle. Le corps lui-même, douillet et rond, la main grasse aux doigts un

1. Ces trois paragraphes sont barrés.

peu boudinés faisaient penser à un mandarin ennemi de la course à pied. Quand il fermait les yeux à demi tout en mangeant avec appétit, on l'imaginait irrésistiblement en robe de soie et les baguettes aux doigts. Mais le regard changeait tout. Les yeux marron foncé fiévreux, inquiets ou soudain fixes, comme si l'intelligence travaillait rapidement sur un point précis, étaient ceux d'un Occidental de grande sensibilité et de grande culture.

La vieille bonne apportait les fromages que Malan guignait du coin de l'œil. « J'ai connu un homme, dit-il, qui après avoir vécu trente ans avec sa femme... » Cormery se fit plus attentif. Chaque fois que Malan commençait par : « j'ai connu un homme qui... ou un ami... ou un Anglais qui voyageait avec moi... », on était sûr qu'il s'agissait de lui-même... « ... Qui n'aimait pas les pâtisseries et sa femme n'en mangeait jamais non plus. Eh bien, au bout de vingt ans de vie commune, il surprit sa femme chez le pâtissier, et il se rendit compte en l'observant qu'elle allait plusieurs fois par semaine s'empiffrer d'éclairs au café. Oui, il croyait qu'elle n'aimait pas les douceurs et en réalité elle adorait les éclairs au café.

– Donc, dit Cormery, on ne connaît personne.

– Si vous voulez. Mais il serait peut-être plus juste il me semble, en tout cas je crois que j'aimerais mieux dire, mais accusez-en mon impuissance à rien affirmer, oui il suffit de dire que si vingt ans de vie commune ne suffisent pas à connaître un être, une enquête forcément superficielle, quarante ans après la mort d'un homme, risque de ne vous apporter que des renseignements de sens limités, oui on peut dire limités sur cet homme. Quoique, dans un autre sens... »

Il leva, armée d'un couteau, une main fataliste qui se rabaissa sur le fromage de chèvre.

« Pardonnez-moi. Vous ne voulez pas de fromage ? Non ? Toujours aussi sobre ! Dur métier que de plaire ! »

Une lueur malicieuse filtra de nouveau entre ses paupières mi-closes. Il y avait maintenant vingt ans que Cormery connaissait son vieil ami (ajouter ici pourquoi et comment) et il acceptait ses ironies avec bonne humeur.

« Ce n'est pas pour plaire. Trop manger me rend pesant. Je coule.

– Oui, vous ne planez plus au-dessus des autres. »

Cormery regardait les beaux meubles rustiques qui remplissaient la salle à manger basse, aux poutres blanchies à la chaux.

« Cher ami, dit-il, vous avez toujours cru que j'étais orgueilleux. Je le suis. Mais pas toujours ni avec tous. Avec vous, par exemple, je suis incapable d'orgueil. »

Malan détourna le regard, ce qui chez lui était signe d'émotion.

« Je le sais, dit-il, mais pourquoi ?

– Parce que je vous aime », dit calmement Cormery.

Malan tira vers lui le saladier de fruits rafraîchis et ne répondit rien.

« Parce que, continua Cormery, lorsque j'étais très jeune, très sot et très seul (vous vous souvenez, à Alger ?), vous vous êtes tourné vers moi, et vous m'avez ouvert sans y paraître les portes de tout ce que j'aime en ce monde.

– Oh ! Vous êtes doué.

– Certainement. Mais aux plus doués il faut un initiateur. Celui que la vie un jour met sur votre chemin, celui-là doit être pour toujours aimé et respecté, même s'il n'est pas responsable. C'est là ma foi !

– Oui, oui, dit Malan d'un air patelin.

– Vous doutez, je sais. Voyez-vous, ne croyez pas que mon affection pour vous soit aveugle. Vous avez de gros, de très gros défauts. Du moins à mes yeux. »

Malan lécha ses grosses lèvres et parut soudain intéressé.

« Lesquels ?

– Par exemple vous êtes, disons, économe. Non par avarice d'ailleurs, mais par panique, peur de manquer, etc. N'empêche, c'est un gros défaut et que je n'aime pas en général. Mais surtout vous ne pouvez vous empêcher de soupçonner des arrière-pensées chez les autres. Instinctivement, vous ne pouvez croire à des sentiments tout à fait désintéressés.

– Avouez, dit Malan en finissant son vin, je ne devrais pas prendre de café. Et cependant... »

Mais Cormery ne perdait pas son calme[a].

« Je suis sûr par exemple que vous ne pourriez pas me croire si je vous disais que, sur une simple demande de votre part, je vous remettrais immédiatement tous mes biens. »

Malan hésita et cette fois regarda son ami.

« Oh, je sais. Vous êtes généreux.

– Non, je ne suis pas généreux. Je suis avare de mon temps, de mes efforts, de ma fatigue et cela me répugne. Mais ce que j'ai dit est vrai. Vous, vous ne me croyez pas, c'est là votre défaut et votre véritable impuissance, bien que vous soyez un homme supérieur. Car vous avez tort. Sur un mot de vous, à l'instant même, tous mes biens sont à vous. Vous n'en avez pas besoin et ce n'est

a. Je prête souvent de l'argent dont je sais qu'il est perdu à des gens qui me sont indifférents. Mais c'est que je ne sais pas refuser et en même temps je suis exaspéré.

qu'un exemple. Mais ce n'est pas un exemple arbitrairement choisi. Réellement tous mes biens sont à vous.

– Merci, vraiment, dit Malan les yeux mi-clos, je suis très touché.

– Bon, je vous embarrasse. Vous n'aimez pas non plus qu'on parle trop clairement. Je voulais vous dire seulement que je vous aime avec vos défauts. J'aime ou je vénère peu d'êtres. Pour tout le reste, j'ai honte de mon indifférence. Mais ceux que j'aime, rien ni moi-même ni surtout pas eux-mêmes ne fera jamais que je cesse de les aimer. Ce sont des choses que j'ai mis longtemps à apprendre ; maintenant, je le sais. Cela dit, reprenons notre conversation : vous n'approuvez pas que j'essaye de me renseigner sur mon père.

– C'est-à-dire, si, je vous approuve, je craignais seulement que vous soyez déçu. Un ami à moi qui était très attaché à une jeune fille et qui voulait l'épouser a eu le tort de prendre des renseignements sur elle.

– Un bourgeois, dit Cormery.

– Oui, dit Malan, c'était moi. »

Ils éclatèrent de rire.

« J'étais jeune. J'ai recueilli des opinions si contradictoires que la mienne en a été troublée. J'ai douté de l'aimer ou de ne pas l'aimer. Bref, j'en ai épousé une autre.

– Je ne puis me trouver un second père.

– Non. Par chance. Un seul suffit, si j'en crois mon expérience.

– Bon, dit Cormery. Du reste, je dois aller voir ma mère dans quelques semaines. C'est une occasion. Et je vous en ai parlé surtout parce que j'ai été troublé tout à l'heure par cette différence d'âge en ma faveur. En ma faveur, oui.

– Oui, je comprends. »

Il regarda Malan.

« Dites-vous qu'il n'a pas vieilli. Cette souffrance-là lui a été épargnée et elle est longue.

– Avec un certain nombre de joies.

– Oui. Vous aimez la vie. Il le faut bien, vous ne croyez qu'à elle. »

Malan s'assit lourdement dans une bergère recouverte de cretonne, et soudain une expression d'indicible mélancolie vint transfigurer son visage.

« Vous avez raison. Moi je l'ai aimée, je l'aime avec avidité. Et en même temps, elle me paraît affreuse, inaccessible aussi. Voilà pourquoi je crois, par scepticisme. Oui, je veux croire, je veux vivre, toujours. »

Cormery se tut.

« À soixante-cinq ans, chaque année est un sursis. Je voudrais mourir tranquille, et mourir est effrayant. Je n'ai rien fait.

– Il y a des êtres qui justifient le monde, qui aident à vivre par leur seule présence.

– Oui, et ils meurent. »

Pendant leur silence, le vent souffla un peu plus fort autour de la maison.

« Vous avez raison, Jacques, dit Malan. Allez aux nouvelles. Vous n'avez plus besoin d'un père. Vous vous êtes élevé tout seul. À présent, vous pourrez l'aimer comme vous savez aimer. Mais... », dit-il, et il hésitait... « Revenez me voir. Il ne me reste plus beaucoup de temps. Et pardonnez-moi...

– Vous pardonner ? dit Cormery. Je vous dois tout.

– Non, vous ne me devez pas grand-chose. Pardonnez-moi seulement de ne pas savoir répondre parfois à votre affection... »

Malan regardait la grosse suspension à l'ancienne qui

pendait au-dessus de la table, et sa voix se fit plus sourde pour dire ce que, quelques moments plus tard, seul dans le vent et le faubourg désert, Cormery entendait encore en lui-même sans trêve :

« Il y a en moi un vide affreux, une indifférence qui me fait mal[a]... »

a. Jacques / J'ai essayé de trouver moi-même, dès le début, tout enfant, ce qui était bien et ce qui était mal – puisque personne autour de moi ne pouvait me le dire. Et puis je reconnais maintenant que tout m'abandonne, que j'ai besoin que quelqu'un me montre la voie et me donne blâme et louange, non selon le pouvoir mais selon l'autorité, j'ai besoin de mon père.

Je croyais le savoir, me tenir en main, je ne [sais ?] pas encore.

4

Les jeux de l'enfant

Une houle légère et courte faisait rouler le navire dans la chaleur de juillet. Jacques Cormery, étendu à demi nu dans sa cabine, regardait danser sur les rebords de cuivre du hublot les reflets du soleil émietté sur la mer. Il se leva d'un bond pour couper le ventilateur qui séchait la sueur dans ses pores avant même qu'elle commence à couler sur son torse, il valait mieux transpirer, et il se laissa aller sur sa couchette, dure et étroite comme il aimait que soient les lits. Aussitôt, des profondeurs du navire, le bruit sourd des machines monta en vibrations amorties comme une énorme armée qui se mettrait sans cesse en marche. Il aimait aussi ce bruit des grands paquebots, jour et nuit, et la sensation de marcher sur un volcan, pendant que tout autour la mer immense offrait ses étendues libres au regard. Mais il faisait trop chaud sur le pont ; après le déjeuner, des passagers abrutis de mangeaille s'étaient abattus sur les transatlantiques du pont couvert ou avaient fui dans les coursives à l'heure de la sieste. Jacques n'aimait pas faire la sieste. « A benidor », pensait-il avec rancune et c'était l'expression bizarre de sa grand-mère lorsqu'il était enfant à Alger et qu'elle l'obligeait à l'accompagner dans sa sieste. Les trois pièces du petit appartement d'un faubourg d'Alger étaient plongées dans l'ombre zébrée des persiennes soigneusement fermées[a]. La chaleur cuisait au-dehors les rues sèches et poussiéreuses, et, dans la pénombre des pièces, une ou deux grosses mouches énergiques cherchaient infatigablement une issue avec un vrombissement d'avion. Il faisait trop chaud pour descendre dans la rue rejoindre les camarades, eux-mêmes retenus de force chez eux. Il faisait trop chaud pour lire les *Pardaillan* ou *L'Intrépide*[b]. Quand la grand-mère n'était pas là, par extraordinaire, ou bavardait avec la voisine, l'enfant écrasait son nez aux persiennes de la salle à manger qui donnait sur la rue. La chaussée était déserte. Devant les magasins de chaussures et de mercerie en face, les stores de toile rouge et jaune étaient descendus, l'entrée du bureau de tabac était masquée par un rideau de perles multicolores, et chez Jean, le cafetier, la salle était déserte, à l'exception du chat qui, sur la frontière du sol couvert de sciure et le trottoir poussiéreux, dormait comme s'il était mort.

L'enfant se retournait alors vers la pièce quasi nue, peinte à la chaux, meublée au centre d'une table carrée, avec le long des murs un buffet, un petit bureau couvert de cicatrices et de taches d'encre et, à même le sol, un petit sommier recouvert d'une couverture où, le soir venu, couchait l'oncle à demi muet, et cinq chaises[c]. Dans un coin, sur une cheminée dont le dessus seul était de marbre, un petit vase à col élancé décoré de fleurs, comme on en

a. Autour de la dixième année.

b. Ces gros livres sur papier journal avec une couverture grossièrement coloriée, et où le prix était imprimé plus gros que le titre et que le nom de l'auteur.

c. l'extrême propreté.
Une armoire, une table de toilette en bois au dessus de marbre. Une descente de lit au point noué, usée, salie, effrangée sur les bords. Et dans un coin, une grosse malle recouverte d'un vieux tapis arabe à glands.

trouve dans les foires. L'enfant, pris entre les deux déserts de l'ombre et du soleil, se mettait à tourner autour de la table sans trêve, du même pas précipité, en répétant comme une litanie : « Je m'ennuie ! Je m'ennuie ! » Il s'ennuyait, mais en même temps il y avait un jeu, une joie, une sorte de jouissance dans cet ennui, car la fureur le prenait en entendant le « A benidor » de la grand-mère enfin revenue. Mais ses protestations n'y faisaient rien. La grand-mère, qui avait élevé neuf enfants dans le bled, avait ses idées sur l'éducation. L'enfant était poussé d'un seul coup dans la chambre. C'était l'une des deux pièces qui donnaient sur la cour. L'autre contenait deux lits, celui de sa mère et celui où lui-même couchait avec son frère. La grand-mère avait droit à une chambre pour elle seule. Mais, dans son haut et grand lit de bois, elle accueillait souvent l'enfant pour la nuit et tous les jours pour la sieste. Il ôtait ses sandales et se hissait sur le lit. Il devait prendre la place du fond contre le mur depuis le jour où il s'était laissé glisser à terre pendant le sommeil de la grand-mère pour aller reprendre sa ronde autour de la table en murmurant sa litanie. Une fois au fond, il regardait sa grand-mère ôter sa robe et rabaisser sa chemise de grosse toile, coulissée dans le haut par un ruban qu'elle défaisait alors. Puis elle montait à son tour sur le lit, et l'enfant sentait près de lui l'odeur de chair âgée pendant qu'il regardait les grosses veines bleues et les taches de vieillesse qui déformaient les pieds de sa grand-mère. « Allez, répétait-elle. A benidor », et elle s'endormait très vite, pendant que l'enfant, les yeux ouverts, suivait les va-et-vient des mouches infatigables.

Oui, il avait détesté ça pendant des années, et plus tard encore, devenu homme, et jusqu'à ce qu'il ait été gravement malade, il ne pouvait se résoudre à s'étendre après déjeuner par les fortes chaleurs. S'il lui arrivait de s'endormir cependant, il se réveillait mal à l'aise et physiquement nauséeux. Depuis peu seulement, depuis qu'il souffrait d'insomnies, il pouvait dormir une demi-heure dans la journée et se réveiller dispos et alerte. A benidor...

Le vent avait dû se calmer, écrasé sous le soleil. Le navire avait perdu son léger roulis et il semblait maintenant avancer selon une route rectiligne, les machines au plein de leur régime, l'hélice forant droit l'épaisseur des eaux et le bruit des pistons devenu enfin si régulier qu'il se confondait avec la clameur sourde et ininterrompue du soleil sur la mer. Jacques dormait à moitié, le cœur serré d'une sorte d'angoisse heureuse à l'idée de revoir Alger et la petite maison pauvre des faubourgs. C'était ainsi chaque fois qu'il quittait Paris pour l'Afrique, une jubilation sourde, le cœur s'élargissant, la satisfaction de qui vient de réussir une bonne évasion et qui rit en pensant à la tête des gardiens. De même que, chaque fois qu'il y revenait par la route et par le train, son cœur se serrait aux premières maisons des banlieues, abordées sans qu'on ait vu comment, sans frontières d'arbres ni d'eaux, comme un cancer malheureux, étalant ses ganglions de misère et de laideur et qui digérait peu à peu le corps étranger pour le conduire jusqu'au cœur de la ville, là où un splendide décor lui faisait parfois oublier la forêt de ciment et de fer qui l'emprisonnait jour et nuit et peuplait jusqu'à ses insomnies. Mais il s'était évadé, il respirait, sur le grand dos de la mer, il respirait par vagues, sous le grand balancement du soleil, il pouvait enfin dormir et revenir à l'enfance dont il n'avait jamais guéri, à ce secret de lumière, de pauvreté chaleureuse qui l'avait aidé à vivre et à tout vaincre. Le reflet brisé, maintenant presque immobile, sur le cuivre du hublot venait du même soleil qui, dans la chambre obscure où dormait la grand-mère, pesant de tout son poids sur la surface entière des persiennes, plongeait dans l'ombre une seule épée très fine par l'unique échancrure qu'un nœud de bois sauté avait laissé dans le couvre-joint des persiennes. Les mouches manquaient, ce n'étaient pas elles qui vrombissaient, qui peuplaient et nourrissaient sa somnolence, il n'y a pas de mouches en mer et celles-là d'abord étaient mortes que l'enfant aimait parce qu'elles étaient bruyantes, seules vivantes dans ce monde chloroformé par la chaleur, et tous les hommes et les animaux étaient sur le flanc, inertes, sauf lui, il est vrai, qui se retournait sur le lit dans l'étroit espace qui lui restait entre le mur et la grand-mère, et il voulait vivre lui aussi, et il lui semblait que le temps du sommeil était enlevé à la vie et à ses jeux. Les camarades l'attendaient, c'était sûr, dans la rue Prévost-Paradol, longée de petits jardins qui le soir sentaient l'humidité des arrosages et le chèvrefeuille qui poussait partout, arrosé ou pas. Dès que la grand-mère se réveillerait, il filerait, descendrait dans la rue de Lyon encore déserte sous ses ficus, et courrait jusqu'à la fontaine qui était au coin de la rue Prévost Paradol, tournerait à toute allure la grosse manivelle de fonte sur le sommet de la fontaine, la tête penchée sous le robinet pour recevoir le gros jet qui lui remplirait les narines et les oreilles, et par le col ouvert de la chemise jusqu'à son ventre et sous son pantalon court coulerait le long de ses jambes jusqu'à ses sandales. Alors, heureux de sentir l'eau mousser entre la plante de ses pieds et le cuir de la semelle, il courrait à perdre haleine rejoindre Pierre[a] et les autres, assis à l'entrée du couloir de la seule maison à deux étages de la rue,

a. Pierre, fils lui aussi d'une veuve de guerre qui travaillait dans les postes, était son ami.

à aiguiser le cigare de bois qui servirait tout à l'heure à jouer à la canette vinga[1] avec la raquette de bois bleu.

Dès qu'ils étaient au complet, ils partaient, promenant la raquette le long des grilles rouillées des jardins devant les maisons, avec un grand bruit qui réveillait le quartier et faisait bondir les chats endormis sous les glycines poussiéreuses. Ils couraient, traversant la rue, essayant de s'attraper, couverts déjà d'une bonne sueur, mais toujours dans la même direction, vers le *champ vert*, non loin de leur école, à quatre ou cinq rues de là. Mais il y avait une station obligatoire, à ce qu'on appelait le jet d'eau, sur une place assez grande, une énorme fontaine ronde à deux étages, où l'eau ne coulait pas, mais dont le bassin, depuis longtemps bouché, était rempli jusqu'à ras bord, de loin en loin, par les énormes pluies du pays. L'eau croupissait alors, couverte de vieilles mousses, d'écorces de melon, de pelures d'oranges et de détritus de toutes sortes, jusqu'à ce que le soleil l'aspire ou que la municipalité se réveille et décide de la pomper, et une vase sèche, craquelée, sale, restait encore longtemps au fond du bassin, attendant que le soleil, poursuivant son effort, la réduise en poussière et que le vent ou le balai des nettoyeurs la jette sur les feuilles vernissées des ficus qui entouraient la place. L'été, en tout cas, le bassin était sec et offrait son énorme rebord de pierre sombre, vernissé, rendu glissant par des milliers de mains et de fonds de culotte et sur lequel Jacques, Pierre et les autres jouaient au cheval d'arçon, pivotaient sur leurs fesses jusqu'à ce qu'une chute irrésistible les jette dans le bassin peu profond qui sentait l'urine et le soleil.

Puis, toujours courant, dans la chaleur et la poussière qui couvraient d'une même couche grise leurs pieds et

1. Voir explication de l'auteur, ci-dessous.

leurs sandales, ils volaient vers le champ vert. C'était une sorte de terrain vague derrière une tonnellerie où, entre des cercles de fer rouillé et de vieux fonds de tonneau pourrissant, des touffes d'herbes anémiques poussaient entre des plaques de tuf. Là, avec de grands cris, ils traçaient un cercle dans le tuf. L'un d'eux s'installait, raquette en main, à l'intérieur du cercle, et les autres, chacun à leur tour, lançaient le cigare de bois vers le cercle. Si le cigare atterrissait dans le cercle, le lanceur prenait la raquette et défendait le cercle à son tour. Les plus adroits[a] attrapaient le cigare à la volée et le renvoyaient très loin. Dans ce cas, ils avaient le droit de se rendre à l'endroit où il était tombé et, frappant du tranchant de la raquette sur l'extrémité du cigare qui s'élevait alors dans les airs, ils le rattrapaient pour le renvoyer plus loin, et ainsi de suite jusqu'à ce que, manquant leur coup ou que les autres attrapent le cigare à la volée, ils revenaient rapidement en arrière pour défendre à nouveau le cercle contre le cigare rapidement et adroitement expédié par l'adversaire. Ce tennis du pauvre, avec quelques règles plus compliquées, occupait toute l'après-midi. Pierre était le plus adroit, plus mince que Jacques, plus petit aussi, presque frêle, blond autant qu'il était brun et jusqu'aux cils entre lesquels son regard bleu et droit s'offrait alors sans défense, un peu blessé, étonné, apparemment gauche d'allure, il était dans l'action d'une adresse précise et constante. Jacques, lui, réussissait des parades impossibles et manquait des revers tout faits. À cause des premières, et des réussites qui soulevaient l'admiration des camarades, il se croyait le meilleur et fanfaronnait souvent. En réalité, Pierre le battait constamment et n'en disait jamais rien. Mais, après le jeu,

a. le défenseur adroit au singulier.

il se redressait, sans perdre un centimètre de sa taille, et souriait en silence en écoutant les autres[a].

Quand le temps ou l'humeur ne s'y prêtait pas, au lieu de courir les rues et les terrains vagues, ils se réunissaient d'abord dans le couloir de la maison de Jacques. De là, par une porte au fond, ils passaient dans une petite cour en contrebas entourée par les murs de trois maisons. Sur le quatrième côté, le mur d'un jardin laissait passer les branches d'un grand oranger dont le parfum, lorsqu'il fleurissait, s'élevait le long des maisons misérables, venait du couloir ou descendait dans la cour par un petit escalier de pierre. Sur un côté et la moitié de l'autre, une petite construction en équerre logeait le coiffeur espagnol qui tenait boutique sur la rue et un ménage arabe[b] dont la femme faisait certains soirs griller le café dans la cour. Sur le troisième côté, les locataires nourrissaient des poules dans des hautes cages délabrées de grillage et de bois. Enfin, sur le quatrième côté, de part et d'autre de l'escalier, s'ouvraient par de larges gueules qui béaient dans le noir les caves de l'immeuble : des antres sans issue ni lumière, taillés dans la terre même, sans aucune séparation, suintant d'humidité, dans lesquels on descendait par quatre marches recouvertes d'un terreau verdi, et où les locataires entassaient pêle-mêle le surplus de leurs biens, c'est-à-dire presque rien : de vieux sacs qui pourrissaient là, des morceaux de caisse, de vieilles cuvettes rouillées et trouées, ce qui traîne enfin dans tous les terrains vagues et dont même le plus misérable n'a pas l'emploi. C'est là, dans une de ces caves, que les enfants se réunissaient. Jean et Joseph, les deux fils du coiffeur espagnol, avaient l'habitude d'y

a. C'est au champ vert qu'avaient lieu les « donnades ».
b. Omar est le fils de ce ménage – le père est balayeur municipal.

alors que ils ne avaient pas
un sou, ni un [illegible]
que leur appartenait en propre

Ils s'approvisionnaient dans le coin pesant et manillé sur des montants de fer rouillé, ils vendaient [illegible] les sacs [illegible] déchirés qui pourrissaient dans le sol [illegible] de petits [illegible] et la coque [illegible] qu'ils appelaient cochon d'Inde. [illegible] Ils allumaient des petits feux que [illegible] [illegible] et au [illegible] de [illegible] le [illegible] de leur [illegible] [illegible] [illegible] dans leur [illegible] [illegible] [illegible] [illegible] [illegible] dans [illegible] [illegible] le sol [illegible] d'eau de la [illegible] [illegible] contre le [illegible] des pluies à l'intérieur des [illegible] [illegible] [illegible] et [illegible] sur de vieilles [illegible] Ils [illegible] [illegible] [illegible] [illegible] triomphants dans leur royaume de misère.

(les cocotiers [illegible] les [illegible] [illegible] [illegible] [illegible] [illegible] et salis, les [illegible] appelés [illegible])

(Galoufa)

Mais les plus belles journées étaient celles de la belle saison [illegible] ils couraient par un tram [illegible] [illegible] jusqu'au jardin d'Essai. [illegible] traversant les rues sales et grises du faubourg [illegible], traversant le quartier des écuries, les grandes remises appartenant aux entreprises ou aux particuliers qui desservaient par des camions à chevaux les [illegible] de l'intérieur, longeant alors les grandes portes à glissière derrière lesquelles on entendait le piétinement des chevaux, leurs souffles brusques qui faisaient claquer leurs babines, le heurt de la [illegible] [illegible] qui servait à les attacher contre le bois de la mangeoire cependant qu'ils respiraient avec délices l'odeur de crottin, de paille et de sueur qui venait de ces lieux interdits dont Jacques rêvait encore [illegible] le soir en s'endormant. Ils s'attardaient devant une écurie ouverte où l'on bouchonnait les chevaux, grosses bêtes pattues venant de France et tournant vers eux des yeux d'exilés, abrutis de chaleur et de mouches. [illegible] [illegible] [illegible] Dans le grand jardin où l'on cultivait les essences les plus rares [illegible] la grande allée [illegible] qui [illegible] [illegible] grande perspective de palmiers et de fleurs, ils prenaient des airs de promeneurs indifférents et [illegible] sous le regard méfiant des gardes. Mais [illegible] à la première allée transversale ils prenaient leur course [illegible] [illegible] vers le fond du jardin [illegible] [illegible] [illegible] couraient [illegible] [illegible] au [illegible] [illegible] d'énormes palétuviers vers les grands arbres [illegible] [illegible] [illegible] [illegible] les branches touchaient les racines multiples et qui descendaient des premières branches jusqu'à terre, et plus loin encore vers le [illegible] but réel de leur expédition, les grands

lieu

(les [illegible] [illegible])

jouer. Aux portes de leur masure, c'était leur jardin particulier. Joseph, rond et malicieux, riait toujours et donnait tout ce qu'il avait. Jean, petit et maigre, ramassait sans trêve le moindre clou, la moindre vis rencontrés et se montrait particulièrement économe de ses billes ou des noyaux d'abricot indispensables à l'un de leurs jeux favoris[a]. On ne pouvait imaginer plus opposés que ces frères inséparables. Avec Pierre, Jacques et Max, le dernier complice, ils s'engouffraient dans la cave puante et mouillée. Sur des montants de fer rouillé, ils tendaient les sacs déchirés qui pourrissaient dans le sol, après les avoir débarrassés de petits cancrelats gris à la carapace articulée qu'ils appelaient cochons d'Inde. Et sous cette tente ignoble, enfin chez eux (alors qu'ils n'avaient jamais eu de chambre ni même de lit qui leur appartînt en propre), ils allumaient des petits feux qui, enfermés dans cet air humide et confiné, agonisaient en fumée et les débusquaient de leur tanière jusqu'à ce qu'ils viennent les recouvrir de terre humide, grattée à même la cour. Ils partageaient alors, non sans discussion avec le petit Jean, les gros berlingots à la menthe, les cacahuètes ou les pois chiches, séchés et salés, les lupins appelés tramousses ou les sucres d'orge aux couleurs violentes que les Arabes offraient aux portes du cinéma proche, sur un éventaire assiégé par les mouches et constitué par une simple caisse de bois montée sur roulement à billes. Les jours d'averse, le sol saturé d'eau de la cour humide laissait couler le surplus des pluies à l'intérieur des caves régulièrement inondées, et, montés sur de vieilles caisses,

a. On plaçait un noyau sur trois autres en trépied. Et, à une distance donnée, on essayait d'abattre cette construction en lançant un autre noyau. Celui qui réussissait ramassait les 4 noyaux. S'il manquait son but, son noyau appartenait au possesseur du tas.

ils jouaient aux Robinsons loin du ciel pur et des vents de la mer, triomphants dans leur royaume de misère[a].

Mais les plus belles* journées étaient celles de la belle saison, quand, sous un prétexte ou sous un autre, ils arrivaient par un beau mensonge à couper à la sieste. Car ils pouvaient alors, n'ayant jamais l'argent du tramway, marcher longuement jusqu'au jardin d'essai, à travers la suite des rues jaunes et grises du faubourg, traversant le quartier des écuries, les grandes remises appartenant aux entreprises ou aux particuliers qui desservaient par des camions à chevaux les terres de l'intérieur, longeant alors les grandes portes à glissière derrière lesquelles on entendait le piétinement des chevaux, leurs souffles brusques qui faisaient claquer leurs babines, le bruit, sur le bois de la mangeoire, de la chaîne de fer qui servait de licou, pendant qu'ils respiraient avec délices l'odeur du crottin, de paille et de sueur qui venaient de ces lieux interdits dont Jacques rêvait encore avant de s'endormir. Ils s'attardaient devant une écurie ouverte où l'on s'occupait de panser les chevaux, grosses bêtes pattues venant de France et ouvrant sur eux des yeux d'exilés, abrutis de chaleur et de mouches. Puis, bousculés par les camionneurs, ils couraient vers l'immense jardin où l'on cultivait les essences les plus rares. Dans la grande allée qui ouvrait jusqu'à la mer une grande perspective de bassins et de fleurs, ils prenaient des airs de promeneurs indifférents et civilisés sous le regard méfiant des gardes. Mais, à la première allée transversale, ils prenaient leur course vers la partie est du jardin, à travers des files d'énormes palétuviers, si serrés qu'il faisait presque nuit à leur ombre, vers les grands arbres à caoutchouc[b]

* grandes.

a. Galoufa.

b. dire le nom des arbres.

dont on ne pouvait distinguer les branches tombantes des racines multiples et qui descendaient des premières branches vers la terre, et plus loin encore, vers le but réel de leur expédition, les grands palmiers cocos qui portaient à leur sommet des régimes de petits fruits ronds et serrés de couleur orange qu'ils appelaient des cocoses. Là, il fallait d'abord pousser des reconnaissances dans toutes les directions pour s'assurer qu'aucun garde n'était dans le voisinage. Ensuite, la chasse aux munitions, c'est-à-dire aux cailloux, commençait. Lorsque tous étaient revenus les poches pleines, chacun tirait à son tour sur les régimes qui, au-dessus de tous les autres arbres, se balançaient doucement dans le ciel. À chaque coup qui portait, quelques fruits tombaient, qui n'appartenaient qu'au tireur heureux. Les autres devaient attendre qu'il ait ramassé son butin avant de tirer à leur tour. À ce jeu, Jacques, adroit au lancer, égalait Pierre. Mais tous deux partageaient leur prise avec les autres moins heureux. Le plus maladroit était Max, qui portait des lunettes et avait mauvaise vue. Trapu et solide, il était pourtant respecté des autres depuis le jour où ils l'avaient vu se battre. Alors que, dans les fréquentes batailles de rue où ils participaient, ils avaient l'habitude, et Jacques surtout qui ne pouvait dominer sa colère et sa violence, de se jeter sur l'adversaire pour lui faire le plus de mal le plus vite possible, quitte à se faire durement contrer, Max, qui portait un nom de consonance germanique, un jour qu'il avait été traité de *sale boche* par le gros fils du boucher, surnommé Gigot, avait calmement enlevé ses lunettes, qu'il avait confiées à Joseph, s'était mis en garde comme le faisaient les boxeurs qu'ils voyaient sur les journaux et avait proposé à l'autre de venir répéter son insulte. Puis, sans paraître s'échauffer, il avait évité chaque attaque de Gigot, l'avait frappé à plusieurs reprises sans être touché lui-même et finalement avait été assez heureux pour, suprême gloire, lui monter un œil au beurre noir. Depuis ce jour, la popularité de Max avait été assise dans le petit groupe. Les poches et les mains poisseuses de fruit, ils filaient hors du jardin vers la mer et, dès qu'ils étaient sortis de l'enceinte, empilant les cocoses sur leurs mouchoirs sales, ils mastiquaient avec délices les baies fibreuses, sucrées et grasses à écœurer, mais légères et savoureuses comme la victoire. Ensuite, ils filaient vers la plage.

Il fallait, pour cela, traverser la route dite moutonnière parce qu'en effet des troupeaux de moutons la parcouraient souvent en provenance ou en direction du marché de Maison-Carrée, à l'est d'Alger. C'était en réalité une rocade qui séparait de la mer l'arc de cercle que faisait la ville installée sur ses collines en amphithéâtre. Entre la route et la mer, des fabriques, des briqueteries et une usine à gaz étaient séparées par des étendues de sable recouvert de plaques d'argile ou de poussière de chaux, où blanchissaient des débris de bois et de fer. Traversée cette lande ingrate, on débouchait sur la plage des Sablettes. Le sable en était un peu noir, et les premières vagues n'étaient pas toujours transparentes. À droite, un établissement de bains offrait ses cabines et, les jours de fête, sa salle, une grande boîte de bois montée sur pilotis, pour danser. Tous les jours, à la saison, un marchand de frites activait son fourneau. La plupart du temps, le petit groupe n'avait même pas l'argent d'un cornet. Si par hasard l'un d'entre eux avait la pièce nécessaire[a], il achetait son cornet, avançait gravement vers la plage, suivi du cortège respectueux des camarades et, devant la mer, à l'ombre d'une vieille barque

a. 2 sous.

démantibulée, plantant ses pieds dans le sable, il se laissait tomber sur les fesses, portant d'une main son cornet bien vertical et le couvrant de l'autre pour ne perdre aucun des gros flocons croustillants. L'usage était alors qu'il offrît une frite à chacun des camarades, qui savourait religieusement l'unique friandise chaude et parfumée d'huile forte qu'il leur laissait. Puis ils regardaient le favorisé qui, gravement, savourait une à une le restant des frites. Au fond du paquet, restaient toujours des débris de frites. On suppliait le repu de bien vouloir les partager. Et la plupart du temps, sauf s'il s'agissait de Jean, il dépliait le papier gras, étalait les miettes de frites et autorisait chacun à se servir, tour à tour, d'une miette. Il fallait simplement une « poire » pour décider qui attaquerait le premier et pourrait par conséquent prendre la plus grosse miette. Le festin terminé, plaisir et frustration aussitôt oubliés, c'était la course vers l'extrémité ouest de la plage, sous le dur soleil, jusqu'à une maçonnerie à demi détruite qui avait dû servir de fondation à un cabanon disparu et derrière laquelle on pouvait se déshabiller. En quelques secondes, ils étaient nus, l'instant d'après dans l'eau, nageant vigoureusement et maladroitement, s'exclamant[a], bavant et recrachant, se défiant à des plongeons ou à qui resterait le plus longtemps sous l'eau. La mer était douce, tiède, le soleil léger maintenant sur les têtes mouillées, et la gloire de la lumière emplissait ces jeunes corps d'une joie qui les faisait crier sans arrêt. Ils régnaient sur la vie et sur la mer, et ce que le monde peut donner de plus fastueux, ils le recevaient et en usaient sans mesure, comme des seigneurs assurés de leurs richesses irremplaçables.

a. Si tu te noies, ta mère elle te tue. – Tia pas honte à la figure de tout montrer comme ça. Où c'est qu'elle est ta mère.

Ils en oubliaient même l'heure, courant de la plage à la mer, séchant sur le sable l'eau salée qui les faisait visqueux, puis lavant dans la mer le sable qui les habillait de gris. Ils couraient, et les martinets avec des cris rapides commençaient de voler plus bas au-dessus des fabriques et de la plage. Le ciel, vidé de la touffeur du jour, devenait plus pur puis verdissait, la lumière se détendait et, de l'autre côté du golfe, la courbe des maisons et de la ville, noyée jusque-là dans une sorte de brume, devenait plus distincte. Il faisait encore jour, mais des lampes s'allumaient déjà en prévision du rapide crépuscule d'Afrique. Pierre, généralement, était le premier à donner le signal : « Il est tard », et aussitôt, c'était la débandade, l'adieu rapide. Jacques avec Joseph et Jean couraient vers leurs maisons sans se soucier des autres. Ils galopaient hors de souffle. La mère de Joseph avait la main leste. Quant à la grand-mère de Jacques... Ils couraient toujours dans le soir qui descendait à toute allure, affolés par les premiers becs de gaz, les tramways éclairés qui fuyaient devant eux, accélérant leur course, atterrés de voir la nuit déjà installée, et se quittaient sur le pas de la porte sans même se dire au revoir. Ces soirs-là, Jacques s'arrêtait dans l'escalier obscur et puant, il s'appuyait dans la nuit contre le mur et attendait que se calme son cœur bondissant. Mais il ne pouvait attendre, et de le savoir le rendait plus haletant. En trois enjambées, il était sur le palier, il passait devant la porte des cabinets de l'étage, et il ouvrait sa porte. Il y avait de la lumière dans la salle à manger au bout du couloir, et, glacé, il entendait le bruit des cuillères dans les assiettes. Il entrait. Autour de la table, sous la lumière ronde de la lampe à pétrole, l'oncle[a] à demi muet conti-

a. le frère.

nuait d'aspirer bruyamment sa soupe ; sa mère, encore jeune, les cheveux abondants et bruns, le regardait de son beau regard doux. « Tu sais bien... », commençait-elle. Mais, droite dans sa robe noire, la bouche ferme, les yeux clairs et sévères, la grand-mère, dont il ne voyait que le dos, coupait sa fille. « D'où viens-tu ? disait-elle. – Pierre m'a montré le devoir de calcul. » La grand-mère se levait et s'approchait de lui. Elle reniflait ses cheveux, puis lui passait sa main sur les chevilles encore pleines de sable. « Tu viens de la plage. » « Alors tié menteur », articulait l'oncle. Mais la grand-mère passait derrière lui, prenait derrière la porte de la salle la cravache grossière, dite nerf de bœuf, qui y pendait et lui cinglait les jambes et les fesses de trois ou quatre coups qui le brûlaient à hurler. Un peu plus tard, la bouche et la gorge pleines de larmes, devant son assiette de soupe que l'oncle apitoyé lui avait servie, il se tendait tout entier pour empêcher les larmes de déborder. Et sa mère, après un rapide regard à la grand-mère, tournait vers lui le visage qu'il aimait tant : « Mange ta soupe, disait-elle. C'est fini. C'est fini. » C'est alors qu'il se mettait à pleurer.

Jacques Cormery s'éveilla. Le soleil ne se reflétait plus sur le cuivre du hublot, mais il avait baissé à l'horizon et éclairait maintenant la paroi en face de lui. Il s'habilla et monta sur le pont. Il trouverait Alger au bout de la nuit.

5

Le père. Sa mort
La guerre. L'attentat

Il la serrait dans ses bras, sur le seuil même de la porte, encore essoufflé d'avoir monté l'escalier quatre à quatre, d'un seul élan infaillible, sans manquer une marche, comme si son corps conservait toujours la mémoire exacte de la hauteur des marches. En descendant du taxi, dans la rue déjà très animée, encore luisante par endroits des arrosages du matin [a] que la chaleur naissante commençait de dissiper en buée, il l'avait aperçue, à la même place que jadis, sur l'étroit et unique balcon de l'appartement entre les deux pièces, au-dessus de la marquise du coiffeur – mais ce n'était plus le père de Jean et de Joseph qui était mort de tuberculose, c'est le métier, disait sa femme, toujours respirer des cheveux – dont le revêtement de tôle ondulée gardait toujours son chargement de baies de ficus, de petits papiers froissés et de vieux mégots. Elle était là, avec ses cheveux toujours abondants mais devenus blancs depuis des années, encore droite cependant malgré ses soixante-douze ans, on lui aurait donné dix ans de moins à cause de son extrême minceur et de sa vigueur encore apparente, et il en était ainsi de toute la famille, tribu de maigres à l'allure nonchalante et dont l'énergie était infatigable, sur

a. dimanche.

qui la vieillesse semblait n'avoir pas de prise. À cinquante ans, l'oncle Émile[1], à demi muet, semblait un jeune homme. La grand-mère était morte sans courber la tête. Et quant à sa mère, vers qui il courait maintenant, il semblait que rien ne réduirait sa douce ténacité, puisque des dizaines d'années de travail épuisant avaient respecté en elle la jeune femme que Cormery enfant admirait de tous ses yeux.

Quand il arriva devant la porte, sa mère l'ouvrait et se jetait dans ses bras. Et là, comme chaque fois qu'ils se retrouvaient, elle l'embrassait deux ou trois fois, le serrant contre elle de toutes ses forces, et il sentait contre ses bras les côtes, les os durs et saillants des épaules un peu tremblantes, tandis qu'il respirait la douce odeur de sa peau qui lui rappelait cet endroit, sous la pomme d'Adam, entre les deux tendons jugulaires, qu'il n'osait plus embrasser chez elle, mais qu'il aimait respirer et caresser étant enfant et les rares fois où elle le prenait sur ses genoux et où il faisait semblant de s'endormir, le nez dans ce petit creux qui avait pour lui l'odeur, trop rare dans sa vie d'enfant, de la tendresse. Elle l'embrassait et puis, après l'avoir lâché, le regardait et le reprenait pour l'embrasser encore une fois, comme si, ayant mesuré en elle-même tout l'amour qu'elle pouvait lui porter ou lui exprimer, elle avait décidé qu'une mesure manquait encore. « Mon fils, disait-elle, tu étais loin[a]. » Et puis, tout de suite après, détournée, elle retournait dans l'appartement et allait s'asseoir dans la salle à manger qui donnait sur la rue, elle semblait ne plus penser à lui ni d'ailleurs à rien, et le regardait même parfois avec une étrange expression, comme si maintenant,

a. transition.
1. Deviendra Ernest.

ou du moins il en avait l'impression, il était de trop et dérangeait l'univers étroit, vide et fermé où elle se mouvait solitairement. Ce jour-là, de surcroît, après qu'il se fut assis près d'elle, elle semblait habitée par une sorte d'inquiétude et regardait de temps en temps dans la rue, furtivement, de son beau regard sombre et fiévreux qui s'apaisait ensuite en revenant sur Jacques.

La rue devenait plus bruyante, et plus fréquents les passages, dans un grand bruit de ferraille, des lourds tramways rouges. Cormery regardait sa mère, dans une petite blouse grise rehaussée d'un col blanc, assise de profil devant la fenêtre sur l'inconfortable chaise [ ] [1] où elle se tenait toujours, le dos un peu voûté par l'âge, mais qui ne cherchait pas l'appui du dossier, les mains jointes autour d'un petit mouchoir que de temps en temps elle roulait en boule de ses doigts gourds, puis abandonnait au creux de la robe entre ses mains immobiles, la tête un peu tournée vers la rue. Elle était la même que trente ans auparavant, et, derrière les rides, il retrouvait le même visage miraculeusement jeune, les arcades sourcilières lisses et polies, comme fondues dans le front, le petit nez droit, la bouche encore bien dessinée malgré la crispation des coins des lèvres autour du dentier. Le cou lui-même, qui se dévaste si vite, gardait sa forme malgré les tendons devenus noueux et le menton un peu relâché. « Tu es allée chez le coiffeur », dit Jacques. Elle sourit avec son air de petite fille prise en faute : « Oui, tu sais, tu arrivais. » Elle avait toujours été coquette à sa manière, quasi invisible. Et, si pauvrement qu'elle ait été vêtue, Jacques ne se souvenait pas de lui avoir vu porter une chose laide. Maintenant encore, les gris et les noirs dont elle s'habillait étaient bien choisis.

1. Deux signes illisibles.

C'était là un goût de la tribu, toujours misérable, ou pauvre, ou parfois, pour certains cousins, un peu à l'aise. Mais tous, et les hommes surtout, tenaient, comme tous les Méditerranéens, aux chemises blanches et au pli du pantalon, trouvant naturel que ce travail d'entretien incessant, vu la rareté de la garde-robe, s'ajoute au travail des femmes, mères ou épouses. Quant à sa mère[a], elle avait toujours considéré qu'il ne suffisait pas de laver le linge et de faire le ménage des autres, et Jacques, du plus loin qu'il se souvînt, l'avait toujours vue repasser l'unique pantalon de son frère et le sien, jusqu'à ce que lui partît et s'éloignât dans l'univers des femmes qui ne lavent ni ne repassent. « C'est l'Italien, dit sa mère, le coiffeur. Il travaille bien. – Oui », dit Jacques. Il allait dire : « Tu es très belle » et s'arrêta. Il avait toujours pensé cela de sa mère et n'avait jamais osé le lui dire. Non pas qu'il craignît d'être rebuté ou doutât qu'un tel compliment pût lui faire plaisir. Mais c'eût été franchir la barrière invisible derrière laquelle toute sa vie il l'avait vue retranchée – douce, polie, conciliante, passive même, et cependant jamais conquise par rien ni personne, isolée dans sa demi-surdité, ses difficultés de langage, belle certainement mais à peu près inaccessible et d'autant plus qu'elle était plus souriante et que son cœur à lui s'élançait plus vers elle –, oui, toute sa vie, elle avait gardé le même air craintif et soumis, et cependant distant, le même regard dont elle voyait, trente ans auparavant, sans intervenir, sa mère battre à la cravache Jacques, elle qui n'avait jamais touché ni même vraiment grondé ses enfants, elle dont on ne pouvait douter que ces coups ne la meurtrissaient aussi mais qui, empêchée d'intervenir par la fatigue, l'infirmité de l'expression et le respect dû

a. l'arcade osseuse et polie où brille l'œil noir et fiévreux.

à sa mère, laissait faire, endurait à longueur de jours et d'années, endurait les coups pour ses enfants, comme elle endurait pour elle-même la dure journée de travail au service des autres, les parquets lavés à genoux, la vie sans homme et sans consolation au milieu des reliefs graisseux et du linge sale des autres, les longs jours de peine ajoutés les uns aux autres pour faire une vie qui, à force d'être privée d'espoir, devenait aussi une vie sans ressentiment d'aucune sorte, ignorante, obstinée, résignée enfin à toutes les souffrances, les siennes comme celles des autres. Il ne l'avait jamais entendue se plaindre, sinon pour dire qu'elle était fatiguée ou qu'elle avait mal aux reins après une grosse lessive. Il ne l'avait jamais entendue dire du mal de personne, sinon pour dire qu'une sœur ou une tante n'avait pas été gentille avec elle, ou avait été « fière ». Mais, en revanche, il l'avait rarement entendue rire de tout son cœur. Elle riait un peu plus maintenant qu'elle ne travaillait plus depuis que ses enfants subvenaient à tous ses besoins. Jacques regardait la pièce qui, elle aussi, n'avait pas changé. Elle n'avait pas voulu quitter cet appartement où elle avait ses habitudes, ce quartier où tout lui était facile, pour un autre plus confortable mais où tout serait devenu difficile. Oui, c'était la même pièce. On avait changé les meubles, qui étaient maintenant décents et moins misérables. Mais ils étaient toujours nus, collés au mur. « Tu fouilles toujours », dit sa mère. Oui, il ne pouvait s'empêcher d'ouvrir le buffet qui contenait toujours le strict nécessaire, malgré toutes ses objurgations et dont la nudité le fascinait. Il ouvrait aussi les tiroirs de la desserte qui abritaient les deux ou trois médicaments dont on se suffisait dans cette maison, mêlés à deux ou trois vieux journaux, des bouts de ficelle, une petite boîte en carton remplie de boutons dépareillés, une vieille photo d'identité. Ici, même le superflu était pauvre parce que le superflu n'était jamais utilisé. Et Jacques savait bien que, installée dans une maison normale où les objets abondaient comme chez lui, sa mère n'utiliserait justement que le strict nécessaire. Il savait que dans la chambre de sa mère, à côté, meublée d'une petite armoire, d'un lit étroit, d'une coiffeuse de bois et d'une chaise de paille, avec son unique fenêtre garnie d'un rideau de crochet, il ne trouverait strictement aucun objet sinon, parfois, le petit mouchoir roulé en boule qu'elle abandonnait sur le bois nu de la coiffeuse.

Ce qui l'avait frappé justement, quand il avait découvert d'autres maisons, que ce soit celles de ses camarades de lycée ou plus tard celles d'un monde plus fortuné, c'était le nombre de vases, de coupes, de statuettes, de tableaux qui encombraient les pièces. Chez lui, on disait « le vase qui est sur la cheminée », le pot, les assiettes creuses, et les quelques objets qu'on pouvait trouver n'avaient pas de nom. Chez son oncle, au contraire, on faisait admirer le grès flambé des Vosges, on mangeait dans le service de Quimper. Lui avait toujours grandi au milieu d'une pauvreté aussi nue que la mort, parmi les noms communs ; chez son oncle, il découvrait les noms propres. Et aujourd'hui encore, dans la pièce au carrelage fraîchement lavé, sur les meubles simples et luisants, il n'y avait rien, sinon sur la desserte un cendrier arabe de cuivre repoussé, en prévision de sa venue, et au mur le calendrier des P.T.T. Il n'y avait rien à voir ici, et peu à dire, et c'est pourquoi il ignorait tout de sa mère, sauf ce qu'il en connaissait lui-même. Et de son père.

« Papa ? » Elle le regardait et devenait attentive[a].

« Oui.

a. Le père – interrogation – guerre de 14 – Attentat.

– Il s'appelait Henri et puis quoi ?

– Je ne sais pas.

– Il n'avait pas d'autres noms ?

– Je crois, mais je souviens pas. »

Soudain distraite, elle regardait la rue où le soleil frappait maintenant de toute sa force.

« Il me ressemblait ?

– Oui, c'était toi, craché. Il avait les yeux clairs. Et le front, comme toi.

– En quelle année il est né ?

– Je ne sais pas. Moi, j'avais quatre ans de plus que lui.

– Et toi, en quelle année ?

– Je ne sais pas. Regarde le livret de famille. »

Jacques se rendit dans la chambre, il ouvrit l'armoire. Entre les serviettes, sur l'étagère du haut, il y avait le livret de famille, le carnet de pension et quelques vieux papiers rédigés en espagnol. Il revint avec les documents.

« Il est né en 1885 et toi en 1882. Tu avais trois ans de plus que lui.

– Ah ! je croyais quatre. Il y a longtemps.

– Tu m'as dit qu'il avait perdu très tôt son père et sa mère et que ses frères l'avaient mis à l'orphelinat.

– Oui. Sa sœur aussi.

– Ses parents avaient une ferme ?

– Oui. C'étaient des Alsaciens.

– À Ouled-Fayet.

– Oui. Et nous à Cheraga. C'est tout près.

– À quel âge a-t-il perdu ses parents ?

– Je ne sais pas. Oh ! il était jeune. Sa sœur l'a laissé. Ce n'est pas bien. Il ne voulait plus les voir.

– Quel âge avait sa sœur ?

– Je ne sais pas.

– Et ses frères ? Il était le plus jeune ?

– Non. Le deuxième.

– Mais alors, ses frères étaient trop jeunes pour s'occuper de lui.

– Oui. C'est ça.

– Alors, ce n'était pas de leur faute.

– Si, il leur en voulait. Après l'orphelinat, à seize ans, il est rentré à la ferme de sa sœur. On le faisait trop travailler. C'était trop.

– Il est venu à Cheraga.

– Oui. Chez nous.

– C'est là que tu l'as connu ?

– Oui. »

Elle détourna la tête à nouveau vers la rue, et il se sentit impuissant à continuer sur cette voie. Mais elle prit elle-même une autre direction.

« Il savait pas lire, tu comprends. À l'orphelinat, on apprenait rien.

– Mais tu m'as montré des cartes qu'il t'a envoyées de la guerre.

– Oui, il a appris avec M. Classiault.

– Chez Ricome.

– Oui. M. Classiault c'était le chef. Il lui a appris à lire et à écrire.

– À quel âge ?

– À vingt ans, je crois. Je ne sais pas. C'est vieux, tout ça. Mais quand on s'est mariés, il avait bien appris les vins et il pouvait travailler partout. Il avait de la tête. »

Elle le regardait.

« Comme toi.

– Et après ?

– Après ? Ton frère est venu. Ton père travaillait pour Ricome, et Ricome l'a envoyé dans sa ferme à Saint-Lapôtre.

– Saint-Apôtre ?

– Oui. Et puis il y a eu la guerre. Il est mort. On m'a envoyé l'éclat d'obus. »

L'éclat d'obus qui avait ouvert la tête de son père était dans une petite boîte de biscuits derrière les mêmes serviettes de la même armoire, avec les cartes écrites du front et qu'il pouvait réciter par cœur dans leur sécheresse et leur brièveté. « Ma chère Lucie. Je vais bien. Nous changeons de cantonnement demain. Fais bien attention aux enfants. Je t'embrasse. Ton mari. »

Oui, au fond de la même nuit où il était né au cours de ce déménagement, émigrant, enfant d'émigrants, l'Europe accordait déjà ses canons qui devaient éclater tous ensemble quelques mois après, chassant les Cormery de Saint-Apôtre, lui vers son corps d'armée à Alger, elle vers le petit appartement de sa mère dans le faubourg misérable, portant dans ses bras l'enfant gonflé des piqûres de la Seybouse. « Ne vous dérangez pas, mère. Quand Henri reviendra, nous repartirons. » Et la grand-mère, droite, les cheveux blancs tirés en arrière, les yeux clairs et durs : « Ma fille, il va falloir travailler. »

« Il était dans les zouaves.

– Oui. Il a fait la guerre au Maroc. »

C'était vrai. Il avait oublié. 1905, son père avait vingt ans. Il avait fait, comme on dit, du service actif contre les Marocains[a]. Jacques se souvenait de ce que lui avait dit le directeur de son école lorsqu'il l'avait rencontré quelques années auparavant dans les rues d'Alger. M. Levesque avait été appelé en même temps que son père. Mais il n'était resté qu'un mois dans la même unité. Il avait mal connu Cormery selon lui, car ce dernier parlait peu. Dur à la fatigue, taciturne, mais facile à vivre et équitable. Une

a. 14.

seule fois, Cormery avait paru hors de lui. C'était la nuit, après une journée torride, dans ce coin de l'Atlas où le détachement campait au sommet d'une petite colline gardée par un défilé rocheux. Cormery et Levesque devaient relever la sentinelle au bas du défilé. Personne n'avait répondu à leurs appels. Et au pied d'une haie de figuiers de Barbarie, ils avaient trouvé leur camarade la tête renversée, bizarrement tournée vers la lune. Et d'abord ils n'avaient pas reconnu sa tête qui avait une forme étrange. Mais c'était tout simple. Il avait été égorgé et, dans sa bouche, cette boursouflure livide était son sexe entier. C'est alors qu'ils avaient vu le corps aux jambes écartées, le pantalon de zouave fendu et, au milieu de la fente, dans le reflet cette fois indirect de la lune, cette flaque marécageuse[a]. À cent mètres plus loin, derrière un gros rocher cette fois, la deuxième sentinelle avait été présentée de la même façon. L'alarme avait été donnée, les postes doublés. À l'aube, quand ils étaient remontés au camp, Cormery avait dit que les autres n'étaient pas des hommes. Levesque, qui réfléchissait, avait répondu que, pour eux, c'était ainsi que devaient agir les hommes, qu'on était chez eux, et qu'ils usaient de tous les moyens. Cormery avait pris son air buté. « Peut-être. Mais ils ont tort. Un homme ne fait pas ça. » Levesque avait dit que pour eux, dans certaines circonstances, un homme doit tout se permettre et [tout détruire]. Mais Cormery avait crié comme pris de folie furieuse : « Non, un homme ça s'empêche. Voilà ce qu'est un homme, ou sinon... » Et puis il s'était calmé. « Moi, avait-il dit d'une voix sourde, je suis pauvre, je sors de l'orphelinat, on me met cet habit, on me traîne à la guerre, mais je m'empêche. – Il y a des Français qui ne s'empê-

a. que tu crèves avec ou sans, avait dit le sergent.

chent pas, avait [dit] Levesque. – Alors, eux non plus, ce ne sont pas des hommes. »

Et soudain, il cria : « Sale race ! Quelle race ! Tous, tous... »

Et il était entré sous sa tente, pâle comme un linge.

Quand il réfléchissait, Jacques se rendait compte que c'était de ce vieil instituteur perdu maintenant de vue qu'il avait appris le plus de choses sur son père. Mais rien de plus, sinon dans le détail, que ce que le silence de sa mère lui avait fait deviner. Un homme dur, amer, qui avait travaillé toute sa vie, avait tué sur commande, accepté tout ce qui ne pouvait s'éviter, mais qui, quelque part en lui-même, refusait d'être entamé. Un homme pauvre enfin. Car la pauvreté ne [se] choisit pas, mais elle peut se garder. Et il essayait d'imaginer, avec le peu qu'il savait par sa mère, le même homme, neuf ans plus tard, marié, père de deux enfants, ayant conquis une situation un peu meilleure et rappelé à Alger pour la mobilisation[a], le long voyage de nuit avec la femme patiente et les enfants insupportables, la séparation à la gare et puis, trois jours après, dans le petit appartement de Belcourt, son arrivée soudaine dans le beau costume rouge et bleu à culottes bouffantes du régiment des zouaves, suant sous la laine épaisse, dans la chaleur de juillet*, le canotier à la main, parce qu'il n'y avait ni chéchia ni casque, après avoir quitté clandestinement le dépôt sous les voûtes des quais, et couru pour venir embrasser ses enfants et sa femme, avant l'embarquement du soir pour la France qu'il n'avait jamais vue[b], sur la mer qui ne l'avait jamais porté, et il les avait embrassés, fortement, brièvement, et il était reparti du

* Août.

a. journaux 1814 à Alger. [*Sic.*]

b. Il n'avait jamais vu la France. Il la vit et fut tué.

même pas, et la femme au petit balcon lui avait fait un signe auquel il avait répondu en pleine course, se retournant pour agiter le canotier, avant de se remettre à courir dans la rue grise de poussière et de chaleur et de disparaître devant le cinéma, plus loin, dans la lumière éclatante du matin pour ne plus jamais revenir. Le reste, il fallait l'imaginer. Non pas à travers ce que pouvait lui dire sa mère, qui ne pouvait même pas avoir l'idée de l'histoire ni de la géographie, qui savait seulement qu'elle vivait sur de la terre près de la mer, que la France était de l'autre côté de cette mer qu'elle non plus n'avait jamais parcourue, la France étant d'ailleurs un lieu obscur perdu dans une nuit indécise où l'on abordait par un port appelé Marseille qu'elle imaginait comme le port d'Alger, où brillait une ville qu'on disait très belle et qui s'appelait Paris, où enfin se trouvait une région appelée l'Alsace dont venaient les parents de son mari qui avaient fui, il y avait longtemps de cela, devant des ennemis appelés Allemands pour s'installer en Algérie, région qu'il fallait reprendre aux mêmes ennemis, lesquels avaient toujours été méchants et cruels, particulièrement avec les Français, et sans raison aucune. Les Français étaient toujours obligés de se défendre contre ces hommes querelleurs et implacables. C'était là, avec l'Espagne qu'elle ne pouvait situer mais qui, en tout cas, n'était pas loin, dont ses parents, Mahonnais, étaient partis il y avait aussi longtemps que les parents de son mari pour venir en Algérie parce qu'ils crevaient de faim à Mahon dont elle ne savait même pas que c'était une île, ne sachant d'ailleurs pas ce qu'était une île puisqu'elle n'en avait jamais vue. Des autres pays, le nom la frappait parfois sans qu'elle puisse le prononcer toujours correctement. Et dans tous les cas elle n'avait jamais entendu parler de l'Autriche-Hongrie ni de la Serbie, la Russie était comme l'Angleterre un nom difficile, elle ignorait ce qu'était un archiduc et elle n'aurait jamais pu former les quatre syllabes de Sarajevo. La guerre était là, comme un vilain nuage, gros de menaces obscures, mais qu'on ne pouvait empêcher d'envahir le ciel, pas plus qu'on ne pouvait empêcher l'arrivée des sauterelles ou les orages dévastateurs qui fondaient sur les plateaux algériens. Les Allemands forçaient la France à la guerre, une fois de plus, et on allait souffrir – il n'y avait pas de causes à cela, elle ne savait pas l'histoire de France, ni ce qu'était l'histoire. Elle connaissait un peu la sienne, et à peine celle de ceux qu'elle aimait, et ceux qu'elle aimait devaient souffrir comme elle. Dans la nuit du monde qu'elle ne pouvait imaginer et de l'histoire qu'elle ignorait, une nuit plus obscure venait seulement de s'installer, des ordres mystérieux étaient arrivés, portés en plein bled par un gendarme suant et las, et il avait fallu quitter la ferme où l'on préparait déjà les vendanges – le curé était à la gare de Bône pour le départ des mobilisés : « il faut prier », lui avait-il dit, et elle avait répondu : « oui, monsieur curé », mais en vérité elle ne l'avait pas entendu, car il ne lui avait pas parlé assez fort, et d'ailleurs l'idée de prier ne lui serait pas venue, elle n'avait jamais voulu déranger personne –, et son mari maintenant était parti dans son beau costume multicolore, il allait revenir bientôt, tout le monde le disait, les Allemands seraient punis, mais en attendant il fallait trouver du travail. Heureusement, un voisin avait dit à la grand-mère qu'on avait besoin de femmes à la cartoucherie de l'Arsenal militaire et qu'on donnerait la préférence aux femmes de mobilisés, surtout si elles étaient chargées de famille, et elle aurait la chance de travailler pendant dix heures à ranger des petits tubes de carton suivant leur grosseur et leur couleur, elle pouvait apporter de l'argent à la grand-mère, les enfants auraient à manger jusqu'à ce que les Allemands soient punis et qu'Henri revienne. Bien sûr, elle ne savait pas qu'il y avait un front russe, ni ce qu'était un front, ni que la guerre pouvait s'étendre aux Balkans, au Moyen-Orient, à la planète, tout se passait en France, où les Allemands étaient entrés sans prévenir et en s'attaquant aux enfants. Tout se passait là-bas en effet où les troupes d'Afrique et parmi elles H. Cormery, transportées aussi vite que l'on pouvait, menées telles quelles dans une région mystérieuse dont on parlait, la Marne, et on n'avait pas eu le temps de leur trouver des casques, le soleil n'était pas assez fort pour tuer les couleurs comme en Algérie, si bien que des vagues d'Algériens arabes et français, vêtus de tons éclatants et pimpants, coiffés de chapeaux de paille, cibles rouges et bleues qu'on pouvait apercevoir à des centaines de mètres, montaient par paquets au feu, étaient détruits par paquets et commençaient d'engraisser un territoire étroit sur lequel pendant quatre ans des hommes venus du monde entier, tapis dans des tanières de boue, s'accrocheraient mètre par mètre sous un ciel hérissé d'obus éclairants, d'obus miaulant pendant que tonitruaient les grands barrages qui annonçaient les vains assauts[a]. Mais pour le moment il n'y avait pas de tanière, seulement les troupes d'Afrique qui fondaient sous le feu comme des poupées de cire multicolores, et chaque jour des centaines d'orphelins naissaient dans tous les coins d'Algérie, arabes et français, fils et filles sans père qui devraient ensuite apprendre à vivre sans leçon et sans héritage. Quelques semaines et puis un dimanche matin, sur le petit palier intérieur de l'unique étage, entre l'escalier et les deux cabinets sans lumière, trous noirs ménagés

a. développer.

à la turque dans la maçonnerie, sans cesse nettoyés au crésyl et sans cesse puant, Lucie Cormery et sa mère étaient assises sur deux chaises basses, triant des lentilles sous la lumière de l'imposte au-dessus de l'escalier, et le bébé dans une petite corbeille à linge suçait une carotte pleine de sa bave, quand un monsieur, grave et bien habillé, avait surgi dans l'escalier avec une sorte de pli. Les deux femmes surprises avaient posé les assiettes où elles triaient les lentilles qu'elles prenaient dans une marmite placée entre elles et s'essuyaient les mains quand le monsieur, qui s'était arrêté sur l'avant-dernière marche, les avait priées de ne pas bouger, avait demandé Madame Cormery, « la voilà, avait dit la grand-mère, je suis sa mère », et le monsieur avait dit qu'il était le maire, qu'il apportait une douloureuse nouvelle, que son mari était mort au champ d'honneur et que la France qui le pleurait en même temps qu'elle était fière de lui. Lucie Cormery ne l'avait pas entendu, mais s'était levée et lui tendait la main avec beaucoup de respect, la grand-mère s'était dressée, la main sur la bouche, et répétait « mon dieu » en espagnol. Le monsieur avait gardé la main de Lucie dans sa main, puis l'avait encore serrée dans ses deux mains, avait murmuré des paroles de consolation et puis lui avait donné son pli, s'était retourné et avait descendu les escaliers d'un pas lourd. « Qu'est-ce qu'il a dit ? avait demandé Lucie. – Henri est mort. Il a été tué. » Lucie regardait le pli qu'elle n'ouvrait pas, ni elle ni sa mère ne savaient lire, elle le retournait, sans mot dire, sans une larme, incapable d'imaginer cette mort si lointaine, au fond d'une nuit inconnue. Et puis elle avait mis le pli dans la poche de son tablier de cuisine, était passée près de l'enfant sans le regarder et était allée dans la chambre qu'elle partageait avec ses deux enfants, avait fermé la porte et les persiennes de la fenêtre qui donnait sur la cour et s'était étendue sur son lit, où elle était restée muette et sans larmes pendant de longues heures à serrer dans sa poche le pli qu'elle ne pouvait lire et à regarder dans le noir le malheur qu'elle ne comprenait pas[a].

« Maman », dit Jacques.

Elle regardait toujours la rue, du même air, et ne l'entendait pas. Il toucha son bras maigre et ridé, et elle se retourna vers lui en souriant.

« Les cartes de papa, tu sais, celles de l'hôpital.

– Oui.

– Tu les as reçues après le maire ?

– Oui. »

Un éclat d'obus lui avait ouvert la tête et il avait été transporté dans un de ces trains sanitaires dégouttant de sang, de paille et de pansements qui faisaient la navette entre la boucherie et les hôpitaux d'évacuation à Saint-Brieuc. Là, il avait pu griffonner deux cartes au jugé, car il ne voyait plus. « Je suis blessé. Ce n'est rien. Ton mari. » Et puis il était mort au bout de quelques jours. L'infirmière avait écrit : « Cela vaut mieux. Il serait resté aveugle ou fou. Il était bien courageux. » Et puis l'éclat d'obus.

Une patrouille de trois parachutistes en armes passait en bas dans la rue, en file indienne, regardant de tous côtés. L'un d'entre eux était noir, grand et souple, comme une bête splendide dans sa peau tachetée.

« C'est pour les bandits, dit-elle. Et puis je suis contente que tu sois allé à sa tombe. Moi, je suis trop vieille et puis c'est loin. C'est beau ?

– Quoi, la tombe ?

– Oui.

a. elle croit que les éclats d'obus sont autonomes.

– Elle est belle. Il y a des fleurs.

– Oui. Les Français sont bien braves. »

Elle le disait et le croyait, mais sans plus penser à son mari, maintenant oublié, et avec lui le malheur d'autrefois. Et plus rien ne restait, ni en elle ni dans cette maison, de cet homme dévoré par un feu universel et dont il ne restait qu'un souvenir impalpable comme les cendres d'une aile de papillon brûlée dans un incendie de forêt.

« Le ragoût va brûler, attends. »

[a]Elle s'était levée pour aller dans la cuisine et il avait pris sa place, regardant à son tour dans la rue inchangée depuis tant d'années, avec les mêmes magasins aux couleurs éteintes et écaillées par le soleil. Seul le buraliste en face avait remplacé par de longues lanières en matière plastique multicolores son rideau de petits roseaux creux dont Jacques entendait encore le bruit particulier, lorsqu'il le franchissait pour pénétrer dans l'exquise odeur de l'imprimé et du tabac et acheter *L'Intrépide* où il s'exaltait à des histoires d'honneur et de courage. La rue connaissait maintenant l'animation du dimanche matin. Les ouvriers, avec leurs chemises blanches fraîchement lavées et repassées, se dirigeaient en bavardant vers les trois ou quatre cafés qui sentaient l'ombre fraîche et l'anis. Des Arabes passaient, pauvres eux aussi mais proprement habillés, avec leurs femmes toujours voilées mais chaussées de souliers Louis XV. Parfois des familles entières d'Arabes passaient, ainsi endimanchées. L'une d'elles traînait trois enfants, dont l'un était déguisé en parachutiste. Et justement la patrouille de parachutistes repassait, détendus et apparemment indifférents. C'est au moment où Lucie Cormery entra dans la pièce que l'explosion retentit.

a. changement dans l'appartement.

Elle semblait toute proche, énorme, n'en finissant plus de se prolonger en vibrations. Il semblait qu'on ne l'entendait plus depuis longtemps, et l'ampoule de la salle à manger vibrait encore au fond de la coquille de verre qui servait de lustre. Sa mère avait reculé au fond de la pièce, pâle, les yeux noirs pleins d'une frayeur qu'elle ne pouvait maîtriser, vacillant un peu. « C'est ici. C'est ici, disait-elle. – Non », dit Jacques, et il courait à la fenêtre. Des gens couraient, il ne savait où ; une famille arabe était entrée chez le mercier d'en face, pressant les enfants de rentrer, et le mercier les accueillait, fermait la porte en retirant le bec-de-cane et restait planté derrière la vitre à surveiller la rue. À ce moment, la patrouille de parachutistes revint, courant à perdre haleine dans l'autre sens. Des autos se rangeaient précipitamment le long des trottoirs et stoppaient. En quelques secondes, la rue s'était vidée. Mais, en se penchant, Jacques pouvait voir un grand mouvement de foule plus loin entre le cinéma Musset et l'arrêt du tramway. « Je vais aller voir », dit-il.

Au coin de la rue Prévost-Paradol[a][1], un groupe d'hommes vociférait. « Cette sale race », disait un petit ouvrier en tricot de corps dans la direction d'un Arabe collé dans une porte cochère près du café. Et il se dirigea vers lui. « Je n'ai rien fait, dit l'Arabe. – Vous êtes tous de mèche, bande d'enculés », et il se jeta vers lui. Les autres le retinrent. Jacques dit à l'Arabe : « Venez avec moi », et

a. – Il l'a vu avant de venir voir sa mère ?

– Refaire dans la troisième partie l'attentat de *Kessous* et dans ce cas donner ici simplement l'indication de l'attentat.

– Plus loin.

1. Tout ce passage jusqu'à « les souffrances » est encerclé avec un point d'interrogation.

il entra avec lui dans le café qui maintenant était tenu par Jean, son ami d'enfance, le fils du coiffeur. Jean était là, le même, mais ridé, petit et mince, le visage chafouin et attentif. « Il n'a rien fait, dit Jacques. Fais-le entrer chez toi. » Jean regarda l'Arabe en essuyant son zinc. « Viens », dit-il, et ils disparurent dans le fond.

En ressortant, l'ouvrier regardait Jacques de travers. « Il n'a rien fait, dit Jacques. – Il faut tous les tuer. – C'est ce qu'on dit dans la colère. Réfléchis. » L'autre haussa les épaules : « Va là-bas et tu parleras quand tu auras vu la bouillie. » Des timbres d'ambulances s'élevaient, rapides, pressants. Jacques courut jusqu'à l'arrêt du tram. La bombe avait explosé dans le poteau électrique qui se trouvait près de l'arrêt. Et il y avait beaucoup de gens qui attendaient le tramway, tous endimanchés. Le petit café qui se trouvait là était plein de hurlements dont on ne savait si c'était la colère et[1] la souffrance.

Il s'était retourné vers sa mère. Elle était maintenant toute droite, toute blanche. « Assieds-toi », et il l'amena vers la chaise qui était tout près de la table. Il s'assit près d'elle, lui tenant les mains. « Deux fois cette semaine, dit-elle. J'ai peur de sortir. – Ce n'est rien, dit Jacques, ça va s'arrêter. – Oui », dit-elle. Elle le regardait d'un curieux air indécis, comme si elle était partagée entre la foi qu'elle avait dans l'intelligence de son fils et sa certitude que *la vie tout entière* était faite d'un malheur contre lequel on ne pouvait rien et qu'on pouvait seulement endurer. « Tu comprends, dit-elle, je suis vieille. Je ne peux plus courir. » Le sang revenait maintenant à ses joues. Au loin, on entendait des timbres d'ambulances, pressants, rapides. Mais elle ne les entendait pas. Elle respira profondément, se calma

1. *Sic.*

un peu plus et sourit à son fils de son beau sourire vaillant. Elle avait grandi, comme toute sa race, dans le danger, et le danger pouvait lui serrer le cœur, elle l'endurait comme le reste. C'était lui qui ne pouvait endurer ce visage pincé d'agonisante qu'elle avait eu soudain. « Viens avec moi en France », lui dit-il, mais elle secouait la tête avec une tristesse résolue : « Oh ! non, il fait froid là-bas. Maintenant je suis trop vieille. Je veux rester chez nous. »

6

La famille

« Ah ! lui dit sa mère, je suis contente quand tu es là [a]. Mais viens le soir, je m'ennuie moins. C'est le soir surtout, l'hiver il fait nuit de bonne heure. Si encore je savais lire. Je ne peux pas tricoter non plus à la lumière, j'ai mal aux yeux. Alors quand Étienne n'est pas là, je me couche et j'attends l'heure de manger. C'est long, deux heures comme ça. Si j'avais les petites avec moi, je parlerais avec elles. Mais elles viennent et elles repartent. Je suis trop vieille. Peut-être que je sens mauvais. Alors, comme ça, et toute seule... »

Elle parlait d'un seul coup, par petites phrases simples et qui se suivaient comme si elle se vidait de sa pensée jusque-là silencieuse. Et puis, la pensée tarie, elle se taisait à nouveau, la bouche serrée, l'œil doux et morne, regardant à travers les persiennes fermées de la salle à manger la lumière suffocante qui montait de la rue, toujours à sa même place sur la même chaise inconfortable, et son fils tournait comme autrefois autour de la table centrale [b].

Elle le regarde à nouveau tourner autour de la table [c].

a. Elle n'a jamais employé un subjonctif.

b. Rapports avec le frère Henri : les bagarres.

c. Ce qu'on mangeait : le ragoût de fressure – le ragoût de morue, pois chiches, etc.

« C'est beau, Solferino.

– Oui, c'est propre. Mais ça a dû changer depuis que tu ne l'as pas vu.

– Oui, ça change.

– Le docteur t'envoie bien le bonjour. Tu te souviens de lui ?

– Non, c'est vieux, ça.

– Personne ne se souvient de papa.

– On n'est pas restés longtemps. Et puis, il parlait pas beaucoup.

– Maman ? »

Elle le regardait de son regard distrait et doux sans sourire.

« Je croyais que papa et toi vous n'aviez jamais vécu ensemble à Alger.

– Non, non.

– Tu m'as compris ? »

Elle n'avait pas compris, il le devina à son air un peu effrayé comme si elle s'excusait, et il répéta sa question en articulant :

« Vous n'avez jamais habité ensemble à Alger ?

– Non, dit-elle.

– Mais alors, quand papa est allé voir couper le cou à Pirette. »

Il frappait sur son cou du tranchant de la main pour se faire comprendre. Mais elle répondit aussitôt :

« Oui, il s'est levé à trois heures pour aller à Barberousse.

– Alors, vous étiez à Alger ?

– Oui.

– Mais c'était quand ?

– Je ne sais pas. Il travaillait chez Ricome.

– Avant que vous alliez à Solferino ?

– Oui. »

Elle disait oui, c'était peut-être non, il fallait remonter dans le temps à travers une mémoire enténébrée, rien n'était sûr. La mémoire des pauvres déjà est moins nourrie que celle des riches, elle a moins de repères dans l'espace puisqu'ils quittent rarement le lieu où ils vivent, moins de repères aussi dans le temps d'une vie uniforme et grise. Bien sûr, il y a la mémoire du cœur dont on dit qu'elle est la plus sûre, mais le cœur s'use à la peine et au travail, il oublie plus vite sous le poids des fatigues. Le temps perdu ne se retrouve que chez les riches. Pour les pauvres, il marque seulement les traces vagues du chemin de la mort. Et puis, pour bien supporter, il ne faut pas trop se souvenir, il fallait se tenir tout près des jours, heure après heure, comme le faisait sa mère, un peu par force sans doute, puisque cette maladie de jeunesse (au fait, selon la grand-mère, c'était une typhoïde. Mais une typhoïde ne laisse pas de semblables séquelles. Un typhus peut-être. Ou quoi ? Là, encore, c'était la nuit), puisque cette maladie de jeunesse l'avait laissée sourde et avec un embarras de parole, puis l'avait empêchée d'apprendre ce qu'on enseigne même aux plus déshérités, et forcée donc à la résignation muette, mais c'était aussi la seule manière qu'elle ait trouvée de faire face à sa vie, et que pouvait-elle faire d'autre, qui à sa place aurait trouvé autre chose ? Il eût voulu qu'elle se passionnât pour lui décrire un homme mort quarante ans auparavant et dont elle avait partagé la vie (et l'avait-elle vraiment partagée ?) pendant cinq ans. Elle ne le pouvait pas, il n'était même pas sûr qu'elle eût aimé passionnément cet homme, et en tout cas il ne pouvait le lui demander, lui aussi était devant elle muet et infirme à sa manière, il ne voulait même pas savoir au fond ce qu'il y avait eu entre eux, et il fallait renoncer à apprendre quelque chose d'elle. Même ce détail, qui, enfant, l'avait tant impressionné, qui l'avait poursuivi toute sa vie et jusque dans ses rêves, son père levé à trois heures pour aller assister à l'exécution d'un criminel fameux, il l'avait appris de sa grand-mère. Pirette était ouvrier agricole dans une ferme du Sahel, assez près d'Alger. Il avait tué à coups de marteau ses maîtres et les trois enfants de la maison. « Pour voler ? » avait demandé Jacques enfant. « Oui », avait dit l'oncle Étienne. « Non », avait dit la grand-mère, mais sans donner d'autres explications. On avait trouvé les cadavres défigurés, la maison ensanglantée jusqu'au plafond et, sous l'un des lits, le plus jeune des enfants respirant encore et qui devait mourir aussi, mais qui avait trouvé la force d'écrire sur le mur blanchi à la chaux, avec son doigt trempé de sang : « C'est Pirette. » On avait poursuivi le meurtrier et on l'avait trouvé hébété dans la campagne. L'opinion publique horrifiée réclamait une peine de mort qu'on ne lui marchanda pas, et l'exécution se déroula à Alger devant la prison de Barberousse, en présence d'une foule considérable. Le père de Jacques s'était levé dans la nuit et était parti pour assister à la punition exemplaire d'un crime qui, d'après la grand-mère, l'avait indigné. Mais on ne sut jamais ce qui s'était passé. L'exécution avait eu lieu sans incident, apparemment. Mais le père de Jacques était revenu livide, s'était couché, puis levé pour aller vomir plusieurs fois, puis recouché. Il n'avait plus jamais voulu parler ensuite de ce qu'il avait vu. Et, le soir où il entendit ce récit, Jacques lui-même, étendu au bord du lit pour éviter de toucher son frère avec qui il couchait, ramassé sur lui-même, ravalait une nausée d'horreur, en ressassant les détails qu'on lui avait racontés et ceux qu'il imaginait. Et, sa vie durant, ces images l'avaient poursuivi jusque dans ses nuits où de loin en loin, mais régulièrement, revenait un cauchemar privilégié, varié dans ses formes, mais dont le thème était unique : on venait le chercher, lui, Jacques, pour l'exécuter. Et longtemps, au réveil, il avait secoué sa peur et son angoisse et retrouvé avec soulagement la bonne réalité où il n'y avait strictement aucune chance qu'il fût exécuté. Jusqu'à ce que, arrivé à l'âge d'homme, l'histoire autour de lui fût devenue telle qu'une exécution rentrait au contraire parmi les événements qu'on peut alors envisager sans invraisemblance, et la réalité ne soulageait plus des rêves, nourrie au contraire pendant des années très [précises] de la même angoisse qui avait bouleversé son père et qu'il lui avait léguée comme seul héritage évident et certain. Mais c'était un lien mystérieux qui le reliait au mort inconnu de Saint-Brieuc (qui lui non plus n'avait pas pensé, après tout, qu'il pût mourir de mort violente) par-dessus sa mère qui avait su cette histoire, vu le vomissement et oublié ce matin-là comme elle avait ignoré que les temps avaient changé. Pour elle, c'était toujours le même temps d'où le malheur à tout moment pouvait sortir sans crier gare.

Pour la grand-mère[a] au contraire, elle avait une plus juste idée des choses. « Tu finiras sur l'échafaud », répétait-elle souvent à Jacques. Pourquoi pas, cela n'avait plus rien d'exceptionnel. Elle ne le savait pas, mais telle qu'elle était, rien ne l'aurait étonnée. Droite, dans sa longue robe noire de prophétesse, ignorante et obstinée, elle du moins n'avait jamais connu la résignation. Et plus que tout autre, elle avait dominé l'enfance de Jacques. Élevée par ses parents mahonnais, dans une petite ferme du Sahel, elle avait épousé très jeune un autre Mahonais, fin et fragile, dont les frères étaient déjà installés en Algérie dès 1848 après la mort tragique du grand-père paternel, poète à ses heures

a. Transition.

et qui composait ses vers perché sur une bourrique et cheminant dans l'île entre les petits murs de pierre sèche qui bornent les jardins potagers. C'est au cours d'une de ces promenades que, trompé par la silhouette et le chapeau noir aux larges bords, un mari bafoué, croyant punir l'amant, fusilla dans le dos la poésie et un modèle de vertus familiales qui, cependant, ne laissa rien à ses enfants. Le résultat lointain de ce tragique malentendu où un poète trouva la mort fut l'installation sur le littoral algérien d'une nichée d'analphabètes qui se reproduisirent loin des écoles, attelés seulement à un travail exténuant sous un soleil féroce. Mais le mari de la grand-mère, si l'on en juge par les photos, avait gardé quelque chose du grand-père inspiré, et son visage maigre, bien dessiné, au regard rêveur, surmonté d'un grand front, de toute évidence ne le désignait pas pour tenir tête à la jeune, belle et énergique épouse. Elle lui fit neuf enfants, dont deux moururent en bas âge, pendant qu'une autre n'était sauvée qu'au prix de l'infirmité et que le dernier naissait sourd et quasi muet. Dans la petite ferme sombre, sans cesser de faire sa part du dur travail commun, elle élevait sa couvée, un long bâton près d'elle quand elle était assise au bout de la table, ce qui la dispensait de toute vaine observation, le coupable étant immédiatement frappé sur la tête. Elle régnait, exigeant le respect pour elle et son mari, à qui les enfants devaient dire vous, selon l'usage espagnol. Son mari ne devait pas jouir longtemps de ce respect : il mourut prématurément, usé par le soleil et le travail, et peut-être le mariage, sans que Jacques ait jamais pu savoir de quelle maladie il était mort. Restée seule, la grand-mère liquida la petite ferme et vint s'installer à Alger avec les enfants les plus jeunes, les autres étant mis au travail dès l'âge de l'apprentissage.

Quand Jacques, devenu plus grand, put l'observer, la pauvreté ni l'adversité ne l'avaient entamée. Elle n'avait plus que trois de ses enfants avec elle. Catherine[1] Cormery, qui faisait des ménages à l'extérieur, le plus jeune, l'infirme, devenu un vigoureux tonnelier, et Joseph, l'aîné, qui ne s'était pas marié et travaillait au chemin de fer. Tous trois avaient des salaires de misère qui, réunis, devaient faire vivre une famille de cinq personnes. La grand-mère gérait l'argent du ménage, et c'est pourquoi la première chose qui frappa Jacques fut son âpreté, non qu'elle fût avare, ou du moins elle l'était comme on est avare de l'air qu'on respire et qui vous fait vivre.

C'était elle qui achetait les vêtements des enfants. La mère de Jacques rentrait tard le soir et se contentait de regarder et d'écouter ce qui se disait, dépassée par la vitalité de la grand-mère et lui abandonnant tout. C'est ainsi que Jacques, pendant toute sa vie d'enfant, devait porter des imperméables trop longs car la grand-mère les achetait pour qu'ils durent et comptait sur la nature pour que la taille de l'enfant rattrape celle du vêtement. Mais Jacques grandissait lentement et ne se décida vraiment à pousser que sur ses quinze ans, et le vêtement était usé avant d'être ajusté. On en rachetait un autre selon les mêmes principes d'économie, et Jacques, dont les camarades moquaient l'accoutrement, n'avait plus que la ressource de faire bouffer ses imperméables à la ceinture pour rendre original ce qui était ridicule. Au reste, ces courtes hontes étaient vite oubliées en classe, où Jacques reprenait l'avantage, et dans la cour de récréation, où le football était son royaume. Mais ce royaume était interdit. Car la cour était cimentée

1. Page 15, la mère de Jacques Cormery est prénommée « Lucie ». Dorénavant, elle se prénommera Catherine.

et les semelles s'y usaient avec une telle rapidité que la grand-mère avait interdit à Jacques de jouer au football pendant les récréations. Elle achetait elle-même pour ses petits-fils de solides et épais souliers montants qu'elle espérait immortels. Pour accroître en tout cas leur longévité, elle faisait clouter leurs semelles d'énormes clous coniques qui présentaient un double avantage : il fallait les user avant d'user la semelle et ils permettaient de vérifier les infractions à l'interdiction de jouer au football. Les courses sur le terrain cimenté en effet les usaient rapidement et leur donnaient un poli dont la fraîcheur dénonçait le coupable. Chaque soir, en rentrant chez lui, Jacques devait donc se rendre dans la cuisine, où Cassandre officiait au-dessus de noires marmites, et, genou plié, semelle en l'air, dans l'attitude du cheval qu'on ferre, devait montrer ses semelles. Bien entendu, il ne pouvait résister à l'appel des camarades et à l'attrait de son jeu préféré, et toute son application se portait non sur l'exercice d'une vertu impossible mais sur le maquillage de la faute. Il passait donc de longs moments au sortir de l'école et plus tard du lycée à frotter ses semelles dans de la terre mouillée. La ruse réussissait parfois. Mais un temps venait où l'usure des clous devenait scandaleuse, où la semelle même parfois était atteinte, ou même, catastrophe dernière, par suite d'un coup de pied maladroit sur le sol ou dans la grille qui protégeait les arbres, elle s'était détachée de l'empeigne et Jacques arrivait alors chez lui le soulier cerclé d'un bout de ficelle pour lui tenir la gueule fermée. Ces soirs-là étaient ceux du nerf de bœuf. À Jacques pleurant, sa mère disait pour toute consolation : « C'est vrai que ça coûte. Pourquoi que tu fais pas attention ? » Mais elle-même ne les touchait jamais, ses enfants. Le lendemain, on chaussait Jacques d'espadrilles et on portait les chaussures au cordonnier. Il les retrouvait deux ou trois jours après fleuries de clous neufs, et il devait apprendre à nouveau à garder l'équilibre sur ses semelles glissantes et instables.

La grand-mère était capable d'aller encore plus loin, et Jacques après tant d'années ne pouvait se rappeler cette histoire sans une crispation de honte et de dégoût*. Son frère et lui ne recevaient aucun argent de poche, sinon parfois lorsqu'ils consentaient à rendre une visite à un oncle commerçant et une tante bien mariée. Pour l'oncle, c'était facile car ils l'aimaient bien. Mais la tante avait l'art de faire sonner sa richesse relative, et les deux enfants préféraient rester sans argent et sans les plaisirs qu'il procure plutôt que de se sentir humiliés. Dans tous les cas, et bien que la mer, le soleil, les jeux du quartier fussent des plaisirs gratuits, les frites, les berlingots, les pâtisseries arabes et surtout, pour Jacques, certains matches de football demandaient un peu d'argent, quelques sous au moins. Un soir, Jacques revenait de faire des commissions, tenant à bout de bras le plat de pommes au gratin qu'il était allé prendre pour finir chez le boulanger du quartier (il n'y avait à la maison ni gaz ni cuisinière, et la cuisine se faisait sur un réchaud à alcool. Point de four par conséquent, et lorsqu'on avait un plat à gratiner on le portait tout préparé au boulanger du quartier qui, pour quelques sous, l'enfournait et le surveillait), le plat fumait devant lui à travers le torchon qui l'abritait des poussières de la rue et qui permettait de le tenir aux extrémités. Sur la saignée de son bras droit, le filet rempli de provisions achetées par très petites quantités (une demi-livre de sucre, un demi-quart de beurre, cinq sous de fromage rapé, etc.) ne pesait pas lourd, et Jacques reniflait la bonne odeur du

* où la honte et le dégoût se mêlaient

gratin, marchait d'un pas alerte en évitant la foule populaire qui à cette heure allait et venait sur les trottoirs du quartier. À ce moment, de sa poche trouée, une pièce de deux francs s'échappa en tintant sur le trottoir. Jacques la ramassa, vérifia sa monnaie, qui était entière, et la mit dans l'autre poche. « J'aurais pu la perdre », pensa-t-il soudain. Et le match du lendemain qu'il avait chassé jusque-là de sa pensée lui revenait à l'esprit.

Personne en vérité n'avait jamais appris à l'enfant ce qui était bien ou ce qui était mal. Certaines choses étaient interdites et les infractions rudement sanctionnées. D'autres pas. Seuls ses instituteurs, lorsque le programme leur en laissait le temps, leur parlaient parfois de morale, mais là encore les interdictions étaient plus précises que les explications. La seule chose que Jacques ait pu voir et éprouver en matière de morale était simplement la vie quotidienne d'une famille ouvrière où visiblement personne n'avait jamais pensé qu'il y eût d'autres voies que le travail le plus rude pour acquérir l'argent nécessaire à la vie. Mais c'était là leçon de courage, non de morale. Pourtant, Jacques savait qu'il était mal de dissimuler ces deux francs. Et il ne voulait pas le faire. Et il ne le ferait pas ; peut-être pourrait-il, comme l'autre fois, se glisser entre deux planches du vieux stade du champ de manœuvre et assister sans payer à la partie. C'est pourquoi il ne comprit pas lui-même pourquoi il ne rendit pas tout de suite la monnaie qu'il rapportait et pourquoi, un moment plus tard, il revint des cabinets en déclarant qu'une pièce de deux francs était tombée dans le trou alors qu'il posait sa culotte. Les cabinets étaient encore un mot trop noble pour l'espace réduit qui avait été ménagé dans la maçonnerie du palier de l'unique étage. Privés d'air et de lumière électrique, de robinet, on y avait pratiqué sur un socle à mi-hauteur coincé entre la porte et le mur du fond un trou à la turque dans lequel il fallait verser des bidons d'eau après usage. Mais rien ne pouvait empêcher que la puanteur de ces lieux débordât jusque dans l'escalier. L'explication de Jacques était plausible[a]. Elle lui évitait d'être renvoyé dans la rue à la recherche de la pièce perdue et elle coupait court à tout développement. Simplement, Jacques se sentait le cœur serré en annonçant la mauvaise nouvelle. Sa grand-mère était dans la cuisine en train de hacher de l'ail et du persil sur la vieille planche verdie et creusée par l'usage. Elle s'arrêta et regarda Jacques qui attendait l'éclat. Mais elle se taisait et le scrutait de ses yeux clairs et glacés. « Tu es sûr ? dit-elle enfin. – Oui, je l'ai sentie tomber. » Elle le regardait encore. « Très bien, dit-elle. Nous allons voir. » Et, épouvanté, Jacques la vit retrousser la manche de son bras droit, dégager son bras blanc et noueux et sortir sur le palier. Lui se jeta dans la salle à manger, au bord de la nausée. Quand elle l'appela, il la trouva devant l'évier, son bras couvert de savon gris et se rinçant à grande eau. « Il n'y avait rien, dit-elle. Tu es un menteur. » Il balbutiait : « Mais elle a pu être entraînée. » Elle hésitait. « Peut-être. Mais si tu as menti, ce ne sera pas pain béni pour toi. » Non, ce n'était pas pain béni, car au même instant il comprenait que ce n'était pas l'avarice qui avait conduit sa grand-mère à fouiller dans l'ordure, mais la nécessité terrible qui faisait que dans cette maison deux francs étaient une somme. Il le comprenait et il voyait enfin clairement, avec un bouleversement de honte, qu'il avait volé ces deux francs au travail des siens. Aujourd'hui encore, Jacques, regardant sa mère devant la fenêtre, ne s'expliquait pas

a. Non. C'est parce qu'il avait déjà prétendu avoir perdu l'argent dans la rue qu'il est obligé de trouver une autre explication.

comment il avait pu ne pas rendre pourtant ces deux francs et trouver quand même du plaisir à assister au match du lendemain.

Le souvenir de la grand-mère était aussi lié à des hontes moins légitimes. Elle avait tenu à faire donner à Henri, le frère aîné de Jacques, des leçons de violon. Jacques y avait coupé en raison de ses succès scolaires qu'il prétendait impossible à maintenir avec ce supplément de travail. Son frère avait appris ainsi à tirer quelques horribles sons d'un violon frigide et pouvait en tout cas exécuter avec quelques fausses notes les chansons à la mode. Pour s'amuser, Jacques, qui avait une voix assez juste, avait appris les mêmes chansons, sans imaginer les conséquences calamiteuses de cette occupation innocente. Le dimanche en effet, quand la grand-mère recevait la visite de ses filles mariées[a], deux étaient veuves de guerre, ou de sa sœur qui habitait toujours une ferme du Sahel et parlait plus volontiers le patois mahonnais que l'espagnol, après avoir servi les grands bols de café noir sur la table recouverte de toile cirée, elle convoquait ses petits-enfants pour un concert improvisé. Consternés, ils apportaient le porte-musique en métal et les partitions sur deux pages des refrains célèbres. Il fallait s'exécuter. Jacques suivant tant bien que mal le violon zigzaguant d'Henri, chantait *Ramona*, « J'ai fait un rêve merveilleux, Ramona, nous étions partis tous les deux », ou bien « Danse, ô ma Djalmé, ce soir je veux t'aimer », ou encore, pour en rester à l'Orient, « Nuits de Chine, nuits câlines, nuit d'amour, nuit d'ivresse, de tendresse... ». D'autres fois, la chanson réaliste était réclamée spécialement pour la grand-mère. Jacques interprétait donc « Est-ce bien toi mon homme, toi que j'ai tant

a. Ses nièces.

aimé, toi qui m'as juré, Dieu sait comment, de ne jamais me faire pleurer ». Cette chanson était d'ailleurs la seule que Jacques pût chanter avec un sentiment vrai, car l'héroïne de la chanson reprenait à la fin son pathétique refrain au milieu de la foule qui assistait à l'exécution de son difficile amant. Mais les préférences de la grand-mère allaient à une chanson où elle aimait sans doute la mélancolie et la tendresse qu'on cherchait en vain dans sa propre nature. C'était la *Sérénade* de Toselli, qu'Henri et Jacques détaillaient avec assez de brio, bien que l'accent algérien ne pût vraiment convenir à cette heure charmeuse qu'évoque la chanson. Dans l'après-midi ensoleillé, quatre ou cinq femmes, vêtues de noir, ayant toutes, sauf la grand-tante, quitté leur foulard noir d'Espagnoles, rangées autour de la pièce pauvrement meublée aux murs crépis de blanc, approuvaient doucement de la tête les effusions de la musique et du texte, jusqu'à ce que la grand-mère, qui n'avait jamais pu distinguer un *do* d'un *si* et ne connaissait d'ailleurs même pas les noms des notes de la gamme, interrompît l'incantation d'un bref : « Tu as fait une faute » qui coupait la chique aux deux artistes. On reprenait « là », disait la grand-mère quand le passage épineux était franchi de façon satisfaisante à son gré, on dodelinait encore et pour finir on applaudissait les deux virtuoses, qui démontaient d'urgence leur matériel pour aller rejoindre les camarades dans la rue. Seule Catherine Cormery était restée sans rien dire dans un coin. Et Jacques se souvenait encore de cet après-midi de dimanche où, sur le point de sortir avec ses partitions, entendant l'une des tantes complimenter sa mère sur lui, elle avait répondu « Oui, c'était bien. Il est intelligent », comme si les deux remarques avaient un rapport. Mais, en se retournant, il comprit le rapport. Le regard de sa mère, tremblant, doux, fiévreux, était posé sur lui avec une telle expression que l'enfant recula, hésita et s'enfuit. « Elle m'aime, elle m'aime donc », se disait-il dans l'escalier, et il comprenait en même temps que lui l'aimait éperdument, qu'il avait souhaité de toutes ses forces d'être aimé d'elle et qu'il en avait toujours douté jusque-là.

Les séances de cinéma réservaient d'autres plaisirs à l'enfant... La cérémonie avait lieu aussi le dimanche après-midi et parfois le jeudi. Le cinéma de quartier se trouvait à quelques pas de la maison et il portait le nom d'un poète romantique comme la rue qui le longeait. Avant d'y entrer, il fallait franchir une chicane d'éventaires présentés par des marchands arabes et où se trouvaient pêle-mêle des cacahuètes, des pois chiches séchés et salés, des lupins, des sucres d'orge peints en couleurs violentes et des « acidulés » poisseux. D'autres vendaient des pâtisseries criardes, parmi lesquelles des sortes de pyramides torsadées de crème recouvertes de sucre rose, d'autres des beignets arabes dégoulinant d'huile et de miel. Autour des éventaires, une nuée de mouches et d'enfants, attirés par le même sucre, vrombissaient ou hurlaient en se poursuivant sous les malédictions des marchands qui craignaient pour l'équilibre de leur éventaire et qui du même geste chassaient les mouches et les enfants. Quelques-uns des marchands avaient pu s'abriter sous la verrière du cinéma qui se prolongeait sur un des côtés, les autres avaient placé leurs richesses gluantes sous le soleil vigoureux et la poussière soulevée par les jeux des enfants. Jacques escortait sa grand-mère qui, pour l'occasion, avait lissé ses cheveux blancs et fermé son éternelle robe noire d'une broche d'argent. Elle écartait gravement le petit peuple hurlant qui bouchait l'entrée et se présentait à l'unique guichet pour prendre des « réservés ». À vrai dire, il n'y avait le choix qu'entre ces « réservés » qui étaient de mauvais fauteuils de bois dont le siège se rabattait avec bruit et les bancs où s'engouffraient en se disputant les places les enfants à qui on n'ouvrait une porte latérale qu'au dernier moment. De chaque côté des bancs, un agent muni d'un nerf de bœuf était chargé de maintenir l'ordre dans son secteur, et il n'était pas rare de le voir expulser un enfant ou un adulte trop remuant. Le cinéma projetait alors des films muets, des actualités d'abord, un court film comique, le grand film et pour finir un film à épisodes, à raison d'un bref épisode par semaine. La grand-mère aimait particulièrement ces films en tranches dont chaque épisode se terminait en suspens. Par exemple le héros musclé portant dans ses bras la jeune fille blonde et blessée s'engageait sur un pont de lianes au-dessus d'un cañon torrentueux. Et la dernière image de l'épisode hebdomadaire montrait une main tatouée qui, armée d'un couteau primitif, tranchait les lianes du ponton. Le héros continuait de cheminer superbement malgré les avertissements vociférés des spectateurs des « bancs »[a]. La question alors n'était pas de savoir si le couple s'en tirerait, le doute à cet égard n'étant pas permis, mais seulement de savoir comment il s'en tirerait, ce qui expliquait que tant de spectateurs, arabes et français, revinssent la semaine d'après pour voir les amoureux arrêtés dans leur chute mortelle par un arbre providentiel. Le spectacle était accompagné tout au long au piano par une vieille demoiselle qui opposait aux lazzis des « bancs » la sérénité immobile d'un maigre dos en bouteille d'eau minérale capsulée d'un col de dentelle. Jacques considérait alors comme une marque de distinction que l'impressionnante demoiselle gardât des mitaines

a. Riveccio.

par les chaleurs les plus torrides. Son rôle d'ailleurs n'était pas aussi facile qu'on eût pu le croire. Le commentaire musical des actualités, en particulier, l'obligeait à changer de mélodie selon le caractère de l'événement projeté. Elle passait ainsi sans transition d'un gai quadrille destiné à accompagner la présentation des modes de printemps à la marche funèbre de Chopin à l'occasion d'une inondation en Chine ou des funérailles d'un personnage important dans la vie nationale ou internationale. Quel que soit le morceau, en tout cas, l'exécution était imperturbable, comme si dix petites mécaniques sèches accomplissaient sur le vieux clavier jauni une manœuvre depuis toujours commandée par des rouages de précision. Dans la salle aux murs nus, au plancher couvert d'écorces de cacahuètes, les parfums du crésyl se mêlaient à une forte odeur humaine. C'était elle en tout cas qui arrêtait d'un coup le vacarme assourdissant en attaquant à pleines pédales le prélude qui était censé créer l'atmosphère de la matinée. Un énorme vrombissement annonçait que l'appareil de projection se mettait en marche, le calvaire de Jacques commençait alors.

Les films, étant muets, comportaient en effet de nombreuses projections de texte écrit qui visaient à éclairer l'action. Comme la grand-mère ne savait pas lire, le rôle de Jacques consistait à les lui lire. Malgré son âge, la grand-mère n'était nullement sourde. Mais il fallait d'abord dominer le bruit du piano et celui de la salle, dont les réactions étaient généreuses. De plus, malgré l'extrême simplicité de ces textes, beaucoup des mots qu'ils comportaient n'étaient pas familiers à la grand-mère et certains même lui étaient étrangers. Jacques, de son côté, désireux d'une part de ne pas gêner les voisins et soucieux surtout de ne pas annoncer à la salle entière que la grand-mère ne savait pas lire (elle-même parfois, prise de pudeur, lui disait à haute voix, au début de la séance : « tu me liras, j'ai oublié mes lunettes »), Jacques donc ne lisait pas les textes aussi fort qu'il eût pu le faire. Le résultat était que la grand-mère ne comprenait qu'à moitié, exigeait qu'il répète le texte et qu'il le répète plus fort. Jacques tentait de parler plus fort, des « chut » le jetaient alors dans une vilaine honte, il bafouillait, la grand-mère le grondait et bientôt le texte suivant arrivait, plus obscur encore pour la pauvre vieille qui n'avait pas compris le précédent. La confusion augmentait alors jusqu'à ce que Jacques retrouve assez de présence d'esprit pour résumer en deux mots un moment crucial du *Signe de Zorro* par exemple, avec Douglas Fairbanks père. « Le vilain veut lui enlever la jeune fille », articulait fermement Jacques en profitant d'une pause du piano ou de la salle. Tout s'éclairait, le film continuait et l'enfant respirait. En général, les ennuis s'arrêtaient là. Mais certains films du genre *Les deux orphelines* étaient vraiment trop compliqués, et, coincé entre les exigences de la grand-mère et les remontrances de plus en plus irritées de ses voisins, Jacques finissait par rester coi. Il gardait encore le souvenir d'une de ces séances où la grand-mère, hors d'elle, avait fini par sortir, pendant qu'il la suivait en pleurant, bouleversé à l'idée qu'il avait gâché l'un des rares plaisirs de la malheureuse et le pauvre argent dont il avait fallu le payer[a].

Sa mère, elle, ne venait jamais à ces séances. Elle ne savait pas lire non plus, mais de plus elle était à demi sourde. Son vocabulaire enfin était plus restreint encore

a. ajouter signes de pauvreté – chômage – colonie de vacances été à Miliana – sonnerie de clairon – mis à la porte – N'ose pas lui dire. Parle : Eh bien on boira du café ce soir. De temps en temps ça change. Il la regarde. Il a souvent lu des histoires de pauvreté où la femme est vaillante. Elle n'a pas souri. Elle est partie dans la cuisine, vaillante – Non résignée.

que celui de sa mère. Aujourd'hui encore, sa vie était sans divertissement. En quarante années, elle était allée deux ou trois fois au cinéma, n'y avait rien compris, et avait seulement dit pour ne pas désobliger les personnes qui l'avaient invitée que les robes étaient belles ou que celui avec moustache avait l'air très méchant. Elle ne pouvait non plus écouter la radio. Et quant aux journaux, elle feuilletait parfois ceux qui étaient illustrés, se faisait expliquer les illustrations par ses fils ou ses petites-filles, décidait que la reine d'Angleterre était triste et refermait le magazine pour regarder de nouveau par la même fenêtre le mouvement de la même rue qu'elle avait contemplé pendant la moitié de sa vie[a].

a. Amener l'oncle Ernest *vieux, avant* – son portrait dans la pièce où se tenaient Jacques et sa mère. Ou le faire venir *après.*

Étienne

Dans un sens, elle était moins mêlée à la vie que son frère Ernest[1] qui vivait avec eux, tout à fait sourd lui, et s'exprimant autant par onomatopées et par gestes qu'avec la centaine de mots dont il disposait. Mais Ernest, qu'on ne pouvait faire travailler dans sa jeunesse, avait vaguement fréquenté une école et avait appris à déchiffrer les lettres. Lui allait parfois au cinéma, en ramenait des comptes rendus stupéfiants pour ceux qui avaient déjà vu le film, car sa richesse d'imagination compensait ses ignorances. Fin et rusé du reste, une sorte d'intelligence instinctive lui permettait de se diriger dans un monde et à travers des êtres qui pourtant étaient pour lui obstinément silencieux. La même intelligence lui permettait de se plonger tous les jours dans le journal, dont il déchiffrait les grands titres, ce qui lui donnait au moins une teinture des affaires du monde. « Hitler », disait-il par exemple à Jacques quand celui-ci eut atteint l'âge d'homme, « c'est pas bon, hein ». Non, ce n'était pas bon. « C'est les Boches, toujours pareils », ajoutait l'oncle. Non, ce n'était pas cela. « Oui, il y en a des bons, admettait l'oncle. Mais Hitler c'est pas

1. Tantôt prénommé Ernest, tantôt prénommé Étienne, il s'agit toujours du même personnage : l'oncle de Jacques.

bon », et tout de suite après, son goût de la farce reprenait le dessus : « Lévy (c'était le mercier d'en face), il a peur. » Et il s'esclaffait. Jacques essayait d'expliquer. L'oncle redevenait sérieux : « Oui. Pourquoi y veut faire du mal aux juifs ? Ils sont comme les autres. »

Lui avait toujours aimé Jacques à sa manière. Il admirait ses succès en classe. De sa main dure que les outils et le travail de force avaient couverte d'une sorte de corne, il frottait le crâne de l'enfant. « L'a la bonne tête, celui-là. Dure (et il se frappait sa propre tête de son poing épais), mais bonne. » Parfois il ajoutait : « Comme son père. » Jacques, un jour, en avait profité pour lui demander si son père était intelligent. « Ton père, la tête dure. Y faisait ce qu'y voulait, toujours. Ta mère oui oui toujours. » Jacques n'avait rien pu en tirer de plus. En tout cas, Ernest emmenait souvent l'enfant avec lui. Sa force et sa vitalité, qui ne pouvaient s'exprimer en discours ni dans les rapports compliqués de la vie sociale, explosaient dans sa vie physique et dans la sensation. Au réveil déjà, quand on le secouait, le tirant du sommeil hermétique du sourd, il se dressait égaré et rugissait : « Han, han » comme la bête préhistorique qui se réveille chaque jour dans un monde inconnu et hostile. Une fois réveillé au contraire, son corps, et le fonctionnement de son corps, l'assurait sur la terre. Malgré son dur métier de tonnelier, il aimait nager et chasser. Il emmenait Jacques tout enfant[a] à la plage des Sablettes, le faisait grimper sur son dos et partait tout aussitôt au large, d'une brasse élémentaire mais musclée, en poussant des cris inarticulés qui traduisaient d'abord la surprise de l'eau froide, ensuite le plaisir de s'y trouver ou l'irritation contre une mauvaise vague. De loin en loin,

a. 9 ans

« T'as pas peur », disait-il à Jacques. Si, il avait peur mais il ne le disait pas, fasciné par cette solitude où ils se trouvaient, entre le ciel et la mer, également vastes, et, quand il se retournait, la plage lui paraissait comme une ligne invisible, une peur acide le prenait au ventre et il imaginait avec un début de panique les profondeurs immenses et obscures sous lui où il coulerait comme une pierre si seulement son oncle le lâchait. Alors l'enfant serrait un peu plus le cou musclé du nageur. « T'as peur, disait l'autre aussitôt. – Non, mais reviens. » Docile, l'oncle virait, respirait un peu sur place, et repartait avec autant d'assurance qu'il en avait sur la terre ferme. Sur la plage, à peine essoufflé, il frottait Jacques vigoureusement, avec de grands éclats de rire, puis, se détournant pour uriner avec éclat, toujours riant et se félicitant ensuite du bon fonctionnement de sa vessie, en se frappant sur le ventre avec les « Bon, bon » qui accompagnaient chez lui toutes les sensations agréables, entre lesquelles il ne faisait pas de différence, qu'elles fussent d'excrétion ou de nutrition, insistant également et avec la même innocence sur le plaisir qu'il en retirait, et constamment désireux de faire partager ce plaisir à ses proches, ce qui provoquait à table les protestations de la grand-mère, qui admettait sans doute qu'on parlât de ces choses et en parlait elle-même, mais « pas à table », comme elle disait, encore qu'elle tolérât le numéro de la pastèque, fruit qui a de solides réputations diurétiques, que d'ailleurs Ernest adorait et dont il commençait l'absorption d'abord par des rires, des clins d'œil malins vers la grand-mère, des bruits divers d'aspiration, de régurgitation et de mâchouillis mou, puis après les premières bouchées mordues à même la tranche, toute une mimique où la main indiquait plusieurs fois le trajet que le beau fruit rose et blanc était censé faire de la bouche au sexe, tandis que le visage se réjouissait spectaculairement par des grimaces, des rebonds d'yeux accompagnés des « Bon, bon. Ça lave. Bon, bon » devenaient irrésistibles et faisaient éclater de rire tout le monde. La même innocence adamique lui faisait attacher une importance disproportionnée à une quantité de maux fugitifs dont il se plaignait, le sourcil froncé, le regard tourné vers l'intérieur, comme s'il scrutait la nuit mystérieuse de ses organes. Il déclarait souffrir d'un « point », dont la localisation était très variée, avoir une « boule » qui se promenait un peu partout. Plus tard, quand Jacques fréquentait le lycée, persuadé que la science est unique et la même pour tous, il l'interrogeait, lui montrant le creux de ses reins : « Là, ça tire, disait-il. C'est mauvais ? » Non, ce n'était rien. Et il repartait soulagé, redescendait l'escalier d'un petit pas pressé et allait rejoindre des camarades dans les cafés du quartier au mobilier de bois et au comptoir de zinc, qui sentaient l'anisette et la sciure de bois et où Jacques devait aller le chercher parfois à l'heure du dîner. La moindre surprise de l'enfant n'était pas alors de trouver ce sourd-muet, au comptoir, entouré d'un cercle de camarades et discourant à perdre haleine au milieu d'un rire général qui n'était pas de dérision, car Ernest était adoré de ses camarades pour sa bonne humeur et sa générosité[a b c d].

a. l'argent qu'il a mis de côté et qu'il donne à Jacques.

b. De taille moyenne, les jambes un peu arquées, le dos légèrement voûté sous une épaisse carapace de muscles, il donnait, malgré sa minceur, une impression de force virile extraordinaire. Et pourtant son visage était resté et devait rester longtemps celui d'un adolescent, fin, régulier, un peu [ ][1] avec les beaux yeux marron de sa sœur, le nez très droit, les arcades sourcilières nues, le menton régulier et de beaux cheveux drus, non, légèrement ondés. Sa seule beauté physique expliquait que, malgré son infirmité, il eût connu quelques aventures féminines, qui ne pouvaient aboutir au mariage et qui étaient forcément brèves, mais qui parfois se coloraient d'un peu de ce qu'il est commun

Jacques le sentait bien quand son oncle l'emmenait à la chasse avec ses camarades, tous tonneliers ou ouvriers du port et des chemins de fer. On se levait à l'aube. Jacques était chargé de réveiller l'oncle qui dormait dans la salle à manger, qu'aucun réveille-matin n'aurait pu tirer du sommeil. Jacques, lui, obéissait à la sonnerie, son frère se retournait en maugréant dans le lit, et sa mère, dans l'autre lit, remuait doucement sans se réveiller. Il se levait à tâtons, grattait une allumette et allumait la petite lampe à pétrole qui était sur la table de nuit commune aux deux lits. (Ah ! l'ameublement de cette chambre : deux lits de fer, l'un à une place, où couchait la mère, l'autre à deux, où couchaient les enfants, une table de nuit entre les deux lits et, face à la table de nuit, une armoire à glace. La chambre avait une fenêtre qui donnait sur la cour, au pied du lit de la mère. Au pied de cette fenêtre, il y avait une grande malle de fibre recouverte d'une couverture en filet. Aussi longtemps que sa taille était restée petite, Jacques avait été obligé de s'agenouiller sur la malle pour fermer les persiennes de la fenêtre. Enfin, pas de chaise.) Puis il se rendait dans la salle à manger, secouait l'oncle qui rugissait, regardait avec effroi la lampe au-dessus de ses yeux, et revenait enfin à lui. Ils s'habillaient. Et Jacques

d'appeler l'amour, comme cette liaison qu'il avait eue avec une commerçante mariée du quartier, et il emmenait parfois Jacques le samedi soir au concert du square Bresson qui donnait sur la mer, et l'orchestre militaire jouait dans le kiosque *Les cloches de Corneville* ou des airs de *Lakmé* pendant qu'au milieu de la foule qui circulait dans la nuit autour de [ ], Ernest endimanché s'arrangeait pour croiser la femme du cafetier habillée de tussor, et ils échangeaient des sourires d'amitié, le mari adressant parfois de petites phrases d'amitié à Ernest qui certainement ne lui était jamais apparu comme un rival possible.

c. la buanderie la mouna [mots cerclés par l'auteur, *n.d.e*].

d. la plage les bouts de bois blanchis, les bouchons, les tessons érodés... liège roseaux.

1. Un mot barré.

faisait chauffer un restant de café à la cuisine sur le petit réchaud à alcool, pendant que l'oncle préparait les musettes remplies de provisions, un fromage, des soubressades, des tomates avec du sel et du poivre et un demi-pain coupé en deux dans lequel on avait glissé une grosse omelette préparée par la grand-mère. Puis l'oncle vérifiait une dernière fois le fusil à deux coups et les cartouches, autour desquels une grande cérémonie avait eu lieu la veille. Après le dîner, on avait débarrassé la table et soigneusement nettoyé la toile cirée. L'oncle s'était installé à l'un des côtés de la table et gravement avait placé devant lui, sous la lumière de la grosse lampe à pétrole descendue de la suspension, les pièces du fusil démonté qu'il avait graissées soigneusement. Assis de l'autre côté, Jacques attendait son tour. Le chien Brillant aussi. Car il y avait un chien, un bâtard de setter, d'une bonté illimitée, incapable de faire du mal à une mouche et la preuve en était que, lorsqu'il en attrapait une au vol, il se dépêchait de la dégurgiter avec une mine dégoûtée et à grand renfort de langue sortie et de clappements de babines. Ernest et son chien étaient inséparables, et leur entente était parfaite. On ne pouvait s'empêcher de penser à un couple (et il faut ne pas connaître ni aimer les chiens pour y voir une dérision). Et le chien devait obéissance et tendresse à l'homme, pendant que l'homme acceptait de n'avoir qu'un seul souci. Ils vivaient ensemble et ne se quittaient jamais, dormaient ensemble (l'homme sur le divan de la salle à manger, le chien sur une méchante descente de lit usée jusqu'à la trame), allaient au travail ensemble (le chien couché dans un lit de copeau spécialement préparé pour lui sous l'établi de l'atelier), se rendaient dans les cafés ensemble, le chien attendant patiemment entre les jambes de son maître que ses discours aient pris fin. Ils conversaient par onomatopées et se plaisaient à leurs odeurs réciproques. Il ne fallait pas dire à Ernest que son chien, rarement lavé, sentait fort, surtout après les pluies. « Lui, disait-il, y sent pas », et il reniflait amoureusement l'intérieur des grandes oreilles frémissantes du chien. La chasse était leur fête à tous les deux, leurs sorties des grands ducs. Et il suffisait qu'Ernest sortît la musette pour que le chien se livrât à de folles courses à travers la petite salle à manger, faisant valser les chaises à coups d'arrière-train et sonnant de la queue sur les flancs du buffet. Ernest riait. « Il a compris, il a compris », puis il calmait la bête, qui venait installer sa gueule sur la table, contemplant les minutieux préparatifs en bâillant discrètement de temps en temps mais sans quitter ce délicieux spectacle avant qu'il soit terminé[a] [b].

Quand le fusil était de nouveau assemblé, l'oncle le lui passait. Jacques le recevait avec respect et, muni d'un vieux chiffon de laine, faisait reluire les canons. Pendant ce temps, l'oncle préparait ses cartouches. Il disposait devant lui des tubes de carton de couleur vive à culot de cuivre, contenus dans une musette, dont il tirait encore des sortes de flacons de métal, à forme de gourde, qui contenaient la poudre et les plombs et des bourrettes de feutre brun. Il remplissait soigneusement les tubes de poudre et de bourre. Puis il sortait encore une petite machine où s'emboîtaient les tubes et dont une petite manivelle actionnait une capsule qui roulait jusqu'au niveau de la bourre le sommet des tubes en carton. À mesure que les cartouches étaient prêtes, Ernest les passait une par une à Jacques, qui les plaçait pieusement dans la cartouchière qu'il avait devant lui. Le matin, c'était le signal du départ quand Ernest enroulait

a. chasse ? on peut supprimer.
b. il faudrait que le livre pèse un gros poids d'objets et de chair.

autour de son ventre augmenté de deux épaisseurs de chandails la lourde cartouchière. Jacques la bouclait derrière son dos. Et Brillant, qui depuis le réveil allait et venait en silence, dressé à dominer sa joie pour ne réveiller personne, mais qui soufflait sa fébrilité sur tous les objets à sa portée, se dressait contre son maître, les pattes contre la poitrine, et tentait en se hissant du cou et du râble de lécher largement et vigoureusement le visage aimé.

Dans la nuit déjà plus légère, où flottait l'odeur encore neuve des ficus, ils se dépêchaient vers la gare de l'Agha, le chien les précédant à toute allure dans une grande course zigzagante qui finissait parfois en glissades sur les trottoirs mouillés de l'humidité de la nuit, puis revenait non moins vite avec l'affolement visible de les avoir perdus, Étienne porteur du fusil renversé dans sa gaine de grosse toile et d'une musette et d'un carnier, Jacques les mains dans les poches de sa petite culotte et une grande musette en bandoulière. À la gare, les camarades étaient là, avec leurs chiens qui ne lâchaient leur maître que pour aller faire de rapides inspections sous la queue de leurs congénères. Il y avait Daniel et Pierre [a], les deux frères, camarades d'atelier d'Ernest, Daniel toujours rieur et plein d'optimisme, Pierre plus serré, plus méthodique et toujours plein de points de vue et de sagacité sur les gens et les choses. Il y avait aussi Georges, qui travaillait à l'usine à gaz, mais qui de temps en temps livrait aussi des combats de boxe où il se faisait quelques suppléments. Et souvent deux ou trois autres encore, tous bons garçons, du moins dans cette occasion, heureux d'échapper pour une journée à l'atelier, à l'appartement étroit et surencombré, parfois à la femme, pleins de cet abandon et de cette tolérance amusée

a. attention, changer les prénoms.

particulière aux hommes quand ils se retrouvent entre eux pour un plaisir court et violent. On grimpait avec entrain dans un de ces wagons dont chaque compartiment ouvre sur le marchepied, on se passait les musettes, on faisait grimper les chiens et on s'installait, enfin heureux de se sentir flanc à flanc, de partager la même chaleur. Jacques apprit dans ces dimanches que la compagnie des hommes était bonne et pouvait nourrir le cœur. Le train s'ébranlait, puis prenait sa vitesse avec des halètements courts et, de loin en loin, un bref coup de sifflet endormi. On traversait un bout du Sahel et, dès les premiers champs, curieusement, ces hommes solides et bruyants se taisaient et regardaient le jour se lever sur les terres soigneusement labourées où les brumes du matin traînaient en écharpe sur les haies de grands roseaux secs qui séparaient les champs. De temps en temps, des bouquets d'arbres glissaient dans la vitre avec la ferme blanchie à la chaux qu'ils protégeaient et où tout dormait. Un oiseau débusqué dans le fossé qui bordait le remblai s'élevait d'un coup jusqu'à leur hauteur, puis volait dans la même direction que le train comme s'il essayait de lutter de vitesse avec lui, jusqu'à ce que, brusquement, il prît la direction perpendiculaire à la marche du train, et il avait l'air alors de se décoller soudain de la vitre et d'être projeté à l'arrière du train par le vent de la course. L'horizon vert rosissait, puis virait d'un seul coup au rouge, le soleil apparaissait et s'élevait visiblement dans le ciel. Il pompait les brumes sur toute l'étendue des champs, s'élevait encore, et soudain il faisait chaud dans le compartiment, les hommes enlevaient un chandail et puis l'autre, faisaient coucher les chiens qui s'agitaient eux aussi, échangeaient des plaisanteries, et Ernest déjà racontait à sa manière des histoires de mangeaille, de maladie et aussi [de] bagarres où il avait toujours l'avantage. De temps en temps, un des camarades posait à Jacques une question sur son école, puis on parlait d'autre chose ou bien on le prenait à témoin à propos d'une mimique d'Ernest. « Ton oncle, c'est un as ! »

Le paysage changeait, devenait plus rocailleux, le chêne remplaçait l'oranger, et le petit train soufflait de plus en plus court et lâchait de grands jets de vapeur. Il faisait plus froid tout d'un coup, car la montagne s'interposait entre le soleil et les voyageurs, et on s'apercevait alors qu'il n'était pas plus de sept heures. Enfin, il sifflait une dernière fois, ralentissait, prenait avec lenteur une courbe serrée et débouchait dans une petite gare solitaire dans la vallée car elle ne desservait que des mines lointaines, déserte et silencieuse, plantée de grands eucalyptus dont les feuilles en faucille frissonnaient dans le petit vent du matin. La descente se faisait dans le même brouhaha, les chiens dévalant du compartiment et ratant les deux marches escarpées du wagon, les hommes faisant de nouveau la chaîne pour les musettes et les fusils. Mais à la sortie de la gare, qui ouvrait directement sur les premières pentes, le silence d'une nature sauvage noyait peu à peu les interjections et les cris, la petite troupe finissait par gravir la montée en silence, les chiens décrivant tout autour d'inlassables lacets. Jacques ne se laissait pas distancer par ses vigoureux compagnons. Daniel, son préféré, lui avait pris sa musette malgré ses protestations, mais il lui fallait quand même doubler les pas pour se tenir à hauteur du groupe, et l'air coupant du matin lui brûlait les poumons. Au bout d'une heure enfin, on débouchait au bord d'un immense plateau couvert de chênes nains et de genévriers, aux vallonnements peu accusés et sur lequel un immense ciel frais et légèrement ensoleillé étendait ses espaces. C'était le terrain de chasse. Les chiens, comme avertis, revenaient se grouper autour des hommes. On convenait de se retrouver pour le déjeuner à deux heures de l'après-midi, à un bouquet de pins où il y avait une petite source bien placée au bord du plateau et d'où la vue s'étendait sur la vallée et sur la plaine au loin. On accordait les montres. Les chasseurs se groupaient par deux, sifflaient leur chien et partaient dans des directions différentes. Ernest et Daniel faisaient équipe. Jacques recevait le carnier, qu'il passait en bandoulière avec précaution. Ernest, de loin, annonçait aux autres qu'il ramènerait plus de lapins et de perdreaux que tous les autres. Ils riaient, saluaient de la main et disparaissaient.

Alors commençait pour Jacques une ivresse dont il gardait encore le regret émerveillé au cœur. Les deux hommes écartés de deux mètres l'un de l'autre mais à la même hauteur, le chien avant, lui maintenu constamment en arrière, et l'oncle de son œil soudain sauvage et rusé vérifiait sans cesse qu'il gardait sa distance, et la marche silencieuse interminable, à travers les buissons d'où partait parfois avec un cri perçant un oiseau dédaigné, la descente dans de petits ravins pleins d'odeurs dont on suivait le fond, la remontée vers le ciel, radieux et de plus en plus chaud, la montée de la chaleur qui desséchait à toute allure la terre encore humide à leur départ. Des détonations de l'autre côté du ravin, le claquement sec d'une compagnie de perdreaux couleur de poussière que le chien avait débusquée, la double détonation, presque aussitôt répétée, la fuite en avant du chien qui revenait les yeux pleins de folie, la gueule pleine de sang et d'un paquet de plumes qu'Ernest et Daniel lui enlevaient et que, l'instant d'après, Jacques recevait avec un mélange d'excitation et d'horreur, la recherche des autres victimes, quand on les avait vues tomber, les jappements d'Ernest qu'on confondait parfois avec ceux de Brillant, et la marche en avant de nouveau,

Jacques pliant cette fois sous le soleil malgré son petit chapeau de paille, pendant que le plateau alentour se mettait à vibrer sourdement comme une enclume sous le marteau du soleil, et parfois de nouveau une détonation ou deux, mais jamais plus, car un seul des chasseurs avait vu détaler le lièvre ou le lapin condamné d'avance s'il était dans la mire d'Ernest, toujours adroit comme un singe et qui courait cette fois presque aussi vite que son chien, criant comme lui, pour ramasser la bête morte par les pattes de derrière et la montrer de loin à Daniel et Jacques, qui arrivaient jubilant et hors de souffle. Jacques ouvrait bien large le carnier pour recevoir le nouveau trophée avant de repartir, vacillant sous le soleil, son seigneur, et ainsi pendant des heures sans frontière sur un territoire sans limites, sa tête perdue dans la lumière incessante et les immenses espaces du ciel, Jacques se sentait le plus riche des enfants. Au retour vers le rendez-vous du déjeuner, les chasseurs guettaient encore l'occasion, mais le cœur n'y était plus. Ils traînaient la jambe, essuyaient leur front, ils avaient faim. Les uns après les autres, ils arrivaient, se montrant de loin les uns aux autres les prises, moquant les bredouilles, affirmant que c'était toujours les mêmes, tous faisant en même temps le récit de leurs prises, chacun ayant un détail particulier à ajouter. Mais le grand aède était Ernest, qui finissait par garder la parole et mimer avec une justesse de gestes dont Jacques et Daniel étaient bons juges le départ des perdreaux, le lapin détalant faisant deux crochets et boulant sur les épaules comme un joueur de rugby qui marque un essai derrière la ligne de but. Pendant ce temps, Pierre, méthodique, versait de l'anisette dans les gobelets de métal qu'il avait pris à chacun et allait les remplir d'eau fraîche à la source qui coulait faiblement au pied des pins. On installait une vague table avec des torchons, et chacun sortait ses provisions. Mais Ernest, qui avait des talents de cuisinier (les parties de pêche de l'été avaient toujours pour commencement une bouillabaisse qu'il préparait sur les lieux et où il plaignait si peu les épices qu'il aurait brûlé une langue de tortue), préparait de fins bâtonnets qu'il taillait en pointe, les introduisait dans des morceaux de la soubressade qu'il avait apportée, et sur un petit feu de bois les faisait griller jusqu'à ce qu'ils éclatent et qu'un jus rouge coule dans les braises, où il grésillait et prenait feu. Entre deux morceaux de pain, il offrait les soubressades brûlantes et parfumées, que tous accueillaient avec des exclamations et qu'ils dévoraient en les arrosant du vin rosé qu'ils avaient mis à rafraîchir dans la source. Ensuite, c'était les rires, les histoires de travail, les plaisanteries que Jacques, la bouche et les mains poisseuses, sale, épuisé, écoutait à peine car le sommeil le gagnait. Mais, en vérité, le sommeil les gagnait tous, et pendant quelque temps ils somnolaient, regardant vaguement la plaine au loin couverte d'une buée de chaleur, ou bien, comme Ernest, ils dormaient vraiment, le visage recouvert d'un mouchoir. À quatre heures cependant, il fallait descendre prendre le train qui passait à cinq et demie. Ils étaient maintenant dans le compartiment, tassés par la fatigue, les chiens rompus dormaient sous les banquettes ou entre leurs jambes, d'un sommeil lourd traversé de rêves sanguinaires. Aux abords de la plaine, le jour commençait à baisser, puis c'était le rapide crépuscule africain, et la nuit, toujours angoissante sur ces grands paysages, commençait sans transition. Plus tard, à la gare, pressés de rentrer et de manger pour se coucher tôt à cause du travail du lendemain, ils se séparaient rapidement, dans l'ombre, presque sans paroles mais avec de grandes tapes d'amitié. Jacques les entendait s'éloigner, il écoutait leurs voix rudes et chaleureuses, il les aimait. Puis il empruntait le pas d'Ernest, toujours vaillant, alors que lui traînait la jambe. Près de la maison, dans la rue obscure, l'oncle se retournait vers lui : « Tu es content ? » Jacques ne répondait pas. Ernest riait et sifflait son chien. Mais, quelques pas plus loin, l'enfant glissait sa petite main dans la main dure et calleuse de son oncle, qui la serrait très fort. Et ils rentraient ainsi, en silence.

[a] [b]Pourtant Ernest était capable de colères aussi immédiates et entières que ses plaisirs. L'impossibilité où l'on se trouvait de le raisonner ou de discuter simplement avec lui rendait ces colères tout à fait semblables à un phénomène naturel. Un orage, on le voit se former, et l'on attend qu'il crève. Rien d'autre à faire. Comme beaucoup de sourds, Ernest avait l'odorat très développé (sauf lorsqu'il s'agissait de son chien). Ce privilège lui valait beaucoup de joies, lorsqu'il humait la soupe aux pois cassés ou des plats qu'il aimait par-dessus tout, calamars dans leur encre, omelette à la saucisse ou ce ragoût de fressure, fait avec le cœur et les poumons du bœuf, bourguignon du pauvre qui était le triomphe de la grand-mère et qui, vu sa modicité, revenait souvent sur la table, lorsqu'il s'aspergeait aussi le dimanche d'eau de Cologne bon marché ou de lotion dite [Pompero] (dont usait aussi la mère de Jacques), dont le parfum doux et tenace à fond de bergamote traînait toujours dans la salle à manger et dans les cheveux d'Ernest, et il reniflait profondément la bouteille, avec des airs extasiés... Mais sa sensibilité sur ce point lui apportait aussi des ennuis. Il était intolérant à certaines

a. Tolstoï ou Gorki (I) *Le père* De ce milieu est sorti Dostoïevski (II) *Le fils* qui revenu aux sources donne l'écrivain de l'époque (III) *La mère*

b. M. Germain – Le lycée – la religion – la mort de la grand-mère – Finir sur la main d'Ernest ?

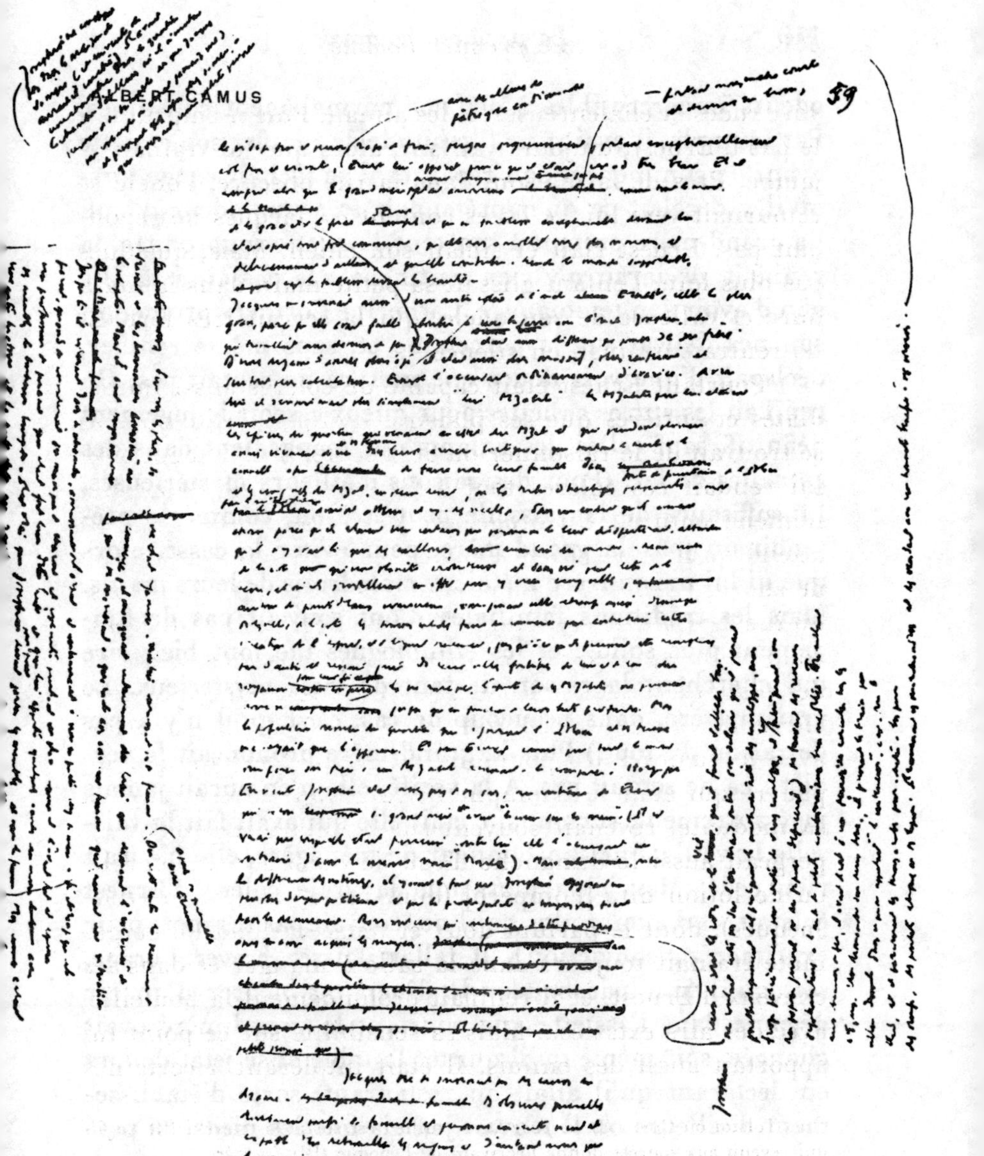

odeurs imperceptibles à des nez normalement constitués. Par exemple, il avait pris l'habitude de renifler son assiette avant de commencer son repas, et il se fâchait rouge lorsqu'il y décelait ce qu'il prétendait être une odeur d'œuf. La grand-mère prenait à son tour l'assiette soupçonnée, la reniflait, déclarait n'y rien sentir, puis la passait à sa fille afin d'avoir son témoignage. Catherine Cormery promenait son nez délicat sur la porcelaine et, sans même renifler, déclarait d'une voix douce que non, ça ne sentait pas. On reniflait les autres assiettes pour mieux asseoir le jugement définitif, sauf celles des enfants qui mangeaient dans des gamelles de fer. (Pour des raisons d'ailleurs mystérieuses, l'insuffisance de la vaisselle peut-être ou, comme le prétendit un jour la grand-mère, pour éviter la casse, alors que ni lui ni son frère n'étaient maladroits de leurs mains. Mais les traditions familiales n'ont souvent pas de fondement plus solide, et les ethnologues me font bien rire qui cherchent la raison de tant de rites mystérieux. Le vrai mystère, dans beaucoup de cas, c'est qu'il n'y a pas de raison du tout.) Puis la grand-mère prononçait le verdict : ça ne sentait pas. À la vérité, elle n'en aurait jamais jugé autrement, surtout si c'était elle qui avait fait la vaisselle la veille. Sur son honneur de ménagère, elle n'aurait rien cédé. Mais c'est alors que la vraie colère d'Ernest éclatait, et d'autant plus qu'il ne trouvait pas ses mots pour exprimer sa conviction[a]. Il fallait laisser crever l'orage, soit qu'il finît par bouder le dîner, ou picorer d'un air dégoûté dans l'assiette que pourtant la grand-mère avait changée, soit même qu'il quittât la table et se jetât dehors en déclarant qu'il allait au restaurant, sorte d'établissement d'ailleurs où il n'avait jamais mis les pieds, ni per-

a. microtragédies

sonne dans la maison, bien que la grand-mère, chaque fois qu'un mécontentement s'élevait à table, ne manquait jamais de prononcer la phrase fatidique : « Va au restaurant. » Le restaurant apparaissant à tous dès lors comme un de ces endroits peccamineux à la fausse séduction, où tout apparaît facile dès l'instant où l'on peut payer, mais où les premières et coupables délices qu'il dispense sont un jour ou l'autre payées chèrement par l'estomac. Dans tous les cas, la grand-mère ne répondait jamais aux colères de son cadet. D'une part parce qu'elle savait que c'était inutile, d'autre part parce qu'elle avait toujours eu pour lui une faiblesse étrange, que Jacques, dès l'instant où il eut un peu de lecture, avait attribuée au fait qu'Ernest était infirme (alors qu'on a tant d'exemples où, contrairement au préjugé, les parents se détournent de l'enfant diminué) et qu'il comprit mieux beaucoup plus tard, un jour où, surprenant le regard clair de sa grand-mère, soudain adouci par une tendresse qu'il ne lui avait jamais vue, il se retourna et vit son oncle qui enfilait la veste de son costume du dimanche. Aminci encore par l'étoffe sombre, le visage fin et jeune, rasé de frais, peigné soigneusement, portant exceptionnellement col frais et cravate, avec des allures de pâtre grec endimanché, Ernest lui apparut pour ce qu'il était, c'est-à-dire très beau. Et il comprit alors que la grand-mère aimait physiquement son fils, était amoureuse comme tout le monde de la grâce et de la force d'Ernest, et que sa faiblesse exceptionnelle devant lui était après tout fort commune, qu'elle nous amollit tous plus ou moins, et délicieusement d'ailleurs, et qu'elle contribue à rendre le monde supportable, c'est la faiblesse devant la beauté.

Jacques se souvenait aussi d'une autre colère de l'oncle Ernest, celle-là plus grave, parce qu'elle avait failli aboutir à une bagarre avec l'oncle Joséphin, celui qui travaillait aux chemins de fer. Joséphin ne couchait pas dans la maison de sa mère (et en vérité où aurait-il couché ?). Il avait une chambre dans le quartier (chambre d'ailleurs où il n'invitait personne de sa famille et que Jacques par exemple n'avait jamais vue) et prenait ses repas chez sa mère, à qui il versait une petite pension. Joséphin était aussi différent que possible de son frère. D'une dizaine d'années plus âgé, portant moustache courte et cheveux en brosse, il était aussi plus massif, plus renfermé et surtout plus calculateur. Ernest l'accusait ordinairement d'avarice. À vrai dire, il s'exprimait plus simplement : « Lui Mzabite. » Les Mzabites pour lui étaient les épiciers du quartier, qui venaient en effet du Mzab et qui pendant plusieurs années vivaient de rien et sans femmes dans leurs arrière-boutiques qui sentaient l'huile et la cannelle afin de faire vivre leur famille dans les cinq villes du Mzab, en plein désert, où la tribu d'hérétiques, sorte de puritains de l'Islam persécutés à mort par l'orthodoxie, avait atterri il y a des siècles, dans un endroit qu'ils avaient choisi parce qu'ils étaient bien certains que personne ne le leur disputerait, attendu qu'il n'y avait là que des cailloux, aussi loin du monde à demi civilisé de la côte qu'une planète croûteuse et sans vie peut l'être de la Terre, et où ils s'installèrent en effet pour y créer cinq villes, autour de points d'eaux avaricieux, imaginant cette étrange ascèse d'envoyer dans les villes de la côte les hommes valides faire du commerce pour entretenir cette création de l'esprit et de l'esprit seulement, jusqu'à ce qu'ils puissent être remplacés par d'autres et revenir jouir dans leurs villes fortifiées de terre et de boue du royaume enfin conquis pour leur foi. La vie raréfiée, l'âpreté de ces Mzabites ne pouvaient donc se juger qu'en fonction de leurs buts profonds. Mais la population ouvrière du quartier, qui ignorait l'Islam et ses hérésies, ne voyait que l'apparence. Et, pour Ernest comme pour tout le monde, comparer son frère à un Mzabite revenait à le comparer à Harpagon. En vérité, Joséphin était assez près de ses sous, au contraire d'Ernest qui, selon la grand-mère, avait « le cœur sur la main ». (Il est vrai que, lorsqu'elle était furieuse contre lui, elle l'accusait au contraire d'avoir la même main « trouée ».) Mais, outre la différence des natures, il y avait le fait que Joséphin gagnait un peu plus d'argent qu'Étienne et que la prodigalité est toujours plus facile dans le dénuement. Rares sont ceux qui continuent d'être prodigues après en avoir acquis les moyens. Ceux-là sont les rois de la vie, qu'il faut saluer bas. Joséphin ne roulait certes pas sur l'or mais, outre son salaire qu'il gérait méthodiquement (il pratiquait la méthode dite des enveloppes, mais, trop parcimonieux pour acheter de vraies enveloppes, il en fabriquait avec du papier journal ou du papier d'épicerie), se faisait des revenus supplémentaires à l'aide de petites combinaisons bien méditées. Travaillant aux chemins de fer, il avait droit à un permis de circuler tous les quinze jours. Un dimanche sur deux, donc, il prenait le train pour aller dans ce qu'on appelait « l'intérieur », c'est-à-dire le bled, et il parcourait les fermes arabes pour acheter à bas prix des œufs, des poulets étiques ou des lapins. Il ramenait ces marchandises et les vendait avec un honnête bénéfice à ses voisins. Sur tous les plans, sa vie était organisée. On ne lui connaissait pas de femme. Du reste, entre la semaine de travail et les dimanches consacrés au commerce, il manquait certainement du loisir que demande l'exercice de la volupté. Mais il avait toujours annoncé qu'il se marierait à quarante ans avec une femme qui aurait une situation. Jusque-là il resterait dans sa chambre, amasserait de l'argent et continuerait à vivre en partie chez sa mère. Si étrange que cela parût quand on considérait son manque de charme, il exécuta pourtant son plan comme il l'avait dit et épousa un professeur de piano qui était fort loin d'être laide et qui lui apporta quelques années au moins, avec ses meubles, le bonheur bourgeois. Il est vrai que Joséphin pour finir devait garder les meubles et non la femme. Mais c'était une autre histoire, et la seule chose que Joséphin n'avait pas prévue, c'est l'obligation où il fut, après sa querelle avec Étienne, de ne plus prendre ses repas chez sa mère et d'utiliser les délices dispendieuses du restaurant. Jacques ne se souvenait pas des causes du drame. D'obscures querelles divisaient parfois sa famille, et personne en vérité n'eût été capable d'en débrouiller les origines, et d'autant moins que, la mémoire manquant à tous, ils ne se souvenaient plus des causes, se bornant à entretenir mécaniquement l'effet une fois pour toute accepté et ruminé. Pour ce jour-là, il se souvenait seulement d'Ernest dressé devant la table encore servie et hurlant des injures incompréhensibles, sauf pour celle de Mzabite, à son frère resté assis et qui continuait à manger. Puis Ernest avait giflé son frère, qui s'était levé et rejeté en arrière avant de revenir sur lui. Mais déjà la grand-mère se cramponnait à Ernest, et la mère de Jacques, blanche d'émotion, tirait Joséphin par-derrière. « Laisse-le, laisse-le », disait-elle, et les deux enfants, pâles et la bouche ouverte, regardaient sans bouger, écoutant le flot d'imprécations rageuses qui coulait à sens unique, jusqu'à ce que Joséphin d'un air maussade dise : « C'est une bête brute. On peut rien lui faire », et fasse le tour de la table pendant que la grand-mère retenait Ernest qui voulait courir derrière son frère. Et tout de suite après que la porte eut claqué, Ernest s'agitait toujours. « Laisse-moi, laisse-moi, disait-il à sa mère, je vais te faire mal. » Mais elle l'avait pris par les cheveux et le secouait : « Toi, toi, tu vas frapper ta mère ? » Et Ernest était tombé sur sa chaise en pleurant : « Non, non, pas toi. Toi t'y es comme le bon Dieu pour moi ! » La mère de Jacques était allée se coucher sans finir son repas, et, le lendemain, elle avait mal à la tête. À partir de ce jour, Joséphin ne revint plus, sinon parfois quand il était sûr qu'Ernest n'était pas là, pour rendre visite à sa mère.

[a]Il y avait encore une autre colère dont Jacques n'aimait pas à se souvenir parce qu'il ne désirait pas, lui, en savoir la cause. Pendant toute une période, un monsieur Antoine, une vague connaissance d'Ernest, marchand de poissons au marché, Maltais d'origine, d'assez beau maintien, mince et grand, et qui portait toujours une sorte d'étrange melon de couleur sombre en même temps qu'un mouchoir à carreaux roulé qu'il nouait autour de son cou, à l'intérieur de sa chemise, était venu régulièrement le soir, avant dîner, à la maison. En y réfléchissant plus tard, Jacques nota ce qui ne l'avait pas frappé d'abord, que sa mère s'habillait un peu plus coquettement, mettait des tabliers de couleur claire et même qu'on lui voyait un soupçon de rouge aux joues. C'était aussi l'époque où les femmes commencèrent à se couper les cheveux, qu'elles portaient longs jusque-là. Jacques d'ailleurs aimait à regarder sa mère ou sa grand-mère quand elles procédaient à la cérémonie de leur coiffure. Une serviette sur les épaules, la bouche pleine d'épingles, elles peignaient longuement les longs cheveux blancs ou bruns, puis les relevaient, tiraient des bandeaux plats très serrés jusqu'au chignon sur la nuque, qu'elles criblaient alors d'épingles, retirées une à une de leur bouche,

a. Le *ménage* Ernest, Catherine après la mort de la grand-mère.

aux lèvres écartées et aux dents serrées, et plantées une à une dans l'épaisse masse du chignon. La nouvelle mode paraissait à la fois ridicule et coupable à la grand-mère qui, sous-estimant la force réelle de la mode, assurait sans se soucier de la logique que seules les femmes qui « faisaient la vie » consentiraient à se ridiculiser ainsi. La mère de Jacques se l'était tenue pour dit, et pourtant, un an après, à peu près à l'époque des visites d'Antoine, elle était rentrée, un soir, les cheveux coupés, rajeunie et fraîche, et déclarant avec une fausse gaieté derrière laquelle perçait l'inquiétude qu'elle avait voulu leur faire une surprise.

C'était une surprise pour la grand-mère, en effet, qui, la toisant et contemplant l'irrémédiable désastre, s'était bornée à lui dire, devant son fils, que maintenant elle avait l'air d'une putain. Puis elle était retournée dans sa cuisine. Catherine Cormery avait cessé de sourire, et toute la misère et la lassitude du monde s'étaient peintes sur son visage. Puis elle avait rencontré le regard fixe de son fils, avait essayé de sourire encore, mais ses lèvres tremblaient et elle s'était précipitée en pleurant dans sa chambre, sur le lit qui restait le seul abri de son repos, de sa solitude et de ses chagrins. Jacques, interdit, s'était approché d'elle. Elle avait enfoui son visage dans l'oreiller, les boucles courtes qui découvraient la nuque et le dos maigre secoués de sanglots. « Maman, maman », avait dit Jacques en la touchant timidement de la main. « Tu es très belle comme ça. » Mais elle n'avait pas entendu et, de sa main, lui avait demandé de la laisser. Il avait reculé jusqu'au pas de la porte, et lui aussi, appuyé contre le chambranle, s'était mis à pleurer d'impuissance et d'amour*.

Pendant plusieurs jours de suite, la grand-mère n'adressa

* des larmes de l'amour impuissant

pas la parole à sa fille. En même temps, Antoine, lorsqu'il venait, était reçu plus froidement. Ernest surtout gardait le visage fermé. Antoine, bien qu'il fût assez faraud et beau parleur, le sentait bien. Que se passa-t-il alors ? Jacques vit plusieurs fois des traces de larmes dans les beaux yeux de sa mère. Ernest se taisait le plus souvent et bousculait jusqu'à Brillant. Un soir d'été, Jacques remarqua qu'il semblait guetter quelque chose au balcon. « Daniel va venir ? » demanda l'enfant. L'autre grogna. Et soudain Jacques vit arriver Antoine, qui n'était pas venu depuis plusieurs jours. Ernest se précipita et, quelques secondes après, des bruits sourds montèrent de l'escalier. Jacques se précipita et vit les deux hommes se battre sans dire un mot dans le noir. Ernest, sans sentir les coups, frappait et frappait de ses poings, durs comme fer, et l'instant d'après Antoine roulait en bas de l'escalier, se relevait la bouche sanglante, sortait un mouchoir pour essuyer son sang, sans cesser de regarder Ernest qui partait comme fou. Quand il rentra, Jacques trouva sa mère assise dans la salle à manger, immobile, les traits figés. Il s'était assis aussi sans rien dire[a]. Et puis Ernest était rentré, grommelant des injures et jetant un regard furieux à sa sœur. Le dîner s'était déroulé comme à l'ordinaire, sauf que sa mère n'avait pas mangé ; « je n'ai pas faim », disait-elle simplement à sa mère qui insistait. Le repas fini, elle était partie dans sa chambre. Pendant la nuit, Jacques, réveillé, l'entendit se retourner dans son lit. À partir du lendemain, elle revint à ses robes noires ou grises, à sa tenue stricte de pauvre. Jacques la trouvait aussi belle, plus belle encore à cause d'un éloignement et d'une distraction accrus, installée pour

a. l'amener bien avant – bataille non Lucien.

toujours maintenant dans la pauvreté, la solitude et la vieillesse à venir[a].

Longtemps Jacques en voulut à son oncle, sans trop savoir ce que précisément il pouvait lui reprocher. Mais, en même temps, il savait qu'on ne pouvait lui en vouloir et que la pauvreté, l'infirmité, le besoin élémentaire où toute sa famille vivait, s'ils n'excusaient pas tout, empêchent en tout cas de rien condamner chez ceux qui en sont victimes.

Ils se faisaient du mal les uns aux autres sans le vouloir et simplement parce qu'ils étaient chacun pour l'autre les représentants de la nécessité besogneuse et cruelle où ils vivaient. Et, de toute manière, il ne pouvait pas douter de l'attachement quasi animal de son oncle pour la grand-mère d'abord et puis pour la mère de Jacques et ses enfants. Il l'avait senti, quant à lui, le jour de l'accident à la tonnellerie[b]. Tous les jeudis, Jacques allait en effet à la tonnellerie. S'il avait des devoirs, il les expédiait très rapidement et courait très vite vers l'atelier, avec la même allégresse qu'il mettait d'autres fois à rejoindre ses camarades de rue. L'atelier se trouvait près du champ de manœuvre. C'était une sorte de cour encombrée de détritus, de vieux cercles de fer, de mâchefer et de feux éteints. Sur l'un des côtés, on avait construit une sorte de toit de briques soutenu à distances régulières par des piliers de moellons. Les cinq ou six ouvriers travaillaient sous ce toit. Chacun avait sa place en principe, c'est-à-dire un établi contre le mur devant lequel se trouvait un espace

a. car la vieillesse allait venir – en ce temps-là Jacques trouvait que sa mère était vieille et elle avait à peine l'âge que lui-même avait maintenant, mais la jeunesse c'est d'abord une réunion de possibilités, et lui pour qui la vie avait été généreuse... [passage barré, *n.d.e.*]

b. mettre tonnellerie avant colères et peut-être même au début portrait Ernest.

vide où l'on pouvait monter les barils et les bordelaises, et, le séparant de la place suivante, une sorte de banc sans dossier sur lequel était pratiquée une assez large fente pour y glisser les fonds de baril et les affûter à la main au moyen d'un instrument assez semblable à un hachoir[a] mais dont le côté effilé se trouvait du côté de l'homme qui saisissait les deux poignées. Cette organisation à vrai dire n'était pas sensible au premier regard. Certainement, la répartition avait été faite ainsi au départ, mais peu à peu les bancs s'étaient déplacés, les cercles s'étaient entassés entre les établis, les caisses de rivets traînaient d'une place à l'autre, et il fallait une longue observation ou, ce qui revenait au même, une longue fréquentation pour remarquer que les mouvements de chaque ouvrier se développaient toujours dans la même aire. Avant d'arriver à l'atelier où il apportait le casse-croûte de l'oncle, Jacques reconnaissait le bruit des coups de marteau sur les ciseaux qui servaient à enfoncer les cercles de fer autour des barils dont on venait de réunir les douelles, et les ouvriers frappaient sur une extrémité du ciseau pendant qu'ils promenaient prestement l'autre extrémité tout autour du cercle – ou encore il devinait à des bruits plus forts, plus espacés qu'on était en train de river les cercles passés dans l'étau de l'établi. Quand il arrivait dans l'atelier au milieu du vacarme des marteaux, il était accueilli par une salutation joyeuse, et la danse des marteaux reprenait. Ernest, vêtu d'un vieux pantalon bleu rapiécé, d'espadrilles couvertes de sciure, d'une flanelle grise sans manches et d'une vieille chéchia délavée qui protégeait ses beaux cheveux des copeaux et de la poussière, l'embrassait et lui proposait de l'aider. Parfois, Jacques tenait le cercle dressé sur l'enclume qui

a. vérifier le nom de l'outil

le coinçait dans sa largeur, pendant que l'oncle frappait à tour de bras pour écraser les rivets. Le cercle vibrait dans les mains de Jacques, et chaque coup de marteau lui creusait les paumes, ou bien pendant qu'Ernest s'asseyait à califourchon à une extrémité du banc, Jacques s'asseyait de la même manière à l'autre extrémité, serrant le fond du baril qui les séparait pendant qu'Ernest l'affûtait. Mais ce qu'il préférait était d'apporter les douelles au milieu de la cour pour qu'Ernest les assemble grossièrement en les maintenant avec un cercle passé dans leur milieu. Au milieu du baril ouvert des deux côtés, Ernest amassait des copeaux, auxquels Jacques était chargé de mettre le feu. Le feu faisait dilater le fer plus que le bois, et Ernest en profitait pour enfoncer le cercle plus avant à grands coups de ciseau et de marteau, au milieu de la fumée qui faisait pleurer leurs yeux. Quand le cercle était enfoncé, Jacques apportait les grands seaux de bois qu'il avait remplis d'eau à la pompe au fond de la cour, on s'écartait et Ernest jetait l'eau violemment contre le baril, refroidissant ainsi le cercle, qui se rétrécissait et mordait plus avant le bois attendri par l'eau, au milieu d'un grand dégagement de vapeur[a].

On laissait les choses en train à la brisure pour manger un morceau, et les ouvriers se réunissaient, autour d'un feu de copeaux et de bois l'hiver, à l'ombre du toit l'été. Il y avait Abder, le manœuvre arabe qui portait un pantalon arabe dont le fond pendait en plis et dont les jambes s'arrêtaient à mi-mollet, un vieux veston sur un tricot dépenaillé et une chéchia, et qui avec un drôle d'accent appelait Jacques « mon collègue » parce qu'il faisait le même travail que lui quand il aidait Ernest. Le patron, M. [ ][1],

a. finir le baril
1. Nom illisible.

qui était en réalité un vieil ouvrier tonnelier qui exécutait avec ses aides des commandes pour une tonnellerie plus importante et anonyme. Un ouvrier italien toujours triste et enrhumé. Et surtout le joyeux Daniel qui prenait toujours Jacques à son côté, pour le plaisanter ou le caresser. Jacques s'échappait, vagabondait dans l'atelier, son tablier noir recouvert de sciure, les pieds nus dans des mauvaises spartiates, s'il faisait chaud, recouvertes de terre et de copeaux, respirait avec délice l'odeur de la sciure, celle plus fraîche des copeaux, revenait vers le feu pour mâchouiller la fumée délicieuse qui s'en échappait ou bien essayait l'outil à affûter les fonds avec précaution, sur un morceau de bois qu'il coinçait dans l'étau, et il jouissait alors de l'adresse de ses mains dont tous les ouvriers lui faisaient compliment.

C'est au cours d'une de ces pauses qu'il s'était perché sottement sur le banc avec des semelles mouillées. Soudain il glissa en avant, pendant que le banc basculait en arrière, et tomba de tout son poids sur le banc pendant que sa main droite se coinçait sous celui-ci. Il sentit tout de suite une douleur sourde à sa main mais se releva d'un coup en riant devant les ouvriers qui étaient accourus. Mais, avant même qu'il eût fini de rire, Ernest se jetait sur lui, le prenait dans ses bras et se précipitait hors de l'atelier, courant à perdre haleine en balbutiant : « Chez docteur, chez docteur. » C'est alors qu'il vit le majeur de sa main droite complètement écrasé à son extrémité comme une grosse pâte sale et informe d'où le sang ruisselait. Le cœur lui manqua d'un coup et il s'évanouit. Cinq minutes après, ils étaient chez le docteur arabe qui habitait en face de chez eux. « C'est rien, docteur, c'est rien, hein », disait Ernest, blanc comme un linge. « Allez m'attendre à côté, dit le docteur, il va être courageux. » Il avait fallu l'être, aujourd'hui encore l'étrange majeur rafistolé de Jacques en témoignait. Mais, les agrafes posées et le pansement terminé, le docteur lui décerna avec un cordial un brevet de courage. Il n'empêche qu'Ernest voulut le porter encore pour traverser la rue et, dans l'escalier de leur maison, il se mit à embrasser l'enfant en gémissant et en le serrant contre lui jusqu'à lui faire mal.

« Maman, dit Jacques, on frappe à la porte.

– C'est Ernest, dit sa mère. Va lui ouvrir. Je ferme maintenant à cause des bandits. »

Sur le pas de la porte, en découvrant Jacques, Ernest poussait une exclamation de surprise, quelque chose qui ressemblait au « *how* » anglais, et l'embrassait en redressant sa taille. Malgré les cheveux entièrement blancs, il avait gardé un visage d'une surprenante jeunesse, encore régulier et harmonieux. Mais les jambes torses s'étaient encore plus arrondies, le dos s'était tout à fait voûté, et Ernest marchait en écartant les bras et les jambes. « Ça va ? » lui dit Jacques. Non, il avait des points, des rhumatismes, c'était mauvais ; et Jacques ? Oui, tout allait bien, qu'il était fort, elle (et il montrait Catherine du doigt) était contente de le revoir. Depuis la mort de la grand-mère et le départ des enfants, le frère et la sœur vivaient ensemble et ne pouvaient même se passer l'un de l'autre. Lui avait besoin qu'on s'occupe de lui, et de ce point de vue elle était sa femme, faisant les repas, préparant son linge, le soignant à l'occasion. Elle avait besoin non d'argent, car ses fils subvenaient à ses besoins, mais d'une compagnie d'homme, et il veillait sur elle à sa manière depuis des années pendant lesquelles ils avaient vécu, oui, comme mari et femme, non pas selon la chair mais selon le sang, s'aidant à vivre alors que leurs infirmités leur rendaient la vie si difficile, poursuivant une conversation muette éclairée de loin en loin par des bribes de phrases, mais plus unis et renseignés l'un sur l'autre que bien des couples normaux. « Oui, oui, disait Ernest. Jacques, Jacques, toujours elle parle – Eh bien voilà », disait Jacques. Et voilà en effet, il se retrouvait entre eux deux comme autrefois, ne pouvant rien leur dire et ne cessant jamais de les chérir, eux au moins, et les aimant encore plus de lui permettre d'aimer alors qu'il avait tant failli à aimer tant de créatures qui méritaient de l'être.

« Et Daniel ?

– Y va bien, il est vieux comme moi ; Pierrot son frère la prison.

– Pourquoi ?

– Y dit le syndicat. Moi je crois qu'il est avec les Arabes. »

Et, soudain inquiet :

« Dis, les bandits, c'est bien ?

– Non, dit Jacques, les autres Arabes oui, les bandits non.

– Bon, j'ai dit à ta mère les patrons trop durs. C'était fou mais les bandits c'est pas possible.

– Voilà, dit Jacques. Mais il faut faire quelque chose pour Pierrot.

– Bon, je dira à Daniel.

– Et Donat ? (C'était l'employé du gaz boxeur.)

– Il est mort. Un cancer. On est tous vieux. »

Oui, Donat était mort. Et la tante Marguerite, la sœur de sa mère, était morte, chez qui la grand-mère le traînait le dimanche après-midi et où il s'ennuyait affreusement, sauf lorsque l'oncle Michel, qui était charretier et qui s'ennuyait aussi à ces conversations dans la salle à manger sombre, autour de bols de café noir sur la toile cirée de la table, l'emmenait dans son écurie toute proche, et là, dans la demi-pénombre, alors que le soleil de l'après-midi chauffait les rues au-dehors, il sentait d'abord la bonne odeur de poils, de paille et de crottin, il entendait les chaînes des licous racler sur la mangeoire de bois, les chevaux tournaient vers eux leur œil à longs cils, et l'oncle Michel, grand, sec, avec ses longues moustaches et qui sentait lui-même la paille, le hissait sur l'un des chevaux qui, placide, replongeait dans sa mangeoire et broyait de nouveau son avoine pendant que l'oncle apportait à l'enfant des caroubes qu'il mâchait et suçait avec délice, plein d'amitié pour cet oncle toujours lié aux chevaux dans son esprit, et c'était avec lui qu'au lundi de Pâques ils partaient avec toute la famille pour faire la mouna dans la forêt de Sidi-Ferruch, et Michel louait un de ces tramways à chevaux qui faisait alors le service entre le quartier où ils habitaient et le centre d'Alger, sorte de grande cage à claire-voie garnie de bancs dos à dos, qu'on attelait avec les chevaux, dont un en flèche que Michel choisissait dans son écurie, et on chargeait de bon matin dans le tramway les grands paniers à linge pleins de ces grossières brioches appelées mounas et de légères pâtisseries friables appelées oreillettes, que toutes les femmes de la maison fabriquaient chez la tante Marguerite pendant deux jours avant la sortie, sur la toile cirée recouverte de farine où l'on étalait la pâte au rouleau jusqu'à ce qu'elle recouvre presque toute la nappe, et, avec une roulette de buis, on y découpait alors les gâteaux, que les enfants apportaient sur des plats à la cuisson et qu'on jetait dans de grosses bassines d'huile bouillante, pour les aligner ensuite avec précaution dans les grands paniers à linge, d'où montait alors l'exquise odeur vanillée qui les accompagnait pendant tout le parcours jusqu'à Sidi-Ferruch, mêlée à l'odeur d'embrun qui de la mer parvenait jusque sur la route du littoral, vigoureusement avalée par les quatre chevaux au-dessus desquels Michel[a] faisait claquer le fouet, qu'il passait de temps en temps à Jacques auprès de lui, Jacques fasciné par les quatre croupes énormes qui se dandinaient sous lui dans un grand bruit de grelots ou bien s'ouvraient pendant que la queue se levait, et il voyait se mouler puis tomber à terre le crottin appétissant, pendant que les fers étincelaient et que les grelots précipitaient leurs sonnailles quand les chevaux encensaient. Dans la forêt, pendant que les autres installaient entre les arbres les paniers à linge et les torchons, Jacques aidait Michel à bouchonner les chevaux et à leur attacher au cou les mangeoires de toile bise dans lesquelles ils travaillaient des mâchoires, fermant et ouvrant leurs grands yeux fraternels, ou chassant une mouche d'un pied impatient. La forêt était pleine de monde, on mangeait les uns sur les autres, on dansait de place en place au son de l'accordéon ou de la guitare, la mer grondait tout près, il ne faisait jamais assez chaud pour se baigner mais toujours assez pour marcher pieds nus dans les premières vagues, pendant que les autres faisaient la sieste et que la lumière qui s'adoucissait imperceptiblement rendait les espaces du ciel encore plus vastes, si vastes que l'enfant sentait des larmes monter en lui en même temps qu'un grand cri de joie et de gratitude envers l'adorable vie. Mais la tante Marguerite était morte, elle si belle, et toujours habillée, trop coquette, disait-on, et elle n'avait pas eu tort puisque le diabète l'avait clouée sur un fauteuil, où elle s'était mise à enfler dans l'appartement à l'abandon et à devenir énorme et si boursouflée que le souffle lui manquait, laide désormais à faire peur, entourée de ses filles et de son fils boiteux qui était cordonnier, qui guet-

a. récupérer Michel pendant le tremblement de terre d'Orléansville.

taient, le cœur serré, si le souffle allait lui manquer[a][b]. Elle grossissait encore, bourrée d'insuline, et le souffle en effet lui manqua pour finir[c].

Mais la tante Jeanne aussi était morte, la sœur de la grand-mère, celle qui assistait aux concerts du dimanche après-midi et qui avait résisté longtemps dans sa ferme blanchie à la chaux au milieu de ses trois filles veuves de guerre, parlant toujours de son mari mort depuis longtemps[d], l'oncle Joseph qui, lui, ne parlait que le mahonnais et que Jacques admirait à cause de ses cheveux blancs au-dessus d'un beau visage rosé et du sombrero noir qu'il portait même à table, avec un air d'inimitable noblesse, véritable patriarche paysan, à qui cependant il arrivait de se soulever légèrement au cours du repas pour lâcher une sonore incongruité dont il s'excusait courtoisement devant les reproches résignés de sa femme. Et les voisins de sa grand-mère, les Masson, étaient tous morts, la vieille d'abord et puis la sœur aînée, la grande Alexandra, et [ ][1] le frère aux oreilles décollées, qui était contorsionniste et chantait aux matinées du cinéma Alcazar. Tous, oui, même la plus jeune fille Marthe, que son frère Henri avait courtisée et plus que courtisée.

Personne ne parlait plus d'eux. Ni sa mère ni son oncle ne parlaient plus des parents disparus. Ni de ce père dont il cherchait les traces, ni des autres. Ils continuaient de vivre de la nécessité, bien qu'ils ne fussent plus dans le besoin, mais l'habitude était prise, et aussi une méfiance

a. Livre sixième dans la 2e partie.

b. Et Francis aussi était mort (voir dernières notes)

c. Denise les quitte à dix-huit ans pour faire la vie – Revient à vingt et un enrichie, et, vendant ses bijoux, refait toute l'écurie de son père – tuée par une épidémie

d. les filles ?

1. Nom illisible.

résignée à l'égard de la vie, qu'ils aimaient animalement mais dont ils savaient par expérience qu'elle accouche régulièrement du malheur sans même avoir donné de signes qu'elle le portait[a]. Et puis, tels qu'ils étaient tous deux autour de lui, silencieux et tassés sur eux-mêmes, vides de souvenirs et fidèles seulement à quelques images obscures, ils vivaient maintenant dans la proximité de la mort, c'est-à-dire toujours dans le présent. Il ne saurait jamais d'eux qui était son père et, quand bien même, par leur seule présence, ils rouvraient en lui des sources fraîches venues d'une enfance misérable et heureuse, il n'était pas sûr que ces souvenirs si riches, si jaillissants en lui, fussent vraiment fidèles à l'enfant qu'il avait été. Bien plus sûr au contraire qu'il devait en rester à deux ou trois images privilégiées qui le réunissaient à eux, qui le fondaient à eux, qui supprimaient ce qu'il avait essayé d'être pendant tant d'années et le réduisaient enfin à l'être anonyme et aveugle qui s'était survécu pendant tant d'années à travers sa famille et qui faisait sa vraie noblesse.

Telle l'image de ces soirs de chaleur où toute la famille après le dîner descendait des chaises sur le trottoir devant la porte de la maison, où un air poudreux et chaud descendait des ficus poussiéreux, pendant que les gens du quartier allaient et venaient devant eux, Jacques[b], la tête sur l'épaule maigre de sa mère, sa chaise un peu renversée en arrière, regardant à travers les branches les étoiles du ciel d'été, ou comme cette autre image d'un soir de Noël où, rentrant sans Ernest de chez la tante Marguerite après minuit, ils avaient vu devant le restaurant près de leur porte un homme étendu, autour duquel un autre dansait.

mais au fait ce sont des monstres ? (non c'était lui le m.)

b. souverain humble et fier de la beauté de la nuit.

Les deux hommes, qui avaient bu, avaient voulu boire plus encore. Le patron, un frêle jeune homme blond, les avait éconduits. Ils avaient frappé à coups de pied la patronne qui était enceinte. Et le patron avait tiré. La balle s'était logée dans la tempe droite de l'homme. La tête reposait maintenant sur la plaie. Ivre d'alcool et d'effroi, l'autre s'était mis à danser autour de lui, et, pendant que le restaurant fermait ses portes, tout le monde avait fui avant l'arrivée de la police. Et, dans ce coin reculé du quartier où ils se tenaient serrés les uns contre les autres, les deux femmes retenant les enfants contre elles, la lumière rare sur le pavé gras de pluies récentes, les longs glissements mouillés des autos, l'arrivée espacée de tramways sonores et illuminés, pleins de voyageurs joyeux et indifférents à cette scène d'un autre monde, gravaient dans le cœur épouvanté de Jacques une image qui jusque-là avait survécu à toutes les autres : l'image doucereuse et insistante de ce quartier où il avait régné toute la journée dans l'innocence et l'avidité, mais que la fin des jours rendait soudain mystérieux et inquiétant, quand ses rues commençaient [à se] peupler d'ombre ou quand plutôt une seule ombre anonyme, signalée par un sourd piétinement et un bruit confus de voix, surgissait parfois, inondée de gloire sanglante dans la lumière rouge d'un globe de pharmacie, et que l'enfant soudain plein d'angoisse courait vers la maison misérable pour y retrouver les siens.

6 *bis*

L'école[1]

[a]Celui-là n'avait pas connu son père, mais il lui en parlait souvent sous une forme un peu mythologique, et, dans tous les cas, à un moment précis, il avait su remplacer ce père. C'est pourquoi Jacques ne l'avait jamais oublié, comme si, n'ayant jamais éprouvé réellement l'absence d'un père qu'il n'avait pas connu, il avait reconnu cependant inconsciemment, étant enfant d'abord, puis tout au long de sa vie, le seul geste paternel, à la fois réfléchi et décisif, qui fût intervenu dans sa vie d'enfance. Car Monsieur Bernard, son instituteur de la classe du certificat d'études, avait pesé de tout son poids d'homme, à un moment donné, pour modifier le destin de cet enfant dont il avait la charge, et il l'avait modifié en effet.

Pour le moment, Monsieur Bernard était là devant Jacques dans son petit appartement des tournants Rovigo, presque au pied de la Casbah, un quartier qui dominait la ville et la mer, occupé par des petits commerçants de toutes races et de toutes religions, où les maisons sentaient à la fois les épices et la pauvreté. Il était là, vieilli, le cheveu plus rare, des taches de vieillesse derrière le tissu maintenant vitrifié

a. Transition avec 6 ?

1. Voir en annexe, p. 267-269, le feuillet II que l'auteur avait intercalé entre les pages 68 et 69 du manuscrit.

des joues et des mains, se déplaçant plus lentement que jadis, et visiblement content dès qu'il pouvait se rasseoir dans son fauteuil de rotin, près de la fenêtre qui donnait sur la rue commerçante et où pépiait un canari, attendri aussi par l'âge et laissant paraître son émotion, ce qu'il n'eût pas fait auparavant, mais droit encore, et la voix forte et ferme, comme au temps où, planté devant sa classe, il disait : « En rangs par deux. Par deux ! Je n'ai pas dit par cinq ! » Et la bousculade cessait, les élèves, dont Monsieur Bernard était craint et adoré en même temps, se rangeaient le long du mur extérieur de la classe, dans la galerie du premier étage, jusqu'à ce que, les rangs enfin réguliers et immobiles, les enfants silencieux, un « Entrez maintenant, bande de tramousses » les libérait, leur donnant le signal du mouvement et d'une animation plus discrète que Monsieur Bernard, solide, élégamment habillé, son fort visage régulier couronné de cheveux un peu clairsemés mais bien lisses, fleurant l'eau de Cologne, surveillait avec bonne humeur et sévérité.

L'école se trouvait dans une partie relativement neuve de ce vieux quartier, parmi des maisons à un ou deux étages construites peu après la guerre de 70 et des entrepôts plus récents et qui avaient fini par relier la rue principale du quartier où se trouvait la maison de Jacques à l'arrière-port d'Alger où se trouvaient les quais aux charbons. Jacques se rendait donc à pied, deux fois par jour, à cette école qu'il avait commencé de fréquenter à l'âge de quatre ans dans la section maternelle dont il ne gardait aucun souvenir, sinon celui d'un lavabo de pierre sombre qui occupait tout le fond du préau couvert et où il avait atterri un jour tête la première, pour se relever couvert de sang, l'arcade sourcilière ouverte, au milieu de l'affolement des institutrices, et il avait fait connaissance alors avec les agrafes, qu'on lui avait à peine enlevées, à vrai dire, qu'il fallait les lui replacer sur l'autre arcade sourcilière, son frère ayant imaginé de le coiffer à la maison d'un vieux melon qui l'aveuglait et d'un vieux manteau qui entravait ses pas, si bien qu'il se retrouva la tête contre un des moellons descellé du carrelage et dans le sang à nouveau. Mais déjà il allait à la maternelle avec Pierre, d'un an ou presque plus âgé que lui, qui habitait dans une rue proche avec sa mère veuve de guerre elle aussi et devenue employée des postes, et deux de ses oncles qui travaillaient au chemin de fer. Leurs familles étaient vaguement amies, ou comme on l'est dans ces quartiers, c'est-à-dire qu'on s'estimait sans presque jamais se rendre visite et qu'on était très décidé à s'aider les uns les autres sans presque jamais en avoir l'occasion. Seuls les enfants étaient devenus véritablement amis, depuis ce premier jour où, Jacques portant encore une robe et confié à Pierre, conscient de ses culottes et de son devoir d'aîné, les deux enfants étaient allés ensemble à l'école maternelle. Ils avaient ensuite parcouru ensemble la série des classes jusqu'à celle du certificat d'études, où Jacques entra à neuf ans. Pendant cinq années, ils avaient fait quatre fois le même parcours, l'un blond, l'autre brun, l'un placide, l'autre bouillant, mais frères par l'origine et le destin, bons élèves tous les deux, et en même temps joueurs infatigables. Jacques brillait plus en certaines matières, mais sa conduite, et son étourderie, son désir de paraître aussi qui le poussait à mille sottises, redonnaient l'avantage à Pierre, plus réfléchi et plus secret. Si bien qu'ils prenaient tour à tour la tête de leur classe, sans songer à en tirer des plaisirs de vanité, au contraire de leurs familles. Leurs plaisirs à eux étaient différents. Le matin, Jacques attendait Pierre au bas de sa maison. Ils partaient avant le passage des boueux, ou plus exactement de la charrette attelée d'un cheval couronné que conduisait un vieil Arabe. Le trottoir était encore mouillé de l'humidité de la nuit, l'air venu de la mer avait un goût de sel. La rue de Pierre, qui conduisait au marché, était jalonnée de poubelles, que des Arabes ou des Mauresques faméliques, parfois un vieux clochard espagnol, avaient crochetées à l'aube, trouvant encore à prendre dans ce que des familles pauvres et économes dédaignaient assez pour le jeter. Les couvercles de ces poubelles étaient généralement rabattus, et à cette heure de la matinée les chats vigoureux et maigres du quartier avaient pris la place des loqueteux. Il s'agissait pour les deux enfants d'arriver assez silencieusement derrière les poubelles pour rabattre brusquement le couvercle sur le chat qui se trouvait dans la poubelle. Cet exploit n'était pas commode, car les chats nés et grandis dans un quartier pauvre avaient la vigilance et la prestesse des bêtes habituées à défendre leur droit de vivre. Mais parfois, hypnotisé par une trouvaille appétissante et difficile à extraire du monceau d'ordures, un chat se laissait surprendre. Le couvercle se rabattait avec bruit, le chat poussait un hurlement de frayeur, jouait convulsivement du dos et des griffes, et parvenait à soulever le toit de sa prison de zinc, à s'en extraire, le poil hérissé de frayeur, et à détaler comme s'il avait une meute de chiens à ses trousses, au milieu des éclats de rire de ses bourreaux fort peu conscients de leur cruauté [a].

À vrai dire, ces bourreaux étaient aussi inconséquents puisqu'ils poursuivaient de leur détestation le capteur de chiens, surnommé par les enfants du quartier Galoufa [1] (qui en espagnol...). Ce fonctionnaire municipal opérait à peu près à la même heure, mais, selon les nécessités, il faisait aussi des tournées d'après-midi. C'était un Arabe habillé à l'européenne, qui se tenait ordinairement à l'ar-

a. Exotisme la soupe aux pois.

1. L'origine de ce nom provenait de la première personne qui avait accepté cette fonction et qui se nommait réellement Galoufa.

rière d'un étrange véhicule attelé de deux chevaux, conduit par un vieil Arabe impassible. Le corps de la voiture était constitué par une sorte de cube de bois, sur la longueur duquel on avait ménagé, de chaque côté, une double rangée de cages aux solides barreaux. L'ensemble offrait seize cages, dont chacune pouvait contenir un chien, qui se trouvait alors coincé entre les barreaux et le fond de la cage. Juché sur un petit marchepied à l'arrière de la voiture, le capteur avait le nez à la hauteur du toit des cages et pouvait ainsi surveiller son terrain de chasse. La voiture roulait lentement à travers les rues mouillées qui commençaient à se peupler d'enfants en route vers l'école, de ménagères allant chercher leur pain ou leur lait, en peignoirs de pilou ornés de fleurs violentes, et de marchands arabes regagnant le marché, leurs petits éventaires pliés sur l'épaule et tenant de l'autre main un énorme couffin de paille tressée qui contenait leurs marchandises. Et tout d'un coup, sur un appel du capteur, le vieil Arabe tirait les rênes en arrière et la voiture s'arrêtait. Le capteur avait avisé une de ses misérables proies, qui creusait fébrilement une poubelle, jetant régulièrement des regards affolés en arrière, ou bien encore trottant rapidement le long d'un mur avec cet air pressé et inquiet des chiens mal nourris. Galoufa saisissait alors sur le sommet de la voiture un nerf de bœuf terminé par une chaîne de fer qui coulissait par un anneau le long du manche. Il avançait du pas souple, rapide et silencieux du trappeur vers la bête, la rejoignait et, si elle ne portait pas le collier qui est la marque des fils de famille, courait vers lui [1] avec une brusque et étonnante vélocité, et lui passait autour du cou son arme qui fonctionnait alors comme un lasso de fer et de cuir. La bête, étranglée d'un

1. *Sic.*

seul coup, se débattait follement en poussant des plaintes inarticulées. Mais l'homme [la] traînait rapidement jusqu'à la voiture, ouvrait l'une des portes-barreaux et, soulevant le chien en l'étranglant de plus en plus, le jetait dans la cage en ayant soin de faire repasser le manche de son lasso à travers les barreaux. Le chien capturé, il redonnait du jeu à la chaîne de fer et libérait le cou du chien maintenant captif. Du moins, les choses se passaient ainsi quand le chien ne recevait pas la protection des enfants du quartier. Car tous étaient ligués contre Galoufa. Ils savaient que les chiens capturés étaient menés à la fourrière municipale, gardés pendant trois jours, passés lesquels, si personne ne venait les réclamer, les bêtes étaient mises à mort. Et quand ils ne l'auraient pas su, le pitoyable spectacle de la charrette de mort rentrant après une tournée fructueuse, chargée de malheureuses bêtes de tous les poils et de toutes les tailles, épouvantées derrière leurs barreaux et laissant derrière la voiture un sillage de gémissements et de hurlements à la mort, aurait suffi à les indigner. Aussi, dès que la voiture cellulaire apparaissait dans le quartier, les enfants se mettaient en alerte les uns les autres. Ils se répandaient eux-mêmes dans toutes les rues du quartier pour traquer les chiens à leur tour, mais afin de les chasser dans d'autres secteurs de la ville, loin du terrible lasso. Si, malgré ces précautions, comme il arriva plusieurs fois à Pierre et à Jacques, le capteur découvrait un chien errant en leur présence, la tactique était toujours la même. Jacques et Pierre, avant que le chasseur ait pu approcher suffisamment son gibier, se mettaient à hurler : « Galoufa, Galoufa » sur un mode si aigu et si terrible que le chien détalait de toute sa vitesse et se trouvait hors de portée en quelques secondes. À ce moment, il fallait que les deux enfants fissent eux-mêmes la preuve de leurs dons pour la course de vitesse, car le malheureux Galoufa, qui recevait une prime par chien capturé, fou de rage, les prenait en chasse en brandissant son nerf de bœuf. Les grandes personnes aidaient généralement leur fuite, soit en gênant Galoufa, soit en l'arrêtant tout droit et en le priant de s'occuper des chiens. Les travailleurs du quartier, tous chasseurs, aimaient les chiens ordinairement et n'avaient aucune considération pour ce curieux métier. Comme disait l'oncle Ernest : « Lui feignant ! » Au-dessus de toute cette agitation, le vieil Arabe qui conduisait les chevaux régnait, silencieux, impassible, ou, si les discussions se prolongeaient, se mettait tranquillement à rouler une cigarette. Qu'ils aient capturé des chats ou délivré des chiens, les enfants se hâtaient ensuite, pèlerines au vent si c'était l'hiver, et faisant claquer leurs spartiates (appelées mevas) si c'était l'été, vers l'école et le travail. Un coup d'œil aux étalages de fruits en traversant le marché, et selon la saison des montagnes de nèfles, d'oranges et de mandarines, d'abricots, de pêches, de mandarines [1], de melons, de pastèques défilaient autour d'eux qui ne goûteraient, et en quantité limitée, que les moins chers d'entre eux ; deux ou trois passes à cheval-d'arçons sans lâcher le cartable, sur le gros bassin vernissé du jet d'eau, et ils filaient le long des entrepôts du boulevard Thiers, encaissaient en pleine figure l'odeur d'oranges qui sortait de l'usine où on les pelait pour préparer des liqueurs avec leur écorce, remontaient une petite rue de jardins et de villas, et débouchaient enfin sur la rue Aumerat grouillante d'une foule enfantine qui, au milieu des conversations des uns et des autres, attendait l'ouverture des portes.

Ensuite c'était la classe. Avec M. Bernard, cette classe était constamment intéressante pour la simple raison qu'il

1. *Sic.*

aimait passionnément son métier. Au-dehors, le soleil pouvait hurler sur les murs fauves pendant que la chaleur crépitait dans la salle elle-même pourtant plongée dans l'ombre des stores à grosses rayures jaunes et blanches. La pluie pouvait aussi bien tomber comme elle le fait en Algérie, en cataractes interminables, faisant de la rue un puits sombre et humide, la classe était à peine distraite. Seules les mouches par temps d'orage détournaient parfois l'attention des enfants. Elles étaient capturées et atterrissaient dans les encriers, où elles commençaient une mort hideuse, noyées dans les boues violettes qui emplissaient les petits encriers de porcelaine à tronc conique qu'on fichait dans les trous de la table. Mais la méthode de M. Bernard, qui consistait à ne rien céder sur la conduite et à rendre au contraire vivant et amusant son enseignement, triomphait même des mouches. Il savait toujours tirer au bon moment de son armoire aux trésors la collection de minéraux, l'herbier, les papillons et les insectes naturalisés, les cartes ou... qui réveillaient l'intérêt fléchissant de ses élèves. Il était le seul dans l'école à avoir obtenu une lanterne magique et, deux fois par mois, il faisait des projections sur des sujets d'histoire naturelle ou de géographie. En arithmétique, il avait institué un concours de calcul mental qui forçait l'élève à la rapidité d'esprit. Il lançait à la classe, où tous devaient avoir les bras croisés, les termes d'une division, d'une multiplication ou parfois d'une addition un peu compliquée. Combien font 1 267 + 691. Le premier qui donnait le résultat juste était crédité d'un bon point à valoir sur le classement mensuel. Pour le reste, il utilisait les manuels avec compétence et précision... Les manuels étaient toujours ceux qui étaient en usage dans la métropole. Et ces enfants qui ne connaissaient que le sirocco, la poussière, les averses prodigieuses et brèves, le sable des plages et la mer en flammes sous le soleil, lisaient avec application, faisant sonner les virgules et les points, des récits pour eux mythiques où des enfants à bonnet et cache-nez de laine, les pieds chaussés de sabots, rentraient chez eux dans le froid glacé en traînant des fagots sur des chemins couverts de neige, jusqu'à ce qu'ils aperçoivent le toit enneigé de la maison où la cheminée qui fumait leur faisait savoir que la soupe aux pois cuisait dans l'âtre. Pour Jacques, ces récits étaient l'exotisme même. Il en rêvait, peuplait ses rédactions de descriptions d'un monde qu'il n'avait jamais vu, et ne cessait de questionner sa grand-mère sur une chute de neige qui avait eu lieu pendant une heure vingt ans auparavant sur la région d'Alger. Ces récits faisaient partie pour lui de la puissante poésie de l'école, qui s'alimentait aussi de l'odeur de vernis des règles et des plumiers, de la saveur délicieuse de la bretelle de son cartable qu'il mâchouillait longuement en peinant sur son travail, de l'odeur amère et rêche de l'encre violette, surtout lorsque son tour était venu d'emplir les encriers avec une énorme bouteille sombre dans le bouchon duquel un tube de verre coudé était enfoncé, et Jacques reniflait avec bonheur l'orifice du tube, du doux contact des pages lisses et glacées de certains livres, d'où montait aussi une bonne odeur d'imprimerie et de colle, et, les jours de pluie enfin, de cette odeur de laine mouillée qui montait des cabans de laine au fond de la salle et qui était comme la préfiguration de cet univers édénique où les enfants en sabots et en bonnet de laine couraient à travers la neige vers la maison chaude.

Seule l'école donnait à Jacques et à Pierre ces joies. Et sans doute ce qu'ils aimaient si passionnément en elle, c'est ce qu'ils ne trouvaient pas chez eux, où la pauvreté et l'ignorance rendaient la vie plus dure, plus morne, comme refermée sur elle-même ; la misère est une forteresse sans pont-levis.

Mais ce n'était pas seulement cela, puisque Jacques se sentait le plus misérable des enfants, aux vacances, quand, pour se débarrasser de ce gamin infatigable, la grand-mère l'envoyait en colonie de vacances avec une cinquantaine d'autres enfants et une poignée de moniteurs, dans les montagnes du Zaccar, à Miliana, où ils occupaient l'école équipée avec des dortoirs, mangeant et dormant confortablement, jouant ou se promenant à longueur de journées, surveillés par de gentilles infirmières, et avec tout cela, quand le soir arrivait, que l'ombre remontait à toute vitesse les pentes des montagnes et que de la caserne voisine le clairon commençait à jeter, dans l'énorme silence de la petite ville perdue dans les montagnes à une centaine de kilomètres de tout lieu vraiment visité, les notes mélancoliques du couvre-feu, l'enfant sentait monter en lui un désespoir sans bornes et criait en silence après la pauvre maison démunie de tout de son enfance[a].

Non, l'école ne leur fournissait pas seulement une évasion à la vie de famille. Dans la classe de M. Bernard du moins, elle nourrissait en eux une faim plus essentielle encore à l'enfant qu'à l'homme et qui est la faim de la découverte. Dans les autres classes, on leur apprenait sans doute beaucoup de choses, mais un peu comme on gave les oies. On leur présentait une nourriture toute faite en les priant de vouloir bien l'avaler. Dans la classe de M. Germain[1], pour la première fois ils sentaient qu'ils existaient et qu'ils étaient l'objet de la plus haute considération : on les jugeait dignes de découvrir le monde. Et

a. allonger et faire exaltation de l'école laïque.

1. Ici l'auteur donne à l'instituteur son vrai nom.

même leur maître ne se vouait pas seulement à leur apprendre ce qu'il était payé pour leur enseigner, il les accueillait avec simplicité dans sa vie personnelle, il la vivait avec eux, leur racontant son enfance et l'histoire d'enfants qu'il avait connus, leur exposait ses points de vue, non point ses idées, car il était par exemple anticlérical comme beaucoup de ses confrères et n'avait jamais en classe un seul mot contre la religion, ni contre rien de ce qui pouvait être l'objet d'un choix ou d'une conviction, mais il n'en condamnait qu'avec plus de force ce qui ne souffrait pas de discussion, le vol, la délation, l'indélicatesse, la malpropreté.

Mais surtout il leur parlait de la guerre encore toute proche et qu'il avait faite pendant quatre ans, des souffrances des soldats, de leur courage, de leur patience et du bonheur de l'armistice. À la fin de chaque trimestre, avant de les renvoyer en vacances, et de temps en temps, quand l'emploi du temps le lui permettait, il avait pris l'habitude de leur lire de longs extraits des *Croix de bois*[a] de Dorgelès. Pour Jacques, ces lectures lui ouvraient encore les portes de l'exotisme, mais d'un exotisme où la peur et le malheur rôdaient, bien qu'il ne fît jamais de rapprochement, sinon théorique, avec le père qu'il n'avait pas connu. Il écoutait seulement avec tout son cœur une histoire que son maître lisait avec tout son cœur et qui lui parlait à nouveau de la neige et de son cher hiver, mais aussi d'hommes singuliers, vêtus de lourdes étoffes raidies par la boue, qui parlaient un étrange langage, et vivaient dans des trous sous un plafond d'obus, de fusées et de balles. Lui et Pierre attendaient chaque lecture avec une impatience chaque fois plus grande. Cette guerre dont tout le monde parlait encore

a. voir le volume.

(et Jacques écoutait silencieusement mais de toutes ses oreilles Daniel quand il racontait à sa manière la bataille de la Marne, qu'il avait faite et dont il ne savait encore comment il était revenu quand, eux les zouaves, disait-il, on les avait fait mettre en tirailleurs et puis à la charge on descendait dans un ravin à la charge et il n'y avait personne devant eux et ils marchaient et tout d'un coup les mitrailleurs quand ils étaient à mi-pente tombaient les uns sur les autres et le fond du ravin plein de sang et ceux qui criaient maman c'était terrible), que les survivants ne pouvaient oublier et dont l'ombre planait sur tout ce qui se décidait autour d'eux et sur tous les projets qu'on faisait pour une histoire fascinante et plus extraordinaire que les contes de fées qu'on lisait dans d'autres classes et qu'ils auraient écoutés avec déception et ennui si M. Bernard s'était avisé de changer de programme. Mais il continuait, les scènes amusantes alternaient avec des descriptions terribles, et peu à peu les enfants africains faisaient la connaissance de... x y z qui faisaient partie de leur société, dont ils parlaient entre eux comme de vieux amis, présents et si vivants que Jacques du moins n'imaginait pas une seconde que, bien qu'ils vécussent dans la guerre, ils pussent risquer d'en être victimes. Et le jour, à la fin de l'année, où, parvenu à la fin du livre*, M. Bernard lut d'une voix plus sourde la mort de D., lorsqu'il referma le livre en silence, confronté avec son émotion et ses souvenirs, pour lever ensuite les yeux sur sa classe plongée dans la stupeur et le silence, il vit Jacques au premier rang qui le regardait fixement, le visage couvert de larmes, secoué de sanglots interminables, qui semblaient ne devoir jamais s'arrêter. « Allons petit, allons petit », dit M. Bernard

* roman

d'une voix à peine perceptible, et il se leva pour aller ranger son livre dans l'armoire, le dos à la classe.

« Attends, petit », dit M. Bernard. Il se leva péniblement, passa l'ongle de son index sur les barreaux de la cage du canari, qui pépia de plus belle : « Ah ! Casimir, on a faim, on demande à son père », et il se [propagea] vers son petit bureau d'écolier au fond de la pièce, près de la cheminée. Il fourragea dans un tiroir, le referma, en ouvrit un autre, en tira quelque chose. « Tiens, dit-il, c'est pour toi. » Jacques reçut un livre couvert de papier brun d'épicerie et sans inscription sur la couverture. Avant même de l'ouvrir, il sut que c'était *Les Croix de bois*, l'exemplaire même sur lequel M. Bernard faisait la lecture en classe. « Non, non, dit-il, c'est... » Il voulait dire : c'est trop beau. Il ne trouvait pas de mots. M. Bernard hochait sa vieille tête. « Tu as pleuré le dernier jour, tu te souviens ? Depuis ce jour, ce livre t'appartient. » Et il se détourna pour cacher ses yeux soudain rougis. Il alla encore vers son bureau, puis, ses mains derrière le dos, revint vers Jacques et, brandissant sous son nez une courte et forte règle rouge [a], lui dit en riant : « Tu te souviens du sucre d'orge ? – Ah, Monsieur Bernard, dit Jacques, vous l'avez donc gardé ! Vous savez que c'est interdit maintenant. – Peuh, c'était interdit à l'époque. Tu es témoin pourtant que je m'en servais ! » Jacques était témoin, car M. Bernard était pour les châtiments corporels. La punition ordinaire consistait seulement, il est vrai, en mauvais points, qu'il déduisait à la fin du mois du nombre de points acquis par l'élève et qui le faisaient descendre alors dans le classement général. Mais, dans les cas graves, M. Bernard ne se souciait nul-

a. *Les punitions.*

lement, comme le faisaient souvent ses collègues, d'envoyer le contrevenant chez le directeur. Il opérait lui-même suivant un rite immuable. « Mon pauvre Robert », disait-il avec calme et en gardant sa bonne humeur, « il va falloir passer au sucre d'orge ». Personne dans la classe ne réagissait (sinon pour rire sous cape, selon la règle constante du cœur humain qui veut que la punition des uns est ressentie comme une jouissance par les autres[a]). L'enfant se levait, pâle, mais la plupart du temps essayait de faire bonne contenance (certains sortaient de leur table en ravalant déjà leurs larmes et se dirigeaient vers le bureau à côté duquel se tenait déjà M. Bernard, devant le tableau noir). Toujours selon le rite, où entrait ici alors une pointe de sadisme, Robert ou Joseph allait prendre lui-même sur le bureau le « sucre d'orge » pour le remettre au sacrificateur.

Le sucre d'orge était une grosse et courte règle de bois rouge, tachée d'encre, déformée par des encoches et des entailles, que M. Bernard avait confisquée longtemps auparavant à un élève oublié ; l'élève la remettait à M. Bernard, qui la recevait d'un air généralement goguenard et qui écartait alors les jambes. L'enfant devait placer sa tête entre les genoux du maître qui, resserrant les cuisses, la maintenait fortement. Et sur les fesses ainsi offertes, M. Bernard plaçait selon l'offense un nombre variable de bons coups de règle répartis également sur chaque fesse. Les réactions à cette punition différaient suivant les élèves. Les uns gémissaient avant même de recevoir les coups, et le maître impavide remarquait alors qu'ils étaient en avance, les autres se protégeaient ingénument les fesses de leurs mains, que M. Bernard écartait alors d'un coup négligent. D'autres,

a. ou ce qui punit les uns fait jouir les autres.

sous la brûlure des coups de règle, ruaient férocement. Il y avait aussi ceux, dont faisait partie Jacques, qui subissaient les coups sans mot dire, frémissant, et qui regagnaient leur place en ravalant de grosses larmes. Dans l'ensemble, cependant, cette punition était acceptée sans amertume, d'abord parce que presque tous ces enfants étaient battus chez eux et que la correction leur paraissait un mode naturel d'éducation, ensuite parce que l'équité du maître était absolue, qu'on savait d'avance quelle sorte d'infractions, toujours les mêmes, entraînait la cérémonie expiatoire, et tous ceux qui franchissaient la limite des actions ne relevant que du mauvais point savaient ce qu'ils risquaient, et que la sentence était appliquée aux premiers comme aux derniers avec une égalité chaleureuse. Jacques, que M. Bernard aimait visiblement beaucoup, y passait comme les autres, et il dut même y passer le lendemain du jour où M. Bernard lui avait manifesté publiquement sa préférence. Alors que Jacques se trouvait au tableau noir et que, sur une bonne réponse, M. Bernard lui avait caressé la joue, une voix ayant murmuré : « chouchou » dans la salle, M. Bernard l'avait pris contre lui et avait dit avec une sorte de gravité : « Oui, j'ai une préférence pour Cormery comme pour tous ceux d'entre vous qui ont perdu leur père à la guerre. Moi, j'ai fait la guerre avec leurs pères et je suis vivant. J'essaie de remplacer ici au moins mes camarades morts. Et maintenant, si quelqu'un veut dire que j'ai des " chouchous ", qu'il parle ! » Cette harangue fut accueillie par un silence total. À la sortie, Jacques demanda qui l'avait appelé « chouchou ». Accepter en effet une telle insulte sans réagir revenait à perdre l'honneur. « Moi », dit Munoz, un grand garçon blond assez mou et incolore, qui se manifestait rarement mais qui avait toujours manifesté son antipathie à Jacques. « Bon, dit Jacques. Alors la putain de ta mère[a]. » C'était là aussi une injure rituelle qui entraînait immédiatement la bataille, l'insulte à la mère et aux morts étant de toute éternité la plus grave sur les bords de la Méditerranée. Munoz hésitait cependant. Mais les rites sont les rites, et les autres parlèrent pour lui. « Allez, au champ vert. » Le champ vert était, non loin de l'école, une sorte de terrain vague où croissait par croûtes une herbe chétive et qui était encombré de vieux cercles, de boîtes de conserve et de tonneaux pourris. C'est là qu'avaient lieu les « donnades ». Les donnades étaient simplement des duels, où le poing remplaçait l'épée, mais qui obéissaient à un cérémonial identique, dans son esprit au moins. Ils visaient en effet à vider une querelle où l'honneur d'un des adversaires était en jeu, soit qu'on eût insulté ses ascendants directs ou ses aïeux, soit qu'on eût déprécié sa nationalité ou sa race, soit qu'il eût été dénoncé ou accusé de l'être, volé ou accusé d'avoir volé, ou encore pour des raisons plus obscures telles qu'il en naît tous les jours dans une société d'enfants. Lorsqu'un des élèves estimait, ou surtout lorsqu'on estimait à sa place (et qu'il s'en rendait compte), qu'il avait été offensé de telle manière qu'il fallait laver l'offense, la formule rituelle était : « À quatre heures, au champ vert. » Dès que la formule était prononcée, l'excitation tombait et les commentaires cessaient. Chacun des adversaires se retirait, suivi de ses camarades. Pendant les classes qui suivaient, la nouvelle courait de banc à banc avec le nom des champions que les camarades lorgnaient du coin de l'œil et qui affectaient en conséquence le calme et la résolution propres à la virilité. Intérieurement, c'était autre chose, et les plus courageux étaient distraits de leur travail par l'angoisse

a. et la putain de tes morts.

de voir arriver le moment où il faudrait affronter la violence. Mais il ne fallait pas que les camarades du camp adverse puissent ricaner et accuser le champion, selon l'expression consacrée, de « serrer les fesses ».

Jacques, ayant fait son devoir d'homme en provoquant Munoz, les serrait en tout cas généreusement, comme chaque fois qu'il se mettait en situation d'affronter la violence et de l'exercer. Mais sa résolution était prise et il n'était pas question une seule seconde, dans son esprit, qu'il pût reculer. C'était l'ordre des choses, et il savait aussi que ce léger écœurement qui lui serrait le cœur avant l'action disparaîtrait au moment du combat, emporté par sa propre violence, qui d'ailleurs le desservait tactiquement autant qu'elle le servait... et qui lui avait valu à [1].

Le soir du combat avec Munoz, tout se déroula selon les rites. Les combattants, suivis de leurs supporters transformés en soigneurs et qui déjà portaient le cartable du champion, gagnèrent les premiers le champ vert, suivis par tous ceux que la bagarre attirait et qui, sur le champ de bataille, entouraient pour finir les adversaires, qui se débarrassaient de leur pèlerine et de leur veste dans les mains de leurs soigneurs. Cette fois-là, son impétuosité servit Jacques qui avança le premier, sans trop de conviction, fit reculer Munoz qui, reculant en désordre et parant maladroitement les crochets de son adversaire, atteignit Jacques à la joue d'un coup qui lui fit mal et le remplit de colère rendue plus aveugle encore par les cris, les rires, les encouragements de l'assistance. Il se rua vers Munoz, fit pleuvoir une grêle de coups de poing sur lui, le désempara, et fut assez heureux pour placer un crochet rageur

1. Le passage s'arrête ici.

sur l'œil droit du malheureux qui, en plein déséquilibre, tomba piteusement sur les fesses, pleurant d'un œil, pendant que l'autre gonflait immédiatement. L'œil au beurre noir, coup royal et très recherché parce qu'il consacrait pour plusieurs jours, et de manière visible, le triomphe du vainqueur, fit pousser à toute l'assistance des hurlements de Sioux. Munoz ne se releva pas tout de suite, et aussitôt Pierre, l'ami intime, intervint avec autorité pour déclarer Jacques vainqueur, lui enfiler sa veste, le couvrir de sa pèlerine et l'emmener, entouré d'un cortège d'admirateurs, pendant que Munoz se relevait, toujours pleurant, et se rhabillait au milieu d'un petit cercle consterné. Jacques, étourdi par la rapidité d'une victoire qu'il n'espérait pas si complète, entendait à peine autour de lui les félicitations et les récits du combat déjà enjolivé. Il voulait être content, il l'était quelque part dans sa vanité, et cependant, au moment de sortir du champ vert, se retournant sur Munoz, une morne tristesse lui serra soudain le cœur en voyant le visage déconfit de celui qu'il avait frappé. Et il connut ainsi que la guerre n'est pas bonne, puisque vaincre un homme est aussi amer que d'en être vaincu.

Pour parfaire encore son éducation, on lui fit connaître sans délai que la roche Tarpéienne est près du Capitole. Le lendemain, en effet, sous les bourrades admiratives de ses camarades, il se crut obligé de prendre un air faraud et de crâner. Comme, au début de la classe, Munoz ne répondait pas à l'appel, les voisins de Jacques commentaient cette absence par des ricanements ironiques et des clins d'œil au vainqueur, Jacques eut la faiblesse de montrer à ses camarades son œil à demi fermé en gonflant sa joue, et, sans se rendre compte que M. Bernard le regardait, en se livrant à une grotesque mimique qui disparut en un clin d'œil lorsque la voix du maître résonna dans la salle soudain silencieuse : « Mon pauvre chouchou, disait ce pince-sans-rire, tu as droit comme les autres au sucre d'orge. » Le triomphateur dut se lever, chercher l'instrument de supplice, et entra, dans la fraîche odeur d'eau de Cologne qui entourait M. Bernard, prendre enfin la posture ignominieuse du supplice.

L'affaire Munoz ne devait pas se conclure sur cette leçon de philosophie pratique. L'absence du garçon dura deux jours, et Jacques était vaguement inquiet malgré ses airs farauds lorsque, le troisième jour, un grand élève entra dans la classe et prévint M. Bernard que le directeur demandait l'élève Cormery. On n'était appelé chez le directeur que dans des cas graves, et l'instituteur, levant ses gros sourcils, dit seulement : « Dépêche-toi, moustique. J'espère que tu n'as pas fait de bêtise. » Jacques, les jambes molles, suivait le grand élève le long de la galerie au-dessus de la cour cimentée et plantée de faux poivriers dont l'ombre grêle ne protégeait pas de la chaleur torride, jusqu'au bureau du directeur qui se trouvait à l'autre extrémité de la galerie. La première chose qu'il vit en entrant fut, devant le bureau du directeur, Munoz encadré par une dame et un monsieur à l'air renfrogné. Malgré l'œil tuméfié et complètement fermé qui défigurait son camarade, il eut une sensation de soulagement à le retrouver vivant. Mais il n'eut pas le temps de savourer ce soulagement. « Est-ce toi qui as frappé ton camarade ? » dit le directeur, un petit homme chauve au visage rose et à la voix énergique. « Oui », dit Jacques d'une voix blanche. « Je vous l'avais dit, monsieur, dit la dame. André n'est pas un voyou. » « On s'est battus, dit Jacques. – Je n'ai pas à le savoir, dit le directeur. Tu sais que j'interdis toute bataille, même en dehors de l'école. Tu as blessé ton camarade et tu aurais pu le blesser encore plus gravement. À titre de premier avertissement, tu garderas le piquet pendant une semaine à toutes les récréations. Si tu recommences, tu seras mis à la porte. J'aviserai tes parents de ta punition. Tu peux retourner dans ta classe. » Jacques, sidéré, restait immobile. « Va », dit le directeur. « Eh bien, Fantômas ? » dit M. Bernard quand Jacques rentra dans la classe. Jacques pleurait. « Allez, je t'écoute. » L'enfant, d'une voix entrecoupée, annonça d'abord la punition, puis que les parents de Munoz avaient porté plainte et révéla ensuite la bataille. « Pourquoi vous êtes-vous battus ? – Il m'a appelé " chouchou ". – Une deuxième fois ? – Non, ici, en classe. – Ah ! c'était lui ! Et tu estimais que je ne t'avais pas assez défendu. » Jacques regardait M. Bernard de tout son cœur. « Oh si ! Oh si ! Vous... » Et il éclata en vrais sanglots. « Va t'asseoir, dit M. Bernard. – Ce n'est pas juste », dit l'enfant dans les larmes. « Si », lui dit doucement[1].

Le lendemain, à la récréation, Jacques se mit au piquet dans le fond du préau, le dos tourné à la cour, aux cris joyeux des camarades. Il changeait d'appui sur ses jambes[a], il mourait d'envie de courir lui aussi. De temps en temps, il jetait un regard en arrière et voyait M. Bernard qui se promenait avec ses collègues dans un coin de la cour sans le regarder. Mais, le deuxième jour, il ne le vit pas arriver dans son dos et lui claquer doucement la nuque : « Ne fais pas cette tête, rase-motte. Munoz est au piquet aussi. Tiens, je t'autorise à regarder. » De l'autre côté de la cour, Munoz était seul en effet et morose. « Tes complices refusent de jouer avec lui pendant toute la semaine où tu seras au piquet. » M. Bernard riait. « Tu vois, vous êtes punis tous les deux. C'est régulier. » Et il se pencha vers l'enfant pour

a. M'sieur il m'a fait une gambette
1. Le passage s'arrête là.

lui dire, avec un rire d'affection qui fit monter un flot de tendresse au cœur du condamné : « Dis donc, moustique, on ne croirait pas à te voir que tu as un tel crochet ! »

Cet homme-là, qui parlait aujourd'hui à son canari, et qui l'appelait « petit » alors qu'il avait quarante ans, Jacques n'avait jamais cessé de l'aimer, même lorsque les années, l'éloignement, puis enfin la Deuxième Guerre mondiale l'avaient en partie, puis tout à fait séparé de lui dont il était sans nouvelles, heureux comme un enfant au contraire lorsqu'en 1945 un territorial âgé en capote de soldat était venu sonner chez lui, à Paris, et c'était M. Bernard qui s'était engagé de nouveau, « pas pour la guerre, disait-il, mais contre Hitler, et toi aussi petit tu t'es battu, oh je savais que tu étais de la bonne race, tu n'as pas oublié ta mère non plus j'espère, bon ça, ta maman est ce qu'il y a de meilleur au monde, et maintenant je retourne à Alger, viens me voir », et Jacques allait le voir chaque année depuis quinze ans, chaque année comme aujourd'hui où il embrassait avant de partir le vieil homme ému qui lui tenait la main sur le pas de la porte, et c'était lui qui avait jeté Jacques dans le monde, prenant tout seul la responsabilité de le déraciner pour qu'il aille vers de plus grandes découvertes encore[a].

L'année scolaire tirait à sa fin, et M. Bernard avait ordonné à Jacques, à Pierre, à Fleury, une sorte de phénomène qui réussissait également bien dans toutes les matières, « il a la tête polytechnique », disait le maître, et Santiago, un beau jeune garçon qui avait moins de dons mais réussissait à force d'application : « Voilà, dit M. Bernard quand la classe fut vide. Vous êtes mes meilleurs élèves. J'ai décidé de vous présenter à la bourse des lycées

a. La bourse

et collèges. Si vous réussissez, vous aurez une bourse et vous pourrez faire toutes vos études au lycée jusqu'au baccalauréat. L'école primaire est la meilleure des écoles. Mais elle ne vous mènera à rien. Le lycée vous ouvre toutes les portes. Et j'aime mieux que ce soit des garçons pauvres comme vous qui entrent par ces portes. Mais pour ça, j'ai besoin de l'autorisation de vos parents. Trottez. »

Ils filèrent, interdits, et, sans même se consulter, se séparèrent. Jacques trouva sa grand-mère seule à la maison qui triait des lentilles sur la toile cirée de la table, dans la salle à manger. Il hésitait, et puis décida d'attendre l'arrivée de sa mère. Elle arriva, visiblement fatiguée, mit un tablier de cuisine et vint aider la grand-mère à trier les lentilles. Jacques proposa son aide, et on lui donna l'assiette de grosse porcelaine blanche sur laquelle il était plus facile de trier la pierre de la bonne lentille. Le nez dans l'assiette, il annonça la nouvelle. « Qu'est-ce que c'est que cette histoire ? dit la grand-mère. À quel âge on passe le bachot ? – Dans six ans », dit Jacques. La grand-mère repoussa son assiette. « Tu entends ? » dit-elle à Catherine Cormery. Elle n'avait pas entendu. Jacques, lentement, lui répéta la nouvelle. « Ah ! dit-elle, c'est parce que tu es intelligent. – Intelligent ou pas, on devait le mettre en apprentissage l'an prochain. Tu sais bien que nous n'avons pas d'argent. Il rapportera sa semaine. – C'est vrai », dit Catherine.

Le jour et la chaleur commençaient de se détendre au-dehors. À cette heure où les ateliers fonctionnaient à plein, le quartier était vide et silencieux. Jacques regardait la rue. Il ne savait pas ce qu'il voulait, sinon qu'il voulait obéir à M. Bernard. Mais, à neuf ans, il ne pouvait ni ne savait désobéir à sa grand-mère. Elle hésitait pourtant, visiblement. « Qu'est-ce que tu ferais après ? – Je ne sais pas. Peut-être instituteur, comme M. Bernard. – Oui, dans six ans ! » Elle triait ses lentilles plus lentement. « Ah ! dit-elle, et puis non, nous sommes trop pauvres. Tu diras à M. Bernard que nous ne pouvons pas. »

Le lendemain, les trois autres annoncèrent à Jacques que leurs familles avaient accepté. « Et toi ? – Je ne sais pas », dit-il, et de se sentir tout d'un coup plus pauvre encore que ses amis lui serrait le cœur. Après la classe, ils restèrent tous les quatre. Pierre, Fleury et Santiago donnèrent leur réponse. « Et toi, moustique ? – Je ne sais pas. » M. Bernard le regardait. « Ça va, dit-il aux autres. Mais il faudra travailler le soir après la classe avec moi. J'arrangerai ça, vous pouvez partir. » Quand ils sortirent, M. Bernard s'assit sur son fauteuil et attira Jacques près de lui. « Alors ? – Ma grand-mère dit que nous sommes trop pauvres et qu'il faut que je travaille l'an prochain. – Et ta mère ? – C'est ma grand-mère qui commande. – Je sais », dit M. Bernard. Il réfléchissait, puis il prit Jacques dans ses bras. « Écoute : il faut la comprendre. La vie est difficile pour elle. À elles deux, elles vous ont élevés, ton frère et toi, et elles ont fait de vous les bons garçons que vous êtes. Alors elle a peur, c'est forcé. Il faudra t'aider encore un peu malgré la bourse, et en tout cas tu ne rapporteras pas d'argent pendant six ans à la maison. Tu la comprends ? » Jacques secoua la tête de bas en haut sans regarder son maître. « Bon. Mais peut-être on peut lui expliquer. Prends ton cartable, je viens avec toi ! – À la maison ? dit Jacques. – Mais oui, ça me fera plaisir de revoir ta mère. »

Un moment après, M. Bernard, sous les yeux interdits de Jacques, frappait à la porte de sa maison. La grand-mère vint ouvrir en s'essuyant les mains avec son tablier dont le cordon trop serré fait rebondir son ventre de vieille femme. Quand elle vit l'instituteur, elle eut un geste vers ses cheveux pour les peigner. « Alors, la mémé, dit M. Bernard, en plein travail, comme d'habitude ? Ah ! vous avez du mérite. » La grand-mère faisait entrer le visiteur dans la chambre, qu'il fallait traverser pour aller dans la salle à manger, l'installait près de la table, sortait des verres et de l'anisette. « Ne vous dérangez pas, je suis venu faire un bout de conversation avec vous. » Pour commencer, il l'interrogea sur ses enfants, puis sur sa vie à la ferme, sur son mari, il parla de ses propres enfants. À ce moment, Catherine Cormery entra, s'affola, appela M. Bernard « Monsieur le Maître » et repartit dans sa chambre se peigner et mettre un tablier frais, et vint s'installer sur un bout de chaise un peu à l'écart de la table. « Toi, dit M. Bernard à Jacques, va voir dans la rue si j'y suis. Vous comprenez, dit-il à la grand-mère, je vais dire du bien de lui et il est capable de croire que c'est la vérité... » Jacques sortit, dévala les escaliers et se posta sur le pas de la porte d'entrée. Il y était encore une heure plus tard, et la rue s'animait déjà, le ciel à travers les ficus virait au vert, quand M. Bernard déboucha de l'escalier et surgit dans son dos. Il lui grattait la tête. « Eh bien ! dit-il, c'est entendu. Ta grand-mère est une brave femme. Quant à ta mère... Ah ! dit-il, ne l'oublie jamais. » « Monsieur », dit soudain la grand-mère qui surgissait du couloir. Elle tenait son tablier d'une main et essuyait ses yeux. « J'ai oublié... vous m'avez dit que vous donneriez des leçons supplémentaires à Jacques. – Bien sûr, dit M. Bernard. Et il ne va pas s'amuser croyez-moi. – Mais nous ne pourrons pas vous payer. » M. Bernard la regardait attentivement. Il tenait Jacques par les épaules. « Ne vous en faites pas », et il secouait Jacques, « il m'a déjà payé ». Il était déjà parti, et la grand-mère prenait Jacques par la main pour remonter à l'appartement, et pour la première fois elle lui serrait la main, très fort, avec une sorte de tendresse désespérée. « Mon petit, disait-elle, mon petit. »

Pendant un mois, tous les jours après la classe, M. Bernard gardait les quatre enfants pendant deux heures et les faisait travailler. Jacques rentrait le soir à la fois fatigué et excité et se mettait encore à ses devoirs. La grand-mère le regardait avec un mélange de tristesse et de fierté. « Il a bonne tête », disait Ernest, convaincu, en se frappant le crâne du poing. « Oui, disait la grand-mère. Mais qu'allons-nous devenir ? » Un soir, elle sursauta : « Et sa première communion ? » À vrai dire, la religion ne tenait aucune place dans la famille[1]. Personne n'allait à la messe, personne n'invoquait ou n'enseignait les commandements divins, et personne non plus ne faisait allusion aux récompenses et aux châtiments de l'au-delà. Quand on disait de quelqu'un, devant la grand-mère, qu'il était mort : « Bon, disait-elle, il ne pétera plus. » S'il s'agissait de quelqu'un pour qui elle était censée au moins avoir de l'affection : « Le pauvre, disait-elle, il était encore jeune », même si le défunt se trouvait être depuis longtemps dans l'âge de la mort. Ce n'était pas inconscience chez elle. Car elle avait beaucoup vu mourir autour d'elle. Ses deux enfants, son mari, son gendre et tous ses neveux à la guerre. Mais justement, la mort lui était aussi familière que le travail ou la pauvreté, elle n'y pensait pas mais la vivait en quelque sorte, et puis la nécessité du présent était trop forte pour elle plus encore que pour les Algériens en général, privés par leurs préoccupations et par leur destin collectif de cette piété funéraire qui fleurit au sommet des civilisations[a].

a. *La mort en Algérie.*

1. En marge : trois lignes illisibles.

Pour eux, c'était une épreuve qu'il fallait affronter, comme ceux qui les avaient précédés, dont ils ne parlaient jamais, où ils essayeraient de montrer ce courage dont ils faisaient la vertu principale de l'homme, mais qu'en attendant il fallait essayer d'oublier et d'écarter. (D'où l'aspect rigolard que prenait tout enterrement. Le cousin Maurice ?) Si à cette disposition générale on ajoutait l'âpreté des luttes et du travail quotidien, sans compter, en ce qui concerne la famille de Jacques, l'usure terrible de la pauvreté, il devient difficile de trouver la place de la religion. Pour l'oncle Ernest qui vivait au niveau de la sensation, la religion était ce qu'il voyait, c'est-à-dire le curé et la pompe. Utilisant ses dons comiques, il ne manquait pas une occasion de mimer les cérémonies de la messe, les ornant d'onomatopées [filées] qui figuraient le latin, et pour finir jouant à la fois les fidèles qui baissaient la tête au son de la cloche et le prêtre qui, profitant de cette attitude, buvait subrepticement le vin de messe. Quant à Catherine Cormery, elle était la seule dont la douceur pût faire penser à la foi, mais justement la douceur était toute sa foi. Elle ne niait pas, ni approuvait, riant un peu aux plaisanteries de son frère, mais disait « Monsieur Curé » aux prêtres qu'elle rencontrait. Elle ne parlait jamais de Dieu. Ce mot-là, à vrai dire, Jacques ne l'avait jamais entendu prononcer pendant toute son enfance, et lui-même ne s'en inquiétait pas. La vie, mystérieuse et éclatante, suffisait à le remplir tout entier.

Avec tout cela, s'il était question dans sa famille d'un enterrement civil, il n'était pas rare que, paradoxalement, la grand-mère ou même l'oncle se missent à déplorer l'absence de prêtre : « comme un chien », disaient-ils. C'est que la religion faisait partie pour eux, comme pour la majorité des Algériens, de la vie sociale et d'elle seulement.

On était catholique comme on est français, cela oblige à un certain nombre de rites. À vrai dire, ces rites étaient exactement au nombre de quatre : le baptême, la première communion, le sacrement du mariage (s'il y avait mariage) et les derniers sacrements. Entre ces cérémonies forcément très espacées, on s'occupait d'autre chose, et d'abord de survivre.

Il allait donc de soi que Jacques devait faire sa première communion comme l'avait faite Henri, qui gardait le plus mauvais souvenir non de la cérémonie elle-même mais de ses conséquences sociales et principalement des visites qu'il avait été obligé de faire ensuite pendant plusieurs jours, brassard au bras, aux amis et aux parents qui étaient tenus de lui faire un petit cadeau d'argent, que l'enfant recevait avec gêne et dont le montant était ensuite récupéré par la grand-mère qui en rétrocédait à Henri une toute petite part, gardant le reste parce que la communion « coûtait ». Mais cette cérémonie avait lieu aux environs de la douzième année de l'enfant, qui pendant deux ans devait suivre l'enseignement du catéchisme. Jacques n'aurait donc à faire sa première communion qu'à sa deuxième ou troisième année de lycée. Mais justement, la grand-mère avait sursauté à cette idée. Elle se faisait du lycée une idée obscure et un peu effrayante, comme d'un lieu où il fallait travailler dix fois plus qu'à l'école communale puisque ces études menaient à de meilleures situations et que, dans son esprit, aucune amélioration matérielle ne pouvait s'acquérir sans un surcroît de travail. Elle souhaitait d'autre part de toutes ses forces le succès de Jacques en raison des sacrifices qu'elle venait d'accepter d'avance, et elle imaginait que le temps du catéchisme serait enlevé à celui du travail. « Non, dit-elle, tu ne peux pas être à la fois au lycée et au catéchisme. – Bon. Je ne ferai pas ma première communion », dit Jacques qui pensait surtout échapper à la corvée des visites et à l'humiliation insupportable pour lui de recevoir de l'argent. La grand-mère le regarda. « Pourquoi ? Ça peut s'arranger. Habille-toi. Nous allons voir le curé. » Elle se leva et passa d'un air décidé dans sa chambre. Quand elle revint, elle avait ôté son caraco et sa jupe de travail, mis son unique robe de sortie [ ][1] boutonnée jusqu'au cou, et elle avait noué autour de sa tête son foulard de soie noire. Les bandeaux de cheveux blancs bordaient le foulard, les yeux clairs et la bouche ferme lui donnaient l'air même de la décision.

À la sacristie de l'église Saint-Charles, une affreuse bâtisse en gothique moderne, elle était assise, tenant la main de Jacques debout près d'elle, devant le curé, un gros homme d'une soixantaine d'années, au visage rond, un peu mou, avec un gros nez, sa bouche épaisse au bon sourire sous la couronne de cheveux argentés, et qui tenait ses mains jointes sur sa robe tendue par ses genoux écartés. « Je veux, dit la grand-mère, que le petit fasse sa première communion. – C'est très bien, madame, nous en ferons un bon chrétien. Quel âge a-t-il ? – Neuf ans. – Vous avez raison de lui faire suivre le catéchisme très tôt. En trois ans, il sera parfaitement préparé à ce grand jour. – Non, dit la grand-mère sèchement. Il doit la faire tout de suite. – Tout de suite ? Mais les communions vont se faire dans un mois, et il ne peut se présenter à l'autel qu'après deux ans au moins de catéchisme. » La grand-mère expliqua la situation. Mais le curé n'était nullement convaincu de l'impossibilité de mener de front les études secondaires et l'instruction religieuse. Avec patience et bonté, il invoquait son expérience, donnait des exemples... La grand-mère se

1. Un mot illisible.

leva. « Dans ce cas, il ne fera pas sa première communion. Viens, Jacques », et elle entraîna l'enfant vers la sortie. Mais le curé se précipitait derrière eux. « Attendez, madame, attendez. » Il la ramena doucement à sa place, essaya de la raisonner. Mais la grand-mère secouait la tête comme une vieille mule obstinée. « C'est tout de suite ou il s'en passera. » Finalement, le curé céda. Il fut convenu qu'après avoir reçu une instruction religieuse accélérée, Jacques communierait un mois après. Et le prêtre, secouant la tête, les raccompagna jusqu'à la porte, où il caressa la joue de l'enfant. « Écoute bien ce qu'on te dira », dit-il. Et il le regardait avec une sorte de tristesse.

Jacques cumula donc les leçons supplémentaires avec M. Germain et les cours de catéchisme du jeudi et du samedi soir. Les examens de la bourse et la première communion approchaient en même temps, et ses journées étaient surchargées, ne laissant plus de place aux jeux, même et surtout le dimanche où, quand il pouvait lâcher ses cahiers, sa grand-mère le chargeait de travaux domestiques et de courses en invoquant les futurs sacrifices que la famille consentirait pour son éducation et cette longue suite d'années où il ne ferait plus rien pour la maison. « Mais, dit Jacques, je vais peut-être échouer. L'examen est difficile. » Et, d'une certaine manière, il lui arrivait de le souhaiter, trouvant déjà trop lourd pour sa jeune fierté le poids de ces sacrifices dont on lui parlait constamment. La grand-mère le regardait interdite. Elle n'avait pas pensé à cette éventualité. Puis elle haussait les épaules et, sans souci de la contradiction : « Je te le conseille, dit-elle. Tu te feras chauffer les fesses. » Les cours de catéchisme étaient faits par le deuxième curé de la paroisse, grand et même interminable dans sa longue robe noire, sec, le nez en bec d'aigle et les joues creusées, aussi dur que le vieux curé était doux et bon. Sa méthode d'enseignement était la récitation et, bien qu'elle fût primitive, elle était peut-être la seule vraiment adaptée au petit peuple fruste et buté qu'il avait mission de former spirituellement. Il fallait apprendre les questions et les réponses : « Qu'est-ce que Dieu... ?... [a] » Ces mots ne signifiaient strictement rien pour les jeunes catéchumènes, et Jacques, qui avait une excellente mémoire, les récitait imperturbablement sans jamais les comprendre. Quand un autre enfant récitait, il rêvait, bayait aux corneilles ou grimaçait avec ses camarades. C'est une de ces grimaces que le grand curé surprit un jour, et, croyant qu'elle lui était adressée, jugea bon de faire respecter le caractère sacré dont il était investi, appela Jacques devant toute l'assemblée des enfants, et là, de sa longue main osseuse, sans autre explication, le gifla à toute volée. Jacques sous la force du coup faillit tomber. « Va à ta place, maintenant », dit le curé. L'enfant le regarda, sans une larme (et toute sa vie ce fut la bonté et l'amour qui le firent pleurer, jamais le mal ou la persécution qui renforçaient son cœur et sa décision au contraire), et regagna son banc. La partie gauche de son visage brûlait, il avait un goût de sang dans la bouche. Du bout de la langue, il découvrit que l'intérieur de la joue s'était ouvert sous le coup et saignait. Il avala son sang.

Pendant tout le reste des cours de catéchisme, il fut absent, regardant calmement, sans reproche comme sans amitié, le prêtre quand il lui parlait, récitant sans une faute les questions et les réponses touchant à la personne divine et au sacrifice du Christ, et, à cent lieues de l'endroit où il récitait, rêvant à ce double examen qui finalement n'en faisait qu'un. Enfoncé dans le travail comme dans le

a. Voir un catéchisme

même rêve qui continuait, ému seulement mais d'une manière obscure par les messes du soir qui allaient se multipliant dans l'affreuse église froide, mais où l'orgue lui faisait entendre une musique qu'il entendait pour la première fois, n'ayant jamais écouté jusque-là que des refrains stupides, rêvant alors plus épaissement, plus profondément d'un rêve peuplé des chatoiements d'or dans la demi-obscurité des objets et des vêtements sacerdotaux, à la rencontre enfin du mystère, mais d'un mystère sans nom où les personnes divines nommées et rigoureusement définies par le catéchisme n'avaient rien à faire ni à voir, qui prolongeaient simplement le monde nu où il vivait ; le mystère chaleureux, intérieur et imprécis, où il baignait alors élargissait seulement le mystère quotidien du discret sourire ou du silence de sa mère lorsqu'il entrait dans la salle à manger, le soir venu, et que, seule à la maison, elle n'avait pas allumé la lampe à pétrole, laissant la nuit envahir peu à peu la pièce, elle-même comme une forme plus obscure et plus dense encore qui regardait pensivement à travers la fenêtre les mouvements animés, mais silencieux pour elle, de la rue, et l'enfant s'arrêtait alors sur le pas de la porte, le cœur serré, plein d'un amour désespéré pour sa mère et ce qui, dans sa mère, n'appartenait pas ou plus au monde et à la vulgarité des jours. Puis ce fut la première communion, dont Jacques n'avait gardé que peu de souvenir sinon la confession de la veille, où il avait avoué les seules actions dont on lui avait dit qu'elles étaient fautives, c'est-à-dire peu de choses, et « n'avez-vous pas eu de pensées coupables ? – Si, mon père », dit l'enfant à tout hasard bien qu'il ignorât comment une pensée pouvait être coupable, et jusqu'au lendemain il vécut dans la crainte de laisser échapper sans le savoir une pensée coupable ou, ce qui lui était plus clair, une de ces paroles malsonnantes qui peuplaient son vocabulaire d'écolier, et tant bien que mal il retint au moins les paroles jusqu'au matin de la cérémonie, où, habillé d'un costume marin, d'un brassard, muni d'un petit missel et d'un chapelet de petites boules blanches, le tout offert par les parents les moins pauvres (la tante Marguerite, etc.), brandissant un cierge dans l'allée centrale au milieu d'une file d'autres enfants portant des cierges sous les regards extasiés des parents debout dans les travées, et le tonnerre de la musique qui éclata alors le glaça, l'emplit d'effroi et d'une extraordinaire exaltation où pour la première fois il sentit sa force, sa capacité infinie de triomphe et de vie, exaltation qui l'habita pendant toute la cérémonie, le rendant distrait à tout ce qui se passait, y compris l'instant de communion, et encore durant le retour et le repas où les parents avaient été invités autour d'une table plus [opulente] que d'habitude qui excita peu à peu les convives habitués à peu manger et à boire, jusqu'à ce qu'une énorme gaieté emplît peu à peu la pièce, qui détruisit l'exaltation de Jacques et même le déconcerta à ce point qu'au moment du dessert, au sommet de l'excitation générale, il éclata en sanglots. « Qu'est-ce qui te prend ? dit la grand-mère. – Je ne sais pas, je ne sais », et la grand-mère exaspérée le gifla. « Comme ça, dit-elle, tu sauras pourquoi tu pleures. » Mais il le savait en vérité, regardant sa mère qui par-dessus la table lui faisait un petit sourire triste.

« Ça s'est bien passé, dit M. Bernard. Bon, eh bien, au travail maintenant. » Encore quelques journées de dur travail, et les dernières leçons eurent lieu chez M. Bernard lui-même (décrire l'appartement ?), et un matin, à l'arrêt du tramway, près de la maison de Jacques, les quatre élèves munis d'un sous-main, d'une règle et d'un plumier se tenaient autour de M. Germain, tandis qu'au balcon de sa maison Jacques voyait sa mère et sa grand-mère penchées en avant et qui leur faisaient de grands signes.

Le lycée où avaient lieu les examens se trouvait de l'autre côté exactement, à l'autre extrémité de l'arc de cercle que formait la ville autour du golfe, dans un quartier autrefois opulent et morne, et devenu, par la vertu de l'immigration espagnole, un des plus populaires et des plus vivants d'Alger. Le lycée lui-même était une énorme bâtisse carrée surplombant la rue. On y accédait par deux escaliers de côté et un de face, large et monumental, que flanquaient de chaque côté de maigres jardins plantés de bananiers et de [1] protégés par des grilles contre le vandalisme des élèves. L'escalier central débouchait dans une galerie qui réunissait les deux escaliers de côté et où s'ouvrait la porte monumentale utilisée dans les grandes occasions, à côté de laquelle une porte beaucoup plus petite donnant sur la loge vitrée du concierge était utilisée ordinairement.

C'est dans cette galerie, au milieu des premiers élèves arrivés, qui, pour la plupart, cachaient leur trac sous des allures dégagées, sauf certains dont la mine pâlie et le silence avouaient l'anxiété, que M. Bernard et ses élèves attendaient, devant la porte close dans le petit matin encore frais et devant la rue encore humide que dans un moment le soleil couvrirait de poussière. Ils étaient d'une bonne demi-heure en avance, ils se taisaient, serrés autour de leur maître, qui ne trouvait rien à leur dire et qui soudain les quitta en disant qu'il reviendrait. Ils le virent revenir en effet un moment après, toujours élégant avec son chapeau au bord roulé et les guêtres qu'il avait mises ce jour-là, tenant de chaque main deux paquets en papier de soie simplement roulés en torsade à l'extrémité pour qu'on

1. Aucun mot ne figure à la suite dans le manuscrit.

puisse les tenir, et, quand il approcha, ils virent que le papier était taché de gras. « Voilà des croissants, dit M. Bernard. Mangez-en un maintenant et gardez l'autre pour dix heures. » Ils dirent merci et mangèrent, mais la pâte mâchée et indigeste passait difficilement leur gorge. « Ne vous affolez pas, répétait l'instituteur. Lisez bien l'énoncé du problème et le sujet de la rédaction. Lisez-les plusieurs fois. Vous avez le temps. » Oui, ils liraient plusieurs fois, ils lui obéiraient, à lui qui savait tout et auprès de qui la vie était sans obstacles, il suffisait de se laisser guider par lui. À ce moment, un brouhaha se fit près de la petite porte. La soixantaine d'élèves maintenant réunis se dirigea dans cette direction. Un appariteur avait ouvert la porte et lisait une liste. Le nom de Jacques fut appelé un des premiers. Il tenait alors la main de son maître, il hésita. « Va, mon fils », dit M. Bernard. Jacques, tremblant, se dirigea vers la porte et, au moment de la franchir, se retourna vers son maître. Il était là, grand, solide, il souriait tranquillement à Jacques et secouait la tête affirmativement[a].

À midi, M. Bernard les attendait à la sortie. Ils lui montrèrent leurs brouillons. Seul Santiago s'était trompé en faisant son problème. « Ta rédaction est très bonne », dit-il brièvement à Jacques. À une heure, il les raccompagna. À quatre heures, il était encore là et examinait leur travail. « Allons, dit-il, il faut attendre. » Deux jours après, ils étaient encore tous les cinq devant la petite porte à dix heures du matin. La porte s'ouvrit et l'appariteur lut à nouveau une liste beaucoup plus courte qui était cette fois celle des élus. Dans le brouhaha, Jacques n'entendit pas son nom. Mais il reçut une joyeuse claque sur la nuque et

a. vérifier programme bourse.

entendit M. Bernard lui dire : « Bravo, moustique. Tu es reçu. » Seul le gentil Santiago avait échoué, et ils le regardaient avec une sorte de tristesse distraite. « Ça ne fait rien, disait-il, ça ne fait rien. » Et Jacques ne savait plus où il était, ni ce qui arrivait, ils revenaient tous les quatre en tramway, « j'irai voir vos parents, disait M. Bernard, je passe d'abord chez Cormery puisqu'il est le plus proche », et dans la pauvre salle à manger maintenant pleine de femmes où se tenaient sa grand-mère, sa mère, qui avait pris un jour de congé à cette occasion (?), et les femmes Masson leurs voisines, il se tenait contre le flanc de son maître, respirant une dernière fois l'odeur d'eau de Cologne, collé contre la tiédeur chaleureuse de ce corps solide, et la grand-mère rayonnait devant les voisines. « Merci, Monsieur Bernard, merci », disait-elle pendant que M. Bernard caressait la tête de l'enfant. « Tu n'as plus besoin de moi, disait-il, tu auras des maîtres plus savants. Mais tu sais où je suis, viens me voir si tu as besoin que je t'aide. » Il partait et Jacques restait seul, perdu au milieu de ces femmes, puis il se précipitait à la fenêtre, regardant son maître qui le saluait une dernière fois et qui le laissait désormais seul, et, au lieu de la joie du succès, une immense peine d'enfant lui tordait le cœur, comme s'il savait d'avance qu'il venait par ce succès d'être arraché au monde innocent et chaleureux des pauvres, monde refermé sur lui-même comme une île dans la société mais où la misère tient lieu de famille et de solidarité, pour être jeté dans un monde inconnu, qui n'était plus le sien, où il ne pouvait croire que les maîtres fussent plus savants que celui-là dont le cœur savait tout, et il devrait désormais apprendre, comprendre sans aide, devenir un homme enfin sans le secours du seul homme qui lui avait porté secours, grandir et s'élever seul enfin, au prix le plus cher.

7

Mondovi : La colonisation et le père

[a]Maintenant, il était grand... Sur la route de Bône à Mondovi, la voiture où se trouvait J. Cormery croisait des jeeps hérissées de fusils et qui circulaient lentement...

« Monsieur Veillard ?

– Oui. »

Encadré dans la porte de sa petite ferme, l'homme qui regardait Jacques Cormery était petit mais trapu, avec les épaules rondes. De la main gauche il tenait sa porte ouverte, de la droite il étreignait fortement le chambranle, si bien que, tout en ouvrant le chemin de sa maison, il en interdisait le chemin. Il devait avoir une quarantaine d'années, si l'on en jugeait par ses rares cheveux grisonnants qui lui faisaient une tête romaine. Mais la peau tannée de son visage régulier aux yeux clairs, le corps un peu gourd mais sans graisse ni ventre dans son pantalon kaki, ses spartiates et sa chemise bleue à poches le faisaient paraître beaucoup plus jeune. Il écoutait, immobile, les explications de Jacques. Puis : « Entrez », dit-il, et il s'effaça. Pendant que Jacques avançait dans le petit couloir aux murs blanchis, meublé seulement d'un coffre brun et d'un porte-parapluie de bois recourbé, il entendit rire le fermier dans son dos. « En

a. Voiture à cheval train bateau avion.

somme, un pèlerinage ! Eh bien, franchement, c'est le moment. – Pourquoi ? demanda Jacques. – Entrez dans la salle à manger, répondit le fermier. C'est la pièce la plus fraîche. » La salle à manger était pour moitié une véranda dont tous les stores de paille souple étaient baissés sauf un. À l'exception de la table et du buffet en bois clair et de style moderne, la pièce était meublée de sièges de rotin et de transatlantiques. Jacques, en se retournant, s'aperçut qu'il était seul. Il avança vers la véranda et, par l'espace laissé vide entre les stores, il vit une cour plantée de faux poivriers entre lesquels étincelaient deux tracteurs rouge vif. Au-delà, sous le soleil encore supportable de onze heures, commençaient les rangs de vigne. L'instant d'après, le fermier entrait avec un plateau où il avait rangé une bouteille d'anisette, des verres et une bouteille d'eau frappée.

Le fermier levait son verre rempli du liquide laiteux. « Si vous aviez tardé, vous auriez risqué de ne plus rien trouver ici. Et en tout cas plus un Français pour vous renseigner. – C'est le vieux docteur qui m'a dit que votre ferme était celle où je suis né. – Oui, elle faisait partie du domaine de Saint-Apôtre, mais mes parents l'ont achetée après la guerre. » Jacques regardait autour de lui. « Vous n'êtes sûrement pas né ici. Mes parents ont tout reconstruit. – Ont-ils connu mon père avant la guerre ? – Je ne crois pas. Ils étaient installés tout près de la frontière tunisienne, et puis ils ont voulu se rapprocher de la civilisation. Solferino, pour eux, c'était la civilisation. – Ils n'avaient pas entendu parler de l'ancien gérant ? – Non. Puisque vous êtes du pays, vous savez ce que c'est. Ici, on ne garde rien. On abat et on reconstruit. On pense à l'avenir et on oublie le reste. – Bon, dit Jacques, je vous ai dérangé pour rien. – Non, dit l'autre, ça fait plaisir. » Et il lui sourit. Jacques finit son verre. « Vos parents sont restés près de la frontière ? – Non, c'est la zone interdite. Près du barrage. Et on voit que vous ne connaissez pas mon père. » Il avala aussi le reste de son verre et, comme s'il y trouvait une animation supplémentaire, éclata de rire : « C'est un vieux colon. À l'antique. Ceux qu'on insulte à Paris, vous savez. Et c'est vrai qu'il a toujours été dur. Soixante ans. Mais long et sec comme un puritain avec sa tête de [cheval]. Le genre patriarche, vous voyez. Il en faisait baver à ses ouvriers arabes, et puis, en toute justice, à ses fils aussi. Aussi, l'an passé, quand il a fallu évacuer, ça a été une corrida. La région était devenue invivable. Il fallait dormir avec le fusil. Quand la ferme Raskil a été attaquée, vous vous souvenez ? – Non, dit Jacques. – Si, le père et ses deux fils égorgés, la mère et la fille longuement violées et puis à mort... Bref... Le préfet avait eu le malheur de dire aux agriculteurs assemblés qu'il fallait reconsidérer les questions [coloniales], la manière de traiter les Arabes et qu'une page était tournée maintenant. Il s'est entendu dire par le vieux que personne au monde ne ferait la loi chez lui. Mais, depuis, il ne desserrait pas les dents. La nuit, il lui arrivait de se lever et de sortir. Ma mère l'observait par les persiennes et le voyait marcher à travers ses terres. Quand l'ordre d'évacuation est arrivé, il n'a rien dit. Ses vendanges étaient terminées, et le vin en cuve. Il a ouvert les cuves, puis il est allé vers une source d'eau saumâtre qu'il avait lui-même détournée dans le temps et l'a remise dans le droit chemin sur ses terres, et il a équipé un tracteur en défonceuse. Pendant trois jours, au volant, tête nue, sans rien dire, il a arraché les vignes sur toute l'étendue de la propriété. Imaginez cela, le vieux tout sec tressautant sur son tracteur, poussant le levier d'accélération quand le soc ne venait pas à bout d'un cep plus gros que d'autres, ne s'arrêtant même pas pour manger, ma mère lui apportait pain, fromage et [soubressade] qu'il avalait posément, comme il avait fait toute chose, jetant le dernier quignon pour accélérer encore, tout cela du lever au coucher du soleil, et sans un regard pour les montagnes à l'horizon, ni pour les Arabes vite prévenus et qui se tenaient à distance le regardant faire, sans rien dire eux non plus. Et quand un jeune capitaine, prévenu par on ne sait qui, est arrivé et a demandé des explications, l'autre lui a dit : " Jeune homme, puisque ce que nous avons fait ici est un crime, il faut l'effacer. " Quand tout a été fini, il est revenu vers la ferme et a traversé la cour trempée du vin qui avait fui des cuves, et il a commencé ses bagages. Les ouvriers arabes l'attendaient dans la cour. (Il y avait aussi une patrouille que le capitaine avait envoyée, on ne savait trop pourquoi, avec un gentil lieutenant qui attendait des ordres.) " Patron, qu'est qu'on va faire ? – Si j'étais à votre place, a dit le vieux, j'irais au maquis. Ils vont gagner. Il n'y a plus d'hommes en France. " »

Le fermier riait : « Hein, c'était direct !

– Ils sont avec vous ?

– Non. Il n'a plus voulu entendre parler de l'Algérie. Il est à Marseille, dans un appartement moderne.. Maman m'écrit qu'il tourne en rond dans sa chambre.

– Et vous ?

– Oh, moi, je reste, et jusqu'au bout. Quoi qu'il arrive, je resterai. J'ai envoyé ma famille à Alger et je crèverai ici. On ne comprend pas ça à Paris. À part nous, vous savez ceux qui sont seuls à pouvoir le comprendre ?

– Les Arabes.

– Tout juste. On est fait pour s'entendre. Aussi bêtes et brutes que nous, mais le même sang d'homme. On va encore un peu se tuer, se couper les couilles et se torturer un brin. Et puis on recommencera à vivre entre hommes. C'est le pays qui veut ça. Une anisette ?

– Légère », dit Jacques.

Un peu plus tard, ils sortirent. Jacques avait demandé s'il restait quelqu'un dans le pays qui aurait pu connaître ses parents. Non, selon Veillard, à part le vieux docteur qui l'avait mis au monde et qui avait pris sa retraite à Solferino même, il n'y avait personne. Le domaine Saint-Apôtre avait changé deux fois de mains, beaucoup d'ouvriers arabes étaient morts dans les deux guerres, beaucoup d'autres étaient nés. « Tout change ici, répétait Veillard. Ça va vite, très vite, et on oublie. » Pourtant, il se pouvait que le vieux Tamzal... C'était le gardien d'une des fermes de Saint-Apôtre. En 1913, il devait avoir une vingtaine d'années. De toute façon, Jacques verrait le pays où il était né.

Sauf au nord, le pays était entouré au loin par des montagnes dont la chaleur de midi rendait les contours imprécis, comme d'énormes blocs de pierre et de brume lumineuse, entre lesquels la plaine de la Seybouse, autrefois marécageuse, étendait jusqu'à la mer au nord, sous le ciel blanc de chaleur, ses champs de vigne tirés au cordeau, avec ses feuilles bleuies par le sulfatage et ses grappes déjà noires, coupés de loin en loin par des lignes de cyprès ou de bouquets d'eucalyptus à l'ombre desquels s'abritaient des maisons. Ils suivaient un chemin de ferme où chacun de leurs pas faisait lever une poussière rouge. Devant eux, jusqu'aux montagnes, l'espace tremblait et le soleil bourdonnait. Quand ils arrivèrent à une petite maison derrière un bouquet de platanes, ils étaient couverts de sueur. Un chien invisible les accueillit avec des aboiements rageurs.

La petite maison, assez délabrée, avait une porte en bois de mûrier soigneusement close. Veillard frappa. Les aboiements redoublèrent. Ils semblaient venir d'une petite cour fermée, de l'autre côté de la maison. Mais personne ne bougea. « La confiance règne, dit le fermier. Ils sont là. Mais ils attendent.

« Tamzal ! cria-t-il, c'est Veillard.

« Il y a six mois, on est venu chercher son beau-fils, on voulait savoir s'il ravitaillait le maquis. On n'a plus entendu parler de lui. Il y a un mois, on a dit à Tamzal que probablement il avait voulu s'évader et qu'il avait été tué.

– Ah, dit Jacques. Et il ravitaillait les maquis ?

– Peut-être oui, peut-être non. Que voulez-vous, c'est la guerre. Mais ça explique que les portes mettent du temps à s'ouvrir au pays de l'hospitalité. »

Justement la porte s'ouvrait. Tamzal, petit, les cheveux [ ][1], un chapeau de paille à larges bords sur la tête, vêtu d'une combinaison bleue rapiécée, souriait à Veillard, regardait Jacques. « C'est un ami. Il est né ici. – Entre, dit Tamzal, tu boiras le thé. »

Tamzal ne se souvenait de rien. Oui, peut-être. Il avait entendu parler par un de ses oncles d'un gérant qui était resté quelques mois, c'était après la guerre. « Avant », dit Jacques. Ou avant, c'était possible, lui était bien jeune à ce moment-là, et qu'est-ce que son père était devenu ? Il avait été tué à la guerre. « Mektoub[2], dit Tamzal. Mais la guerre c'est mauvais. – Il y a toujours eu la guerre, dit Veillard. Mais on s'habitue vite à la paix. Alors on croit que c'est normal. Non, ce qui est normal c'est la guerre[a]. – Les hommes y sont fous », dit Tamzal en allant prendre un plateau de thé des mains d'une femme qui, dans l'autre pièce, détournait la tête. Ils burent le thé brûlant, remer-

a. développer

1. Deux mots illisibles.

2. En arabe : « C'était écrit » (dans le destin).

cièrent et reprirent le chemin surchauffé qui traversait les vignobles. « Je vais retourner à Solferino avec mon taxi, dit Jacques. Le docteur m'a invité à déjeuner. – Je m'invite aussi. Attendez. Je vais prendre des provisions. »

Plus tard, dans l'avion qui le ramenait à Alger, Jacques essayait de mettre en ordre les renseignements qu'il avait recueillis. À vrai dire, il n'y en avait qu'une poignée, et aucun ne concernait directement son père. La nuit, curieusement, semblait monter de la terre avec une rapidité presque mesurable pour happer finalement l'avion, qui filait droit, sans un mouvement, comme une vis qui s'enfonçait directement dans l'épaisseur de la nuit. Mais l'obscurité ajoutait encore au malaise de Jacques, qui se sentait deux fois cloîtré, par l'avion et par les ténèbres, et qui respirait mal. Il revoyait le livre d'état civil et le nom des deux témoins, noms bien français comme [on] en rencontre sur les enseignes parisiennes, et le vieux médecin, après lui avoir raconté l'arrivée de son père et sa propre naissance, lui avait dit qu'il s'agissait de deux commerçants de Solferino, les premiers venus, qui avaient accepté de rendre service à son père, et ils avaient des noms de banlieusards parisiens, oui, mais quoi d'étonnant puisque Solferino avait été fondé par des quarante-huitards. « Ah oui, avait dit Veillard, mes arrière-grands-parents en étaient. C'est pour ça que le vieux est une graine de révolutionnaire. » Et il avait précisé que les premiers grands-parents étaient, lui un charpentier du Faubourg Saint-Denis, elle une blanchisseuse de fin. Il y avait beaucoup de chômage à Paris, ça bougeait et la Constituante avait voté cinquante millions pour expédier une colonie[a]. À chacun, on promettait une habitation et de 2 à 10 hectares. « Vous pensez

a. 48 [chiffre encadré par l'auteur, *n.d.e.*]

s'il y a eu des candidats. Plus d'un millier. Et tous rêvaient de la Terre promise. Surtout les hommes. Les femmes, elles avaient peur de l'inconnu. Mais eux ! Ils n'avaient pas fait la révolution pour rien. C'était le genre à croire au père Noël. Et le père Noël pour eux avait un burnous. Eh bien, ils l'ont eu leur petit Noël. Ils sont partis en 49, et la première maison construite l'a été en 54. Entre-temps... »

Jacques maintenant respirait mieux. La première obscurité s'était décantée, avait reflué comme une marée laissant derrière elle une nuée d'étoiles, et le ciel était maintenant rempli d'étoiles. Seul le bruit assourdissant des moteurs sous lui l'entêtait encore. Il essayait de revoir le vieux marchand de caroubes et de fourrage qui, lui, avait connu son père, s'en souvenait vaguement et répétait sans cesse : « Pas causant, il était pas causant. » Mais le bruit l'abrutissait, le plongeait dans une sorte de torpeur mauvaise où il essayait en vain de revoir, d'imaginer son père qui disparaissait derrière ce pays immense et hostile, fondait dans l'histoire anonyme de ce village et de cette plaine. Des détails sortis de leur conversation chez le docteur revenaient vers lui du même mouvement que ces péniches qui, selon le docteur, avaient amené les colons parisiens à Solferino. Du même mouvement, et il n'y avait pas de train à l'époque, non, non, si mais il n'allait que jusqu'à Lyon. Alors, six péniches traînées par des chevaux de halage avec *Marseillaise* et *Chant du départ*, bien sûr, par l'harmonie municipale, et bénédiction du clergé sur les rives de la Seine avec drapeau où était brodé le nom du village encore inexistant mais que les passagers allaient créer par enchantement. La péniche dérivait déjà, Paris glissait, devenait fluide, allait disparaître, que la bénédiction divine soit sur votre entreprise, et même les esprits forts, les durs des barricades, se taisaient, le cœur serré, leurs femmes apeurées tout contre leur force, et dans la cale il fallait coucher sur des paillasses avec le bruit soyeux et l'eau sale à hauteur de la tête, mais d'abord les femmes se déshabillaient derrière des draps de lit qu'elles tenaient les unes après les autres. Où était son père en tout ceci ? Nulle part, et cependant ces péniches halées cent ans auparavant sur les canaux de l'automne finissant, dérivant pendant un mois sur les rivières et les fleuves couverts des dernières feuilles mortes, escortées par des coudriers et des saules nus sous le ciel gris, accueillies dans les villes par les fanfares officielles et relancées avec leur chargement de nouveaux romanichels vers un pays inconnu, lui apprenaient plus de choses sur le jeune mort de Saint-Brieuc que les souvenirs [séniles] et désordonnés qu'il était allé chercher. Les moteurs maintenant changeaient de régime. Ces masses sombres, ces morceaux de nuit disloqués et tranchants en bas, c'était la Kabylie, la partie sauvage et sanglante de ce pays, longtemps sauvage et sanglant, vers lequel il y avait cent ans les ouvriers de 48 entassés dans une frégate à roues, « *Le Labrador*, disait le vieux docteur, c'était son nom, vous imaginez cela, *Le Labrador* pour aller vers les moustiques et le soleil », *Le Labrador* s'activait en tout cas de toutes ses pales, brassant l'eau glacée que le mistral soulevait en tempête, ses ponts balayés pendant cinq jours et cinq nuits par un vent polaire, et les conquérants au fond de ses cales, malades à crever, vomissant les uns sur les autres et désirant mourir, jusqu'à l'entrée dans le port de Bône, avec toute la population sur les quais pour accueillir en musique les aventuriers verdâtres, venus de si loin, ayant quitté la capitale de l'Europe avec femmes, enfants et meubles pour atterrir en chancelant, après cinq semaines d'errance, sur cette terre aux lointains bleuâtres, dont ils trouvaient avec inquiétude l'odeur étrange, faite de fumier, d'épices et de [ ][1].

Jacques se retourna dans son fauteuil ; il dormait à moitié. Il voyait son père qu'il n'avait jamais vu, dont il ne connaissait même pas la taille, il le voyait sur ce quai de Bône parmi les émigrants, pendant que les palans descendaient les pauvres meubles qui avaient survécu au voyage et que les disputes éclataient à propos de ceux qui s'étaient perdus. Il était là, décidé, sombre, les dents serrées, et après tout n'était-ce pas la même route qu'il avait prise de Bône à Solferino, près de quarante ans plus tôt, à bord de la carriole, sous le même ciel d'automne ? Mais la route n'existait pas pour les émigrants, les femmes et les enfants entassés sur les prolonges de l'armée, les hommes à pied, coupant à vue de nez à travers la plaine marécageuse ou le maquis épineux, sous le regard hostile des Arabes groupés de loin en loin et se tenant à distance, accompagnés presque continuellement par la meute hurlante des chiens kabyles, jusqu'à ce qu'ils parviennent à la fin de la journée dans le même pays que son père quarante ans auparavant, plat, entouré de hauteurs lointaines, sans une habitation, sans un lopin de terre cultivé, couvert seulement d'une poignée de tentes militaires couleur de terre, rien qu'un espace nu et désert, ce qui était pour eux l'extrémité du monde, entre le ciel désert et la terre dangereuse*, et les femmes pleuraient alors dans la nuit, de fatigue, de peur et de déception.

La même arrivée de nuit dans un lieu misérable et hostile, les mêmes hommes et ensuite, et ensuite... Oh ! Jacques ne savait pas pour son père, mais pour les autres, c'était bien la même chose, il avait fallu se secouer devant

* inconnue

1. Un mot illisible.

les soldats qui riaient et s'installer dans les tentes. Les maisons seraient pour plus tard, on allait les construire et puis distribuer les terres, le travail, le travail sacré sauverait tout. « Pas pour tout de suite, le travail... », avait dit Veillard. La pluie, la pluie algérienne, énorme, brutale, inépuisable, était tombée pendant huit jours, la Seybouse avait débordé. Les marais venaient au bord des tentes, et ils ne pouvaient sortir, frères ennemis dans la sale promiscuité des énormes tentes qui résonnaient sous l'averse interminablement, et pour échapper à la puanteur ils avaient coupé des roseaux creux pour pouvoir uriner du dedans au-dehors, et, dès que la pluie avait cessé, au travail en effet sous la direction du charpentier pour édifier des baraquements légers.

« Ah ! les braves gens », disait Veillard qui riait. « Ils ont terminé leurs petites cagnas au printemps, et puis ils ont eu droit au choléra. Si j'en crois le vieux, l'aïeul charpentier y a perdu sa fille et sa femme, qui avaient bien raison d'hésiter devant le voyage. – Eh bien oui », disait en marchant de long en large le vieux docteur, toujours droit et fier dans ses leggins et qui ne pouvait rester assis, « il y en mourait une dizaine par jour. Les chaleurs étaient venues prématurément, on cuisait dans les baraques. Et pour l'hygiène, n'est-ce pas ? Bref, il en mourait une dizaine par jour ». Ses confrères, des militaires, étaient dépassés. Drôles de confrères, d'ailleurs. Ils avaient épuisé tous leurs remèdes. Alors, ils ont eu une idée. Il fallait danser pour s'échauffer le sang. Et toutes les nuits, après le travail, les colons dansaient entre deux enterrements, au son du violon. Eh bien, ça n'était pas si mal calculé. Avec la chaleur, les braves gens transpiraient tout ce qu'ils savaient, et l'épidémie s'est arrêtée. « C'est une idée à creuser. » Oui c'était une idée. Dans la nuit chaude et humide, entre les baraquements où dormaient les malades, le violoneux assis sur une caisse, avec une lanterne près de lui autour de laquelle bourdonnaient les moustiques et les insectes, les conquérants en robe longue et en costume de drap dansaient, transpiraient gravement autour d'un grand feu de broussailles, pendant qu'aux quatre coins du campement la garde veillait pour défendre les assiégés contre les lions à crinière noire, les voleurs de bétail, les bandes arabes et parfois aussi les razzias d'autres colonies françaises qui avaient besoin de distraction ou de provisions. Plus tard, on avait donné enfin des terres, des parcelles dispersées loin du village de baraques. Plus tard, on avait construit le village avec des remparts de terre. Mais les deux tiers des émigrants étaient morts, là comme dans toute l'Algérie, sans avoir touché la pioche et la charrue. Les autres continuaient à être des Parisiens aux champs et labouraient, coiffés de gibus, le fusil à l'épaule, la pipe aux dents, et seule la pipe avec couvercle était autorisée, jamais les cigarettes, à cause des incendies, la quinine dans la poche, la quinine qui se vendait dans les cafés de Bône et dans la cantine de Mondovi comme une consommation ordinaire, à la vôtre, accompagnés de leurs femmes en robe de soie. Mais toujours le fusil et les soldats autour, et même pour laver le linge dans la Seybouse il fallait une escorte pour celles qui autrefois, au lavoir de la rue des Archives, tenaient en travaillant un salon pacifique, et le village lui-même était souvent attaqué de nuit, comme en 51 pendant l'une des insurrections où des centaines de cavaliers en burnous virevoltant autour des remparts avaient fini par fuir en voyant les tuyaux de poêle braqués par les assiégés pour simuler des canons, édifiant et travaillant en pays ennemi, qui refusait l'occupation et se vengeait sur tout ce qu'il trouvait, et pourquoi Jacques pensait-il à sa mère pendant que l'avion montait et redescendait maintenant ? En revoyant ce char embourbé sur la route de Bône, où les colons avaient laissé une femme enceinte pour aller chercher de l'aide et où ils retrouveraient la femme le ventre ouvert et les seins coupés. « C'était la guerre, disait Veillard. – Soyons justes, ajoutait le vieux docteur, on les avait enfermés dans des grottes avec toute la smalah, mais oui, mais oui, et ils avaient coupé les couilles des premiers Berbères, qui eux-mêmes... et alors on remonte au premier criminel, vous savez, il s'appelait Caïn, et depuis c'est la guerre, les hommes sont affreux, surtout sous le soleil féroce. »

Et, après le déjeuner, ils avaient traversé le village, pareil à des centaines d'autres villages sur toute l'étendue du pays, quelques centaines de petites maisons dans le style bourgeois de la fin du XIXe siècle, réparties en plusieurs rues qui se coupaient à angles droits avec les grands bâtiments comme la coopérative, la caisse agricole et la salle des fêtes, et tout cela convergeait vers le kiosque à musique à armature métallique, qui ressemblait à un manège ou à une grande entrée de métro et où, pendant des années, l'orphéon municipal ou la fanfare militaire avait donné des concerts les jours de fête, pendant que les couples endimanchés tournaient autour, dans la chaleur et la poussière, en dépiautant des cacahuètes. Aujourd'hui, c'était dimanche aussi, mais les services psychologiques de l'armée avaient installé des haut-parleurs dans le kiosque, la foule était en majorité arabe, mais elle ne tournait pas autour de la place, ils étaient immobiles et ils écoutaient la musique arabe qui alternait avec les discours, et les Français perdus dans la foule se ressemblaient tous, avaient le même air sombre et tourné vers l'avenir, comme ceux qui autrefois étaient venus ici par le *Labrador*, ou ceux qui avaient atterri ailleurs dans les mêmes conditions, avec les mêmes souffrances, fuyant la misère ou la persécution, à la rencontre de la douleur et de la pierre. Tels les Espagnols de Mahon, d'où descendait la mère de Jacques, ou ces Alsaciens qui en 71 avaient refusé la domination allemande et opté pour la France, et on leur avait donné les terres des insurgés de 71, tués ou emprisonnés, réfractaires prenant la place chaude des rebelles, persécutés-persécuteurs d'où était né son père qui, quarante ans plus tard, était arrivé sur ces lieux, du même air sombre et buté, tout entier tourné vers l'avenir, comme ceux qui n'aiment pas leur passé et qui le renient, émigrant lui aussi comme tous ceux qui vivaient et avaient vécu sur cette terre sans laisser de trace, sinon sur les dalles usées et verdies des petits cimetières de colonisation pareils à celui que pour finir, Veillard étant parti, Jacques avait visité avec le vieux docteur. D'un côté, les constructions neuves et hideuses de la dernière mode funéraire, enrichie à la foire aux puces et aux perles où vient se perdre la piété contemporaine. De l'autre, dans les vieux cyprès, parmi des allées couvertes d'aiguilles de pin et de pommes de cyprès, ou bien près des murs humides au pied desquels poussait l'oxalis et ses fleurs jaunes, de vieilles dalles presque confondues avec la terre étaient devenues illisibles.

Des foules entières étaient venues ici depuis plus d'un siècle, avaient labouré, creusé des sillons, de plus en plus profonds en certains endroits, en certains autres de plus en plus tremblés jusqu'à ce qu'une terre légère les recouvre et la région retournait alors aux végétations sauvages, et ils avaient procréé puis disparu. Et ainsi de leurs fils. Et les fils et les petits-fils de ceux-ci s'étaient trouvés sur cette terre comme lui-même s'y était trouvé, sans passé, sans morale, sans leçon, sans religion mais heureux de l'être et de l'être dans la lumière, angoissés devant la nuit et la mort. Toutes ces générations, tous ces hommes venus de tant de pays différents, sous ce ciel admirable où montait déjà l'annonce du crépuscule, avaient disparu sans laisser de traces, refermés sur eux-mêmes. Un immense oubli s'était étendu sur eux, et en vérité c'était cela que dispensait cette terre, cela qui descendait du ciel avec la nuit au-dessus des trois hommes qui reprenaient le chemin du village le cœur serré par l'approche de la nuit, pleins de cette angoisse* qui saisit tous les hommes d'Afrique lorsque le soir rapide descend sur la mer, sur leurs montagnes tourmentées et sur les hauts plateaux, la même angoisse sacrée que sur les flancs de la montagne de Delphes où le soir produit le même effet, fait surgir des temples et des autels. Mais, sur la terre d'Afrique, les temples sont détruits, et il ne reste que ce poids insupportable et doux sur le cœur. Oui, comme ils étaient morts ! Comme ils mourraient encore ! Silencieux et détournés de tout, comme était mort son père dans une incompréhensible tragédie loin de sa patrie de chair, après une vie tout entière involontaire, depuis l'orphelinat jusqu'à l'hôpital, en passant par le mariage inévitable, une vie qui s'était construite autour de lui, malgré lui, jusqu'à ce que la guerre le tue et l'enterre, à jamais désormais inconnu des siens et de son fils, rendu lui aussi à l'immense oubli qui était la patrie définitive des hommes de sa race, le lieu d'aboutissement d'une vie commencée sans racines, et tant de mémoires dans les bibliothèques de l'époque pour utiliser les enfants trouvés à la colonisation de ce pays, oui, tous ici enfants trouvés et perdus qui bâtissaient de fugitives cités pour mourir ensuite à jamais en eux-mêmes et dans les autres. Comme

* anxiété

si l'histoire des hommes, cette histoire qui n'avait pas cessé de cheminer sur l'une de ses plus vieilles terres en y laissant si peu de traces, s'évaporait sous le soleil incessant avec le souvenir de ceux qui l'avaient vraiment faite, réduite à des crises de violence et de meurtre, des flambées de haine, des torrents de sang vite gonflés, vite asséchés comme les oueds du pays. La nuit maintenant montait du sol elle-même et commençait de tout noyer, morts et vivants, sous le merveilleux ciel toujours présent. Non, il ne connaîtrait jamais son père, qui continuerait de dormir là-bas, le visage perdu à jamais dans la cendre. Il y avait un mystère chez cet homme, un mystère qu'il avait voulu percer. Mais finalement il n'y avait que le mystère de la pauvreté qui fait les êtres sans nom et sans passé, qui les fait rentrer dans l'immense cohue des morts sans nom qui ont fait le monde en se défaisant pour toujours. Car c'était bien cela que son père avait en commun avec les hommes du *Labrador*. Les Mahonnais du Sahel, les Alsaciens des Hauts Plateaux, avec cette île immense entre le sable et la mer, qu'un énorme silence commençait maintenant de recouvrir, cela c'est-à-dire l'anonymat, au niveau du sang, du courage, du travail, de l'instinct, à la fois cruel et compatissant. Et lui qui avait voulu échapper au pays sans nom, à la foule et à une famille sans nom, mais en qui quelqu'un obstinément n'avait cessé de réclamer l'obscurité et l'anonymat, il faisait partie aussi de la tribu, marchant aveuglément dans la nuit près du vieux docteur qui soufflait à sa droite, écoutant les bouffées de musique qui venaient de la place, revoyant le visage dur et impénétrable des Arabes autour des kiosques, le rire et la figure volontaire de Veillard, revoyant aussi avec une douceur et un chagrin qui lui tordaient le cœur le visage d'agonisante de sa mère lors de l'explosion, cheminant dans la nuit des années sur la terre de l'oubli où chacun était le premier homme, où lui-même avait dû s'élever seul, sans père, n'ayant jamais connu ces moments où le père appelle le fils dont il a attendu qu'il ait l'âge d'écouter, pour lui dire le secret de la famille, ou une ancienne peine, ou l'expérience de sa vie, ces moments où même le ridicule et odieux Polonius devient grand tout à coup en parlant à Laërte, et lui avait eu seize ans puis vingt ans et personne ne lui avait parlé et il lui avait fallu apprendre seul, grandir seul, en force, en puissance, trouver seul sa morale et sa vérité, à naître enfin comme homme pour ensuite naître encore d'une naissance plus dure, celle qui consiste à naître aux autres, aux femmes, comme tous les hommes nés dans ce pays qui, un par un, essayaient d'apprendre à vivre sans racines et sans foi et qui tous ensemble aujourd'hui où ils risquaient l'anonymat définitif et la perte des seules traces sacrées de leur passage sur cette terre, les dalles illisibles que la nuit avait maintenant recouvertes dans le cimetière, devaient apprendre à naître aux autres, à l'immense cohue des conquérants maintenant évincés qui les avaient précédés sur cette terre et dont ils devaient reconnaître maintenant la fraternité de race et de destin.

L'avion descendait maintenant vers Alger. Jacques pensait au petit cimetière de Saint-Brieuc où les tombes des soldats étaient mieux conservées que celles de Mondovi*. La Méditerranée séparait en moi deux univers, l'un où dans des espaces mesurés les souvenirs et les noms étaient conservés, l'autre où le vent de sable effaçait les traces des hommes sur de grands espaces. Lui avait essayé d'échapper à l'anonymat, à la vie pauvre, ignorante obstinée, il n'avait pu vivre au niveau de cette patience aveugle, sans phrases,

* Alger

sans autre projet que l'immédiat. Il avait couru le monde, édifié, créé, brûlé les êtres, ses jours avaient été remplis à craquer. Et pourtant il savait maintenant dans le fond de son cœur que Saint-Brieuc et ce qu'il représentait ne lui avait jamais rien été, et il songeait aux tombes usées et verdies qu'il venait de quitter, acceptant avec une sorte d'étrange joie que la mort le ramène dans sa vraie patrie et recouvre à son tour de son immense oubli le souvenir de l'homme monstrueux et [banal] qui avait grandi, édifié sans aide et sans secours, dans la pauvreté, sur un rivage heureux et sous la lumière des premiers matins du monde, pour aborder ensuite, seul, sans mémoire et sans foi, le monde des hommes de son temps et son affreuse et exaltante histoire.

DEUXIÈME PARTIE

LE FILS OU LE PREMIER HOMME

1

Lycée

[a]Lorsque, le 1er octobre de cette année-là, Jacques Cormery[b], mal assuré sur ses grosses chaussures neuves, engoncé dans une chemise qui gardait encore son apprêt, bardé d'un cartable fleurant le vernis et le cuir, vit le wattman, près duquel Pierre et lui se tenaient à l'avant de la motrice, ramener son levier vers la première vitesse et que le lourd véhicule quitta l'arrêt de Belcourt, il se retourna pour essayer d'apercevoir, à quelques mètres de là, sa mère et sa grand-mère, penchées encore à la fenêtre, pour l'accompagner encore un peu dans ce premier départ vers le mystérieux lycée, mais il ne put les voir parce que son voisin lisait les pages intérieures de *La Dépêche algérienne*. Alors il se retourna vers l'avant, regardant les rails d'acier que la motrice avalait régulièrement et au-dessus d'eux les fils électriques vibrant dans le matin frais, tournant le dos, le cœur un peu serré, à la maison, au vieux quartier qu'il n'avait jamais vraiment quitté que pour de rares expéditions (on disait « aller à Alger » quand on allait dans le centre), roulant enfin à une vitesse de plus en plus grande,

a. Commencer ou bien par le départ au lycée et la suite dans l'ordre, ou bien par une présentation de l'adulte monstre et revenir ensuite sur la période départ au lycée jusqu'à maladie.

b. description physique de l'enfant.

et, malgré l'épaule fraternelle de Pierre presque collé à lui, avec un sentiment de solitude inquiète vers un monde inconnu où il ne savait pas comment il faudrait se conduire.

En vérité, personne ne pouvait les conseiller. Pierre et lui s'aperçurent très vite qu'ils étaient seuls. M. Bernard lui-même, que d'ailleurs ils n'osaient pas déranger, ne pouvait rien leur dire sur ce lycée qu'il ignorait. Chez eux, l'ignorance était encore plus totale. Pour la famille de Jacques, le latin par exemple était un mot qui n'avait rigoureusement aucun sens. Qu'il y ait eu (en dehors des temps de la bestialité, qu'ils pouvaient au contraire imaginer) des temps où personne ne parlait français, que des civilisations (et le mot même ne signifiait rien pour eux) se fussent succédé dont les usages et la langue fussent à ce point différents, ces vérités n'étaient pas parvenues jusqu'à eux. Ni l'image, ni la chose écrite, ni l'information parlée, ni la culture superficielle qui naît de la banale conversation ne les avaient atteints. Dans cette maison où il n'y avait pas de journaux, ni, jusqu'à ce que Jacques en importât, de livres, pas de radio non plus, où il n'y avait que des objets d'utilité immédiate, où l'on ne recevait que la famille, et que l'on ne quittait que rarement et toujours pour rencontrer des membres de la même famille ignorante, ce que Jacques ramenait du lycée était inassimilable, et le silence grandissait entre sa famille et lui. Au lycée même, il ne pouvait parler de sa famille dont il sentait la singularité sans pouvoir la traduire, si même il avait triomphé de l'invincible pudeur qui lui fermait la bouche sur ce sujet.

Ce n'était même pas la différence des classes qui les isolait. Dans ce pays d'immigration, d'enrichissement rapide et de ruines spectaculaires, les frontières entre les classes étaient moins marquées qu'entre les races. Si les enfants avaient été arabes, leur sentiment eût été plus douloureux et plus amer. Du reste, alors qu'ils avaient des camarades arabes à l'école communale, les lycéens arabes étaient l'exception, et ils étaient toujours des fils de notables fortunés. Non, ce qui les séparait, et plus encore Jacques que Pierre, parce que cette singularité était plus marquée chez lui que dans la famille de Pierre, c'était l'impossibilité où il était de la rattacher à des valeurs ou des clichés traditionnels. Aux interrogations du début d'année, il avait pu répondre certainement que son père était mort à la guerre, ce qui était en somme une situation sociale, et qu'il était pupille de la nation, ce qui s'entendait de tous. Mais, pour le reste, les difficultés avaient commencé. Dans les imprimés qu'on leur avait remis, il ne savait que mettre à la mention « profession des parents ». Il avait d'abord mis « ménagère » pendant que Pierre avait mis « employée des P.T.T. ». Mais Pierre lui précisa que ménagère n'était pas une profession mais se disait d'une femme qui gardait la maison et faisait son ménage. « Non, dit Jacques, elle fait le ménage des autres et surtout celui du mercier en face. – Eh bien, dit Pierre en hésitant, je crois qu'il faut mettre domestique. » Cette idée n'était jamais venue à Jacques pour la simple raison que ce mot, trop rare, n'était jamais prononcé chez lui – pour la raison aussi que personne chez eux n'avait le sentiment qu'elle travaillait pour les autres, elle travaillait d'abord pour ses enfants. Jacques se mit à écrire le mot, s'arrêta et d'un seul coup connut d'un seul coup [1] la honte et la honte d'avoir eu honte.

Un enfant n'est rien par lui-même, ce sont ses parents qui le représentent. C'est par eux qu'il se définit, qu'il est défini aux yeux du monde. C'est à travers eux qu'il se sent jugé vraiment, c'est-à-dire jugé sans pouvoir faire appel,

1. *Sic.*

et c'est ce jugement du monde que Jacques venait de découvrir et, avec lui, son propre jugement sur le mauvais cœur qui était le sien. Il ne pouvait pas savoir qu'on a moins de mérite, devenu homme, à ne pas connaître ces mauvais sentiments. Car on est jugé, bien ou mal, sur ce qu'on est et beaucoup moins sur sa famille, puisqu'il arrive même que la famille soit jugée à son tour sur l'enfant devenu homme. Mais il eût fallu à Jacques un cœur d'une pureté héroïque exceptionnelle pour ne pas souffrir de la découverte qu'il venait de faire, de même qu'il eût fallu une humilité impossible pour ne pas accueillir avec rage et honte cette souffrance de ce qu'elle lui découvrait de sa nature. Il n'avait rien de tout cela, mais un dur et mauvais orgueil qui l'aida au moins en cette circonstance, lui fit écrire d'une plume ferme le mot « domestique » sur l'imprimé, qu'il porta avec un visage fermé au répétiteur qui n'y prit même pas garde. Avec tout cela, Jacques ne désirait nullement changer d'état ni de famille, et sa mère telle qu'elle était demeurait ce qu'il aimait le plus au monde, même s'il l'aimait désespérément. Comment faire comprendre d'ailleurs qu'un enfant pauvre puisse avoir parfois honte sans jamais rien envier ?

Dans une autre occasion, comme on lui demandait sa confession, il répondit « catholique ». On lui demanda s'il fallait l'inscrire au cours d'instruction religieuse et, se souvenant des craintes de sa grand-mère, il répondit que non. « En somme, dit le répétiteur qui était un pince-sans-rire, vous êtes un catholique non pratiquant. » Jacques ne pouvait rien expliquer de ce qui se passait chez lui, ni dire la manière singulière dont les siens abordaient la religion. Il répondit donc fermement « oui », ce qui fit rire et lui donna la réputation d'une forte tête au moment même où il se sentait le plus désorienté.

Un autre jour, le professeur de lettres, ayant distribué aux élèves un imprimé relatif à une question d'organisation intérieure, leur demanda de le ramener signé par leurs parents. L'imprimé déjà qui dénombrait tout ce qu'il était interdit aux élèves d'introduire au lycée, depuis les armes jusqu'aux illustrés en passant par les jeux de cartes, était rédigé de manière si choisie que Jacques dut le résumer en termes simples à sa mère et à sa grand-mère. Sa mère était la seule qui pût apposer au bas de l'imprimé une grossière signature[a]. Comme après la mort de son mari, elle avait eu à toucher* chaque trimestre sa pension de veuve de guerre, et que l'administration, en l'espèce le Trésor public – mais Catherine Cormery disait simplement qu'elle allait au trésor, qui n'était pour elle qu'un nom propre, vide de sens, et qui donnait au contraire aux enfants l'idée d'un endroit mythique aux ressources inépuisables où leur mère était admise à puiser, de loin en loin, de faibles quantités d'argent –, lui demandait chaque fois une signature, après les premières difficultés, un voisin (?) lui avait appris à recopier le modèle d'une signature Vve Camus[1] qu'elle réussissait plus ou moins bien mais qui était acceptée. Le lendemain matin, cependant, Jacques s'aperçut que sa mère, qui était partie beaucoup plus tôt que lui, pour nettoyer un magasin qui ouvrait de bonne heure, avait oublié de signer l'imprimé. Sa grand-mère ne savait pas signer. Elle faisait ses comptes d'ailleurs avec un système de ronds qui, selon qu'ils étaient rayés une ou deux fois, représentaient l'unité, la dizaine ou la centaine. Jacques dut remporter son imprimé sans signature, dit que sa mère avait oublié, se fit demander si personne chez lui

* percevoir
a. le rappel.
1. *Sic.*

ne pouvait signer, répondit que non et découvrit à l'air surpris du professeur que ce cas était moins banal qu'il ne l'avait cru jusque-là.

Il était encore plus désorienté par les jeunes métropolitains que les hasards de la carrière paternelle avaient menés à Alger. Celui qui lui donna le plus à réfléchir fut Georges Didier[a], qu'un goût commun des classes de français et de la lecture avait rapproché de Jacques jusqu'à une sorte d'amitié très tendre, dont Pierre d'ailleurs était jaloux. Didier était fils d'un officier catholique très pratiquant. Sa mère « faisait de la musique », la sœur (que Jacques ne vit jamais, mais dont il rêvait délicieusement) de la broderie, et Didier se destinait, selon ce qu'il disait, à la prêtrise. Extrêmement intelligent, il était intransigeant sur les questions de la foi et de la morale, où ses certitudes étaient tranchantes. On ne l'entendait jamais prononcer un mot grossier, ou faire allusion comme les autres enfants le faisaient, avec une complaisance inlassable, aux fonctions naturelles ou à celles de la reproduction, qui d'ailleurs n'étaient pas aussi claires dans leur esprit qu'ils voulaient le dire. La première chose qu'il tenta d'obtenir de Jacques, quand leur amitié prit forme, fut qu'il renonçât aux grossièretés. Jacques n'avait pas de peine à y renoncer avec lui. Mais, avec les autres, il retrouvait facilement les grossièretés de la conversation. (Déjà se dessinait sa nature multiforme qui devait lui faciliter tant de choses et le rendre apte à parler tous les langages, à s'adapter dans tous les milieux, et à jouer tous les rôles, sauf...) C'est avec Didier que Jacques comprit ce qu'était une famille française moyenne. Son ami avait en France une maison de famille où il retournait aux vacances, dont il parlait ou

a. le retrouver ensuite à sa mort.

écrivait sans cesse à Jacques, maison qui avait un grenier plein de vieilles malles, où l'on conservait les lettres de la famille, des souvenirs, des photos. Il connaissait l'histoire de ses grands-parents et des arrière-grands-parents, d'un aïeul aussi qui avait été marin à Trafalgar, et cette longue histoire, vivante dans son imagination, le fournissait aussi d'exemples et de préceptes pour la conduite de tous les jours. « Mon grand-père disait que... papa veut que... » et il justifiait ainsi sa rigueur, sa pureté cassante. Quand il parlait de la France, il disait « notre patrie » et acceptait d'avance les sacrifices que cette patrie pouvait demander (« ton père est mort pour la patrie », disait-il à Jacques...), alors que cette notion de patrie était vide de sens pour Jacques, qui savait qu'il était français, que cela entraînait un certain nombre de devoirs, mais pour qui la France était une absente dont on se réclamait et qui vous réclamait parfois, mais un peu comme le faisait ce Dieu dont il avait entendu parler hors de chez lui et qui, apparemment, était le dispensateur souverain des biens et des maux, sur qui on ne pouvait influer mais qui pouvait tout, au contraire, sur la destinée des hommes. Et ce sentiment qui était le sien était plus encore celui des femmes qui vivaient avec lui. « Maman, qu'est-ce que c'est la patrie[a] ? » avait-il dit un jour. Elle avait eu l'air effrayé comme chaque fois qu'elle ne comprenait pas. « Je ne sais pas, avait-elle dit. Non. – C'est la France. – Ah ! oui. » Et elle avait paru soulagée. Tandis que Didier savait ce que c'était, la famille à travers les générations existait fortement pour lui, et le pays où il était né à travers son histoire, il appelait Jeanne d'Arc par son seul prénom, et de même le bien et le mal étaient définis pour lui comme sa destinée présente et future.

a. découverte de la patrie en 1940.

Jacques, et Pierre aussi, quoique à un moindre degré, se sentait d'une autre espèce, sans passé, ni maison de famille, ni grenier bourré de lettres et de photos, citoyens théoriques d'une nation imprécise où la neige couvrait les toits alors qu'eux-mêmes grandissaient sous un soleil fixe et sauvage, munis d'une morale des plus élémentaires qui leur proscrivait par exemple le vol, qui leur recommandait de défendre la mère et la femme, mais qui restait muette sur des quantités de questions touchant aux femmes, au rapport avec les supérieurs... (etc.), enfants ignorés et ignorants de Dieu enfin, incapables de concevoir la vie future tant la vie présente leur paraissait inépuisable chaque jour sous la protection des divinités indifférentes du soleil, de la mer ou de la misère. Et en vérité, si Jacques s'attachait si profondément à Didier, c'était sans doute à cause du cœur de cet enfant épris d'absolu, entier dans ses passions loyales (la première fois que Jacques entendit le mot loyauté (qu'il avait lu cent fois), ce fut de la bouche de Didier) et capable d'une tendresse charmante, mais ce fut aussi à cause de son étrangeté, à ses yeux, son charme devenant pour Jacques proprement exotique, et l'attirant d'autant plus fort, comme, devenu grand, Jacques devait plus tard se sentir irrésistiblement attiré par les femmes étrangères. L'enfant de la famille, de la tradition et de la religion, avait pour Jacques les séductions des aventuriers basanés qui reviennent des tropiques, murés sur un secret étrange et incompréhensible.

Mais le berger kabyle qui, sur sa montagne pelée et rongée de soleil, regarde passer les cigognes en rêvant à ce Nord d'où elles arrivent après un long voyage peut rêver tout le jour, il revient le soir au plateau de lentisques, à la famille à longues robes, et au gourbi de la misère où il a poussé ses racines. Ainsi Jacques pouvait être grisé par les philtres étranges de la tradition bourgeoise (?), il restait attaché en réalité à celui qui lui ressemblait le plus et qui était Pierre. Tous les matins, à six heures un quart (sauf le dimanche et le jeudi), Jacques descendait quatre à quatre l'escalier de sa maison, courant dans l'humidité de la saison chaude ou bien la pluie violente de l'hiver qui faisait gonfler sa pèlerine comme une éponge, il tournait à la fontaine dans la rue de Pierre et, toujours courant, gravissait les deux étages pour frapper doucement à la porte. La mère de Pierre, une belle femme de complexion généreuse, lui ouvrait la porte qui donnait directement sur la salle à manger, pauvrement meublée. Au fond de la salle à manger, de chaque côté, s'ouvrait une porte qui donnait sur une chambre. L'une était celle de Pierre, qu'il partageait avec sa mère, l'autre celle de ses deux oncles, de rudes cheminots, taciturnes et souriants. En entrant dans la salle à manger, à droite, un cagibi sans air ni lumière servait de cuisine et de cabinet de toilette. Pierre était régulièrement en retard. Il était assis, devant la table couverte de sa toile cirée, la lampe à pétrole allumée si c'était l'hiver, un gros bol de terre brune et vernissée dans les mains, essayant d'avaler sans se brûler le café au lait brûlant que venait de lui servir sa mère. « Souffle dessus », disait-elle. Il soufflait, il aspirait avec des clappements, et Jacques changeait son appui de jambe en le regardant[a]. Quand Pierre avait fini, il devait encore passer dans la cuisine éclairée à la bougie, où l'attendait devant l'évier de zinc un verre d'eau supportant une brosse à dents garnie d'un épais ruban d'un dentifrice spécial car il souffrait de pyorrhée. Il enfilait sa pèlerine, son cartable et sa casquette, et, tout harnaché, se brossait vigoureusement et longue-

a. casquette de lycéen.

ment les dents, avant de cracher avec bruit dans l'évier de zinc. L'odeur pharmaceutique du dentifrice se mêlait à celle du café au lait. Jacques, légèrement écœuré, s'impatientait en même temps, le faisait sentir, et il n'était pas rare qu'une de ces bouderies, qui sont le ciment de l'amitié, s'ensuivît. Ils descendaient alors en silence dans la rue et marchaient jusqu'à l'arrêt du tram sans sourire. D'autres fois, au contraire, ils se poursuivaient en riant ou couraient en se passant un des cartables comme un ballon de rugby. À l'arrêt, ils attendaient, guettant l'arrivée du tram rouge pour savoir avec lequel des deux ou trois conducteurs ils allaient voyager.

Car ils dédaignaient toujours les deux jardinières et grimpaient dans la motrice pour gagner l'avant, difficilement, car le tram était bondé de travailleurs qui regagnaient le centre, et leurs cartables encombraient leur marche. À l'avant, ils profitaient de chaque descente de voyageur pour se serrer contre la paroi de fer et de verre et la boîte de vitesse, haute et étroite, au sommet de laquelle un levier à poignée tournait à plat le long d'un cercle où un gros cran d'acier en relief marquait le point mort, trois autres les vitesses progressives, et un cinquième la marche arrière. Les conducteurs, qui seuls avaient le droit de manier ce levier, à qui un écriteau placé au-dessus d'eux interdisait de parler, jouissaient auprès des deux enfants du prestige des demi-dieux. Ils portaient un uniforme presque militaire et une casquette à visière de cuir bouilli, sauf les conducteurs arabes qui portaient une chéchia. Les deux enfants les distinguaient d'après leur aspect. Il y avait le « petit jeune sympathique », qui avait une tête de jeune premier et des épaules fragiles ; l'ours brun, un grand et fort Arabe aux traits épais, le regard toujours fixé devant lui ; l'ami des bêtes, un vieil Italien au visage terne et aux yeux clairs, tout courbé au-dessus de sa manivelle, et qui devait son surnom au fait qu'il avait presque arrêté son tram pour éviter un chien distrait et une autre fois un chien sans gêne qui posait sa crotte entre les rails ; et Zorro, une grande saucisse qui avait le visage et la petite moustache de Douglas Fairbanks[a]. L'ami des bêtes était aussi l'ami de cœur des enfants. Mais leur admiration éperdue allait à l'ours brun, qui, imperturbable, planté droit sur l'assise solide de ses jambes, conduisait sa bruyante machine à toute allure, la main gauche, énorme, tenant fermement la poignée de bois du levier et la poussant dès que la circulation le lui permettait sur la troisième vitesse, la main droite vigilante sur la grosse roue du frein, à droite de la boîte à vitesses, prêt à tourner vigoureusement la roue de plusieurs tours pendant qu'il ramenait son levier au point mort et que la motrice patinait alors pesamment sur les rails. C'est avec l'ours brun que, dans les tournants et dans les aiguillages, la grande perche, fixée par un gros ressort à boudin sur le sommet de la motrice, quittait le plus souvent le fil électrique, où elle était engagée par une petite roue à la jante creuse, et se redressait alors dans un grand bruit de vibrations de fil et de crachements d'étincelles. Le receveur sautait alors du tram, rattrapait le long fil fixé à l'extrémité de la perche et qui s'enroulait automatiquement dans une boîte de fonte derrière la motrice, et, tirant de toutes ses forces pour vaincre la résistance du boudin d'acier, ramenait la perche en arrière et, la laissant remonter lentement, essayait d'engager à nouveau le fil dans la jante creusée de la roue, au milieu de fusées d'étincelles. Penchés hors de la motrice ou, si c'était l'hiver, le nez écrasé contre les vitres, les enfants suivaient la

a. La corde et le timbre.

manœuvre et, lorsqu'elle était couronnée de succès, l'annonçaient à la cantonade pour que le conducteur en soit informé sans commettre l'infraction de lui parler directement. Mais l'ours brun demeurait impavide ; il attendait, selon le règlement, que le receveur lui donnât le signal de départ en tirant sur la cordelette qui pendait à l'arrière de la motrice et actionnait alors un timbre placé à l'avant. Il relançait alors le tram, sans plus de précautions. Regroupés à l'avant, les enfants regardaient alors la route métallique filer sous et sur eux, dans le matin pluvieux ou étincelant, se réjouissant lorsque le tram dépassait à toute allure une charrette à chevaux ou au contraire rivalisait quelque temps de vitesse avec une automobile poussive. À chaque arrêt, le tram se vidait d'une partie de son chargement d'ouvriers arabes et français, se chargeait d'une clientèle mieux habillée à mesure qu'on allait vers le centre, repartait au timbre et parcourait ainsi d'un bout à l'autre tout l'arc de cercle autour duquel s'allongeait la ville, jusqu'au moment où il débouchait d'un seul coup sur le port et l'espace immense du golfe qui s'étendait jusqu'aux grandes montagnes bleutées au fond de l'horizon. Trois arrêts après, c'était le terminus, la place du Gouvernement, où les enfants descendaient. La place, encadrée d'arbres et de maisons à arcades sur trois côtés, ouvrait sur la mosquée blanche puis sur l'espace du port. Au milieu, s'élevait la statue caracolante du duc d'Orléans couverte de vert-de-gris sous le ciel éclatant, mais dont le bronze devenu tout noir ruisselait de pluie par mauvais temps (et l'on racontait inévitablement que le sculpteur, ayant oublié une gourmette, s'était suicidé) pendant que, de la queue du cheval, l'eau s'écoulait interminablement dans l'étroit jardinet protégé par les grilles qui encadrait le monument. Le reste de la place était couvert de petits pavés luisants, sur lesquels les enfants, sautant du tram, s'élançaient en de longues glissades vers la rue Bab-Azoun qui les menait en cinq minutes au lycée.

La rue Bab-Azoun était une rue resserrée que des arcades, sur les deux côtés, reposant sur d'énormes piliers carrés, rendaient encore plus étroite, laissant juste la place à la ligne de tramway, desservie par une autre compagnie, qui reliait ce quartier aux quartiers les plus élevés de la ville. Les jours de chaleur, le ciel d'un bleu épais reposait comme un couvercle brûlant sur la rue, et l'ombre était fraîche sous les arcades. Les jours de pluie, la rue tout entière n'était qu'une profonde tranchée de pierre humide et luisante. Tout au long des arcades, les boutiques de commerçants se succédaient, marchands de tissus en gros dont les façades étaient peintes de tons sombres et dont les piles de tissu clair reluisaient doucement dans l'ombre, épiceries qui sentaient le girofle et le café, petites échoppes où des marchands arabes vendaient des pâtisseries ruisselantes d'huile et de miel, cafés obscurs et profonds où les percolateurs fusaient à cette heure-là (tandis que le soir, éclairés de lampes crues, ils étaient remplis de bruit et de voix, tout un peuple d'hommes piétinant la sciure répandue sur le parquet et se pressant devant le comptoir chargé de verres remplis de liquide opalescent et de petites soucoupes pleines de lupins, d'anchois, de céleris coupés en morceaux, d'olives, de frites et de cacahuètes), bazars pour touristes enfin où l'on vendait la hideuse verroterie orientale dans des vitrines plates encadrées par des tourniquets garnis de cartes postales et des foulards mauresques aux couleurs violentes.

L'un de ces bazars, au milieu des arcades, était tenu par un gros homme toujours assis derrière ses vitrines, dans l'ombre ou sous la lumière électrique, énorme, blanchâtre, les yeux globuleux, pareil à ces animaux qu'on trouve en soulevant les pierres ou les vieux troncs, et surtout absolument chauve. Les élèves du lycée l'avaient surnommé à cause de cette particularité « patinoire à mouches » et « vélodrome à moustiques », prétendant que ces insectes, lorsqu'ils parcouraient la surface dénudée de ce crâne, manquaient leur virage et ne pouvaient garder leur équilibre. Souvent, le soir, comme une volée d'étourneaux, ils passaient le voir en courant devant le magasin, hurlant les surnoms du malheureux et imitant par « Zz-zz-zz » la glissade supposée des mouches. Le gros marchand les invectivait ; une ou deux fois, il avait essayé avec présomption de les poursuivre, mais avait dû y renoncer. Subitement, il se tint coi devant la bordée de cris et de railleries, et pendant plusieurs soirs laissa s'enhardir les enfants, qui finissaient par venir hurler sous son nez. Et tout d'un coup, un soir, des jeunes gens arabes, payés par le marchand, surgirent de derrière les piliers où ils se tenaient cachés et se jetèrent à la poursuite des enfants. Jacques et Pierre, ce soir-là, ne durent qu'à leur vélocité exceptionnelle d'échapper à la correction. Jacques reçut seulement une première gifle derrière la tête puis, revenu de sa surprise, distança son adversaire. Mais deux ou trois de leurs camarades reçurent de sérieuses paires de calottes. Les élèves complotèrent ensuite la mise à sac du magasin et la destruction physique de son propriétaire, mais le fait est qu'ils ne donnèrent aucune suite à leurs sombres projets, qu'ils cessèrent de persécuter leur victime et qu'ils prirent l'habitude de passer benoîtement sur le trottoir d'en face. « On s'est dégonflé, disait Jacques avec amertume. – Après tout, lui répondit Pierre, nous étions dans notre tort. – Nous étions dans notre tort et nous avons peur des coups. » Plus tard, il devait se souvenir de cette histoire quand il comprit (vraiment) que les hommes font semblant de respecter le droit et ne s'inclinent jamais que devant la force[a].

Dans son milieu, la rue Bab-Azoun s'élargissait en perdant ses arcades d'un seul côté au profit de l'église Sainte-Victoire. Cette petite église occupait l'emplacement d'une ancienne mosquée. Sur sa façade blanchie à la chaux, était creusé une sorte d'offertoire (?) toujours fleuri. Sur le trottoir dégagé, ouvraient des boutiques de fleurs, déjà étalées à l'heure où les enfants passaient et qui offraient d'énormes bottes d'iris, d'œillets, de roses ou d'anémones, selon la saison, enfoncées dans de hautes boîtes de conserve, dont le bord supérieur était rouillé par l'eau dont on aspergeait constamment les fleurs. Il y avait aussi, sur le même trottoir, une petite boutique de beignets arabes qui était en vérité un réduit où trois hommes auraient tenu à peine. Sur l'un des côtés du réduit, on avait creusé un foyer, dont le pourtour était garni de faïences bleues et blanches et sur lequel chantait une énorme bassine d'huile bouillante. Devant le foyer, se tenait, assis en tailleur, un étrange personnage en culottes arabes, le torse à demi nu aux jours et aux heures de chaleur, vêtu les autres jours d'une veste européenne fermée dans le haut des revers par une épingle à nourrice, qui ressemblait, avec sa tête rasée, son visage maigre et sa bouche édentée, à un Gandhi privé de lunettes, et qui, une écumoire d'émail rouge à la main, surveillait la cuisson des beignets ronds qui rissolaient dans l'huile. Quand un beignet était à point, c'est-à-dire lorsque le pourtour était doré tandis que la pâte extrêmement fine du milieu devenait à la fois translucide et craquante (comme une frite transparente), il passait sa louche avec précaution

a. lui comme les autres.

sous le beignet et le tirait prestement hors de l'huile, le faisait ensuite égoutter au-dessus de la bassine en secouant trois ou quatre fois la louche, puis il le posait devant lui sur un étal protégé par une vitre et fait d'étagères percées de trous sur lesquelles étaient déjà alignées, d'un côté les petites baguettes des beignets au miel déjà préparées, et de l'autre, plats et ronds, les beignets à l'huile[a]. Pierre et Jacques raffolaient de ces pâtisseries et, lorsque l'un ou l'autre, par extraordinaire, avait un peu d'argent, ils prenaient le temps de s'arrêter, de recevoir le beignet à l'huile dans une feuille de papier, que l'huile rendait immédiatement transparente, ou la baguette que le marchand, avant de la leur donner, avait trempée dans une jarre placée près de lui, à côté du four, et pleine d'un miel sombre constellé de petites miettes de beignets. Les enfants recevaient ces splendeurs et y mordaient, toujours courant vers le lycée, le torse et la tête penchés en avant pour ne pas salir leurs vêtements.

C'est devant l'église Sainte-Victoire qu'avait lieu, peu après chaque rentrée des classes, le départ des hirondelles. En effet, dans le haut de la rue, élargie à cet endroit, étaient tendus un grand nombre de fils électriques et même de câbles à haute tension qui servaient autrefois à la manœuvre des tramways et qui, désaffectés, n'avaient pas été démontés. Aux premiers froids, froids relatifs d'ailleurs puisqu'il ne gelait jamais, et pourtant sensibles après l'énorme pesée de la chaleur pendant des mois, les hirondelles[b], qui volaient généralement au-dessus des boulevards du front de mer, sur la place devant le lycée ou dans le ciel des quartiers pauvres, piquant parfois avec des cris

a. Zlabias, Makroud.
b. Voir les moineaux d'Algérie donné par Grenier.

perçants vers un fruit de ficus, une ordure sur la mer ou un crottin frais, faisaient d'abord des apparitions solitaires dans le couloir de la rue Bab-Azoun, volant un peu bas à la rencontre des tramways, jusqu'à ce qu'elles s'élèvent d'un seul coup pour disparaître dans le ciel au-dessus des maisons. Brusquement, un matin, elles se tenaient par milliers sur tous les fils de la placette Sainte-Victoire, sur le haut des maisons, serrées les unes contre les autres, hochant la tête au-dessus de leur petite gorge demi-deuil, déplaçant légèrement leurs pattes en battant de la queue pour faire place à une nouvelle arrivée, couvrant le trottoir de leurs petites déjections cendreuses, et ne faisant à elles toutes qu'un seul piaillement sourd, hérissé de brefs caquètements, conciliabule incessant qui depuis le matin s'étendait au-dessus de la rue, s'enflait peu à peu pour devenir presque assourdissant quand le soir était là et que les enfants couraient vers les trams du retour, et cessait brusquement sur un ordre invisible, les milliers de petites têtes et de queues noir et blanc s'inclinant alors sur les oiseaux endormis. Pendant deux ou trois jours, venus de tous les coins du Sahel, et de plus loin parfois, les oiseaux arrivaient pas petites troupes légères, essayaient de se caser entre les premières occupantes et, peu à peu, s'installaient sur les corniches le long de la rue, de chaque côté du rassemblement principal, augmentant au fur et à mesure au-dessus des passants les claquements d'ailes et le pépiement général qui finissait par devenir assourdissant. Et puis, un matin, aussi brusquement, la rue était vide. Dans la nuit, juste avant l'aube, les oiseaux étaient partis ensemble vers le sud. Pour les enfants, l'hiver commençait alors, bien avant la date, puisque pour eux il n'y avait jamais eu d'été sans cris perçants d'hirondelles dans le ciel encore chaud du soir.

La rue Bab-Azoun débouchait pour finir dans une grande place où, à gauche et à droite, s'élevaient face à face le lycée et la caserne. Le lycée tournait le dos à la ville arabe, dont les rues escarpées et humides commençaient de grimper le long de la colline. La caserne tournait le dos à la mer. Au-delà du lycée, commençait le jardin Marengo ; au-delà de la caserne, le quartier pauvre et à demi espagnol de Bab-el-Oued. Quelques minutes avant sept heures un quart, Pierre et Jacques, après avoir gravi les escaliers à toute allure, entraient au milieu d'un flot d'enfants par la petite porte du concierge, à côté du portail d'honneur. Ils débouchaient sur le grand escalier d'honneur, de part et d'autre duquel étaient affichés les tableaux d'honneur, et qu'ils grimpaient encore à toute allure pour arriver sur le palier, où s'amorçait à gauche l'escalier des étages et qui était séparé de la grande cour par une galerie vitrée. Là, derrière un des piliers du palier, ils repéraient le Rhinocéros qui guettait les retardataires. (Le Rhinocéros était un surveillant général, corse, petit et nerveux, qui devait son surnom à une moustache en croc.) Une autre vie commençait.

Pierre et Jacques avaient obtenu, en raison de leur « situation de famille », une bourse de demi-pensionnaires. Ils passaient donc toute la journée au lycée et déjeunaient au réfectoire. Les classes commençaient à 8 heures ou 9 heures selon les jours, mais le petit déjeuner était servi aux internes à 7 h 1/4, et les demi-pensionnaires y avaient droit. Les familles des deux enfants n'avaient jamais pu imaginer qu'on pût renoncer à un droit quelconque, alors qu'elles en avaient si peu ; Jacques et Pierre étaient donc parmi les rares demi-pensionnaires qui arrivaient à 7 h 1/4 dans le grand réfectoire blanc et rond, où les internes mal réveillés s'installaient déjà devant les longues tables recouvertes de zinc, devant de grands bols et d'énormes corbeilles où étaient empilées de grosses tranches de pain sec, pendant que les garçons, pour la plupart arabes, emmaillotés dans de hauts tabliers de toile grossière, passaient entre les rangs avec de grandes cafetières autrefois brillantes qui portaient de grands becs coudés, pour verser dans les bols un liquide bouillant qui comportait plus de chicorée que de café. Ayant exercé leur droit, les enfants pouvaient, un quart d'heure plus tard, rejoindre l'étude où, sous la surveillance d'un répétiteur, lui-même interne, les élèves pouvaient repasser leurs leçons avant que commence la classe.

La grande différence avec l'école communale était la multiplicité des maîtres. M. Bernard savait tout et enseignait tout ce qu'il savait de la même manière. Au lycée, les maîtres changeaient avec les matières, et les méthodes changeaient avec les hommes[a]. La comparaison devenait possible, c'est-à-dire qu'il fallait choisir entre ceux qu'on aimait et ceux qu'on n'aimait point. Un instituteur, de ce point de vue, est plus près d'un père, il en occupe presque toute la place, il est inévitable comme lui et fait partie de la nécessité. La question ne se pose donc pas réellement de l'aimer ou pas. On l'aime le plus souvent parce qu'on dépend absolument de lui. Mais si d'aventure l'enfant ne l'aime pas, ou l'aime peu, la dépendance et la nécessité restent, qui ne sont pas loin de ressembler à l'amour. Au lycée, au contraire, les professeurs étaient comme ces oncles entre lesquels on a le droit de choisir. En particulier, on pouvait ne pas les aimer, et il y avait ainsi certain professeur de physique extrêmement élégant dans sa mise,

a. M. Bernard était aimé et admiré. Dans le meilleur des cas, le maître au lycée était seulement admiré et l'on n'osait pas l'aimer.

autoritaire et grossier dans son langage, que ni Jacques ni Pierre ne purent jamais « encaisser », bien qu'à travers les années ils dussent le retrouver deux ou trois fois. Celui qui avait le plus de chance d'être aimé était le professeur de lettres, que les enfants voyaient plus souvent que les autres, et, en effet, Jacques et Pierre s'attachaient à lui[a] dans presque toutes les classes, sans pouvoir cependant s'appuyer sur lui puisqu'il ne connaissait rien d'eux et que, la classe terminée, il repartait vers une vie inconnue et eux aussi, repartant vers ce quartier lointain où il n'y avait aucune chance qu'un professeur de lycée s'installât, à tel point qu'ils ne rencontraient jamais personne, ni professeurs ni élèves, sur leur ligne de tramway – que des rouges qui desservaient les bas quartiers (le C.F.R.A.), les quartiers du haut, réputés élégants, étant desservis au contraire par une autre ligne aux voitures vertes, les T.A. Les T.A. d'ailleurs arrivaient jusqu'au lycée, tandis que les C.F.R.A. s'arrêtaient à la place du Gouvernement, on [ ][1] le lycée par le bas. Si bien que, leur journée finie, les deux enfants sentaient leur séparation à la porte même du lycée, ou, à peine plus loin, sur la place du Gouvernement, lorsque, quittant le groupe joyeux de leurs camarades, ils se dirigeaient vers les voitures rouges à destination des quartiers les plus pauvres. Et c'était bien leur séparation qu'ils sentaient, non leur infériorité. Ils étaient d'ailleurs, voilà tout.

Pendant la journée de classe, au contraire, la séparation était abolie. Les tabliers pouvaient être plus ou moins élégants, ils se ressemblaient. Les seules rivalités étaient celles de l'intelligence pendant les cours et de l'agilité physique pendant les jeux. Dans ces deux sortes de concours,

a. dire lesquels ? et développer ?

1. Un mot illisible.

les deux enfants n'étaient pas les derniers. La formation solide que les deux enfants avaient reçue à la communale leur avait donné une supériorité qui, dès la sixième, les plaça dans le peloton de tête. Leur orthographe imperturbable, leurs calculs solides, leur mémoire exercée et surtout le respect [ ] [1] qu'on leur avait inculqué pour toutes les sortes de connaissance étaient, au début de leurs études du moins, des atouts maîtres. Si Jacques n'avait pas été si remuant, ce qui compromettait régulièrement son inscription au tableau d'honneur, si Pierre avait mieux mordu au latin, leur triomphe eût été total. Dans tous les cas, encouragés par leurs maîtres, ils étaient respectés. Quant aux jeux, il s'agissait surtout du football, et Jacques découvrit dès les premières récréations ce qui devait être la passion de tant d'années. Les parties se jouaient à la récréation qui suivait le déjeuner au réfectoire et à celle d'une heure qui séparait, pour les internes, les demi-pensionnaires et les externes surveillés, la dernière classe de 4 heures. À ce moment, une récréation d'une heure permettait aux enfants de manger leur goûter et de se détendre avant l'étude où, pendant deux heures, ils pourraient faire leur travail du lendemain [a]. Pour Jacques, il n'était pas question de goûter. Avec les mordus du football, il se précipitait dans la cour cimentée, encadrée sur les quatre côtés d'arcades à gros piliers (sous lesquelles les forts en thème et les sages se promenaient en bavardant), longée de quatre ou cinq bancs verts, plantée aussi de gros ficus protégés par des grilles de fer. Deux camps se partageaient la cour, les gardiens de but se plaçaient à chaque extrémité entre les piliers, et une grosse balle de caoutchouc mousse

a. la cour moins peuplée du fait du départ des externes.

1. Un mot illisible.

était mise au centre. Point d'arbitre, et au premier coup de pied les cris et les courses commençaient. C'est sur ce terrain que Jacques, qui parlait déjà d'égal à égal avec les meilleurs élèves de la classe, se faisait respecter et aimer aussi des plus mauvais, qui souvent avaient reçu du ciel, faute d'une tête solide, des jambes vigoureuses et un souffle inépuisable. Là, il se séparait pour la première fois de Pierre qui ne jouait pas, bien qu'il fût naturellement adroit : il devenait plus fragile, grandissant plus vite que Jacques, devenant plus blond aussi, comme si la transplantation lui réussissait moins bien [a]. Jacques, lui, tardait à grandir, ce qui lui valait les gracieux surnoms de « Rase-mottes » et de « Bas du cul », mais il n'en avait cure et, courant éperdument la balle au pied, pour éviter l'un après l'autre un arbre et un adversaire, il se sentait le roi de la cour et de la vie. Quand le tambour résonnait pour marquer la fin de la récréation et le début de l'étude, il tombait réellement du ciel, arrêté pile sur le ciment, haletant et suant, furieux de la brièveté des heures, puis reprenant peu à peu conscience du moment et se ruant alors de nouveau vers les rangs avec les camarades, essuyant la sueur sur son visage à grand renfort de manches, et pris tout d'un coup de frayeur à la pensée de l'usure des clous à la semelle de ses souliers, qu'il examinait avec angoisse au début de l'étude, essayant d'évaluer la différence d'avec la veille et le brillant des pointes et se rassurant justement sur la difficulté qu'il trouvait à mesurer le degré de l'usure. Sauf lorsque quelque dégât irréparable, semelle ouverte, empeigne coupée ou talon tordu, ne laissait aucun doute sur l'accueil qu'il recevrait en rentrant, et il avalait sa salive le ventre serré, pendant les deux heures d'études, essayant de racheter sa

a. développer.

faute par un travail plus soutenu où, cependant, et malgré tous ses efforts, la peur des coups mettait une distraction fatale. Cette dernière étude était d'ailleurs celle qui paraissait la plus longue. Elle durait d'abord deux heures. Puis elle se déroulait dans la nuit ou le soir commençant. Les hautes fenêtres donnaient sur le jardin Marengo. Autour de Jacques et de Pierre, assis côte à côte, les élèves étaient plus silencieux que d'ordinaire, fatigués du travail et des jeux, absorbés dans les dernières tâches. À la fin de l'année en particulier, le soir tombait sur les grands arbres, les parterres et les bouquets de bananiers du jardin. Le ciel de plus en plus vert se distendait à mesure pendant que les bruits de la ville devenaient plus lointains et plus sourds. Lorsqu'il faisait très chaud et qu'une des fenêtres restait entrouverte, on entendait les cris des dernières hirondelles au-dessus du jardinet, et l'odeur des seringas et des grands magnolias venait noyer les parfums plus acides et plus amers de l'encre et de la règle. Jacques rêvait, le cœur étrangement serré, jusqu'à ce qu'il soit rappelé à l'ordre par le jeune répétiteur, qui préparait lui-même son travail de Faculté. Il fallait attendre le dernier tambour.

[a]À sept heures, c'était la ruée hors du lycée, la course, en groupes bruyants, le long de la rue Bab-Azoun, dont tous les magasins étaient éclairés, les trottoirs chargés de monde sous les arcades, si bien qu'il fallait courir parfois sur la chaussée elle-même, entre les rails jusqu'à ce qu'un tram soit en vue et qu'il faille alors se rejeter sous les arcades, jusqu'à ce qu'enfin s'ouvre devant eux la place du Gouvernement au pourtour illuminé par les kiosques et les éventaires des marchands arabes éclairés par les lampes à acétylène dont les enfants respiraient l'odeur avec délice.

a. l'attaque du pédéraste.

Les trams rouges attendaient, déjà chargés à craquer, alors que le matin ils étaient moins peuplés et il fallait parfois rester sur le marchepied des jardinières, ce qui était à la fois interdit et toléré, jusqu'à ce que des voyageurs descendent à un arrêt, et les enfants s'enfonçaient alors dans la masse humaine, séparés, sans pouvoir en tout cas bavarder, et réduits à travailler lentement des coudes et du corps pour parvenir à une des rambardes d'où l'on pouvait voir le port obscur, où les grands paquebots piquetés de lumière semblaient, dans la nuit de la mer et du ciel, des carcasses d'immeubles incendiés où la combustion aurait laissé toutes ses braises. Les grands tramways illuminés passaient alors dans un grand bruit au-dessus de la mer, puis plongeaient un peu vers l'intérieur et défilaient alors entre des maisons de plus en plus pauvres jusqu'au quartier de Belcourt, où il fallait se séparer et monter les escaliers jamais éclairés vers la lumière ronde de la lampe à pétrole qui éclairait la toile cirée et les chaises autour de la table, laissant dans l'ombre le reste de la pièce où Catherine Cormery s'affairait devant le buffet pour préparer le couvert, pendant que la grand-mère faisait réchauffer dans la cuisine le ragoût de midi et que le frère aîné lisait sur un coin de table un roman d'aventures. Parfois, il fallait aller chez l'épicier mozabite chercher le sel ou le quart de beurre qui manquait au dernier moment, ou aller chercher l'oncle Ernest qui pérorait chez Gaby, au café. À 8 heures, on dînait, en silence, ou bien l'oncle racontait une aventure obscure qui le faisait rire aux éclats, mais en tout cas il n'était jamais question du lycée, sinon lorsque la grand-mère demandait si Jacques avait eu de bonnes notes, et il disait oui et personne n'en parlait plus, et sa mère ne lui demandait rien, secouant la tête et le regardant de ses yeux doux lorsqu'il reconnaissait avoir eu de bonnes notes, mais toujours silencieuse et un peu détournée, « ne bougez pas, disait-elle à sa mère, je vais chercher le fromage », puis plus rien jusqu'à la fin, où elle se levait pour débarrasser. « Aide ta mère », disait la grand-mère parce qu'il prenait les *Pardaillan* pour lire avidement. Il aidait et revenait sous la lampe, plaçant le gros livre qui parlait de duels et de courage sur la toile cirée lisse et nue, pendant que sa mère, tirant une chaise hors de la lumière de la lampe, s'asseyait contre la fenêtre l'hiver, ou l'été sur le balcon, et regardait la circulation des trams, des voitures et des passants, qui se raréfiait peu à peu[a]. C'était encore la grand-mère qui disait à Jacques qu'il fallait se coucher car il se levait à cinq heures et demie le lendemain matin, et il l'embrassait d'abord, puis l'oncle, et pour finir sa mère, qui lui donnait un baiser tendre et distrait, reprenant sa pose immobile, dans la pénombre, le regard perdu sur la rue et le courant de la vie qui s'écoulait inlassablement en contrebas de la berge où elle se tenait, inlassablement, pendant que son fils, inlassablement, la gorge serrée, l'observait dans l'ombre, regardant le maigre dos courbé, plein d'une angoisse obscure devant un malheur qu'il ne pouvait pas comprendre.

a. Lucien – 14 EPS – 16 Assurances.

Le poulailler et l'égorgement de la poule

Cette angoisse devant l'inconnu et la mort qu'il retrouvait toujours en revenant du lycée vers la maison, qui remplissait déjà son cœur à la fin du jour avec la même vitesse que l'obscurité qui dévorait rapidement la lumière et la terre, et qui ne cessait qu'au moment où la grand-mère allumait la lampe à pétrole, posant le verre sur la toile cirée, les [pieds] un peu dressés sur la pointe des pieds, les cuisses appuyées sur le rebord de la table, le corps penché en avant, la tête tordue pour mieux voir le bec de la lampe sous l'abat-jour, une main tenant la molette de cuivre qui réglait la mèche sous la lampe, l'autre raclant la mèche avec une allumette enflammée jusqu'à ce que la mèche cesse de charbonner et donne une belle flamme claire, et la grand-mère remettait alors le verre qui criait un peu contre les dents ciselées de la gouttière de cuivre où on l'enfonçait, puis, à nouveau droite devant la table, un seul bras levé, réglait encore la mèche jusqu'à ce que la lumière jaune, chaude, s'égalise sur la table dans un large rond parfait, éclairant d'une lumière plus douce, comme réfléchie par la toile cirée, le visage de la femme et celui de l'enfant, qui de l'autre côté de la table assistait à la cérémonie, et son cœur se desserrait lentement à mesure que la lumière montait.

C'était la même angoisse aussi que, parfois, il cherchait à vaincre par orgueil ou vanité, lorsque sa grand-mère en certaines circonstances lui commandait d'aller chercher une poule dans la cour. C'était toujours le soir, et la veille d'une fête importante, Pâques ou Noël, ou encore le passage de parents plus fortunés qu'on désirait autant honorer que tromper, par décence, sur la situation réelle de la famille. Dans les premières années du lycée, en effet, la grand-mère avait demandé à l'oncle Joséphin de lui ramener des poulets arabes de ses excursions commerciales du dimanche, avait mobilisé l'oncle Ernest pour lui construire au fond de la cour, à même le sol gluant d'humidité, un poulailler grossier, où elle élevait cinq ou six volatiles qui lui donnaient des œufs et à l'occasion leur sang. La première fois que la grand-mère avait décidé de procéder à une exécution, la famille était à table, et elle avait demandé à l'aîné des enfants d'aller lui chercher la victime. Mais Louis[1] s'était récusé, il avait déclaré tout net qu'il avait peur. La grand-mère avait ricané, et vitupéré ces enfants de riches qui n'étaient pas comme ceux de son temps, au fin fond du bled, et qui n'avaient peur de rien. « Jacques, lui, est plus courageux, je le sais. Vas-y, toi. » À vrai dire, Jacques ne se sentait nullement plus courageux. Mais, du moment qu'on le déclarait, il ne pouvait reculer, et il y alla ce premier soir. Il fallait descendre l'escalier à tâtons dans le noir, puis tourner à gauche dans le couloir toujours obscur, trouver la porte de la cour et l'ouvrir. La nuit était moins obscure que le couloir. On distinguait les quatre marches glissantes et verdies qui descendaient dans la cour. À droite, les persiennes du petit pavillon qui abritait la famille du coiffeur et la famille arabe laissaient couler une

1. Le frère de Jacques est appelé tantôt Henri, tantôt Louis.

lumière avare. En face, il apercevait les taches blanchâtres[a] des bêtes endormies à terre ou sur leurs barreaux merdeux. Arrivé au poulailler, dès qu'il touchait le poulailler branlant, accroupi et les doigts au-dessus de sa tête dans les grosses mailles du grillage, un caquetage sourd commençait à s'élever en même temps que l'odeur tiède et écœurante des déjections. Il ouvrait la petite porte à claire-voie qui se trouvait au ras du sol, se penchait pour y glisser la main et le bras, rencontrait avec dégoût le sol ou un bâton souillé, et retirait précipitamment sa main, le cœur serré de peur dès qu'éclatait le brouhaha d'ailes et de pattes, les bêtes voletant ou courant de tous les côtés. Il fallait pourtant se décider, puisqu'il avait été désigné comme le plus courageux. Mais cette agitation des bêtes dans l'obscurité, dans ce coin d'ombre et de saleté, le remplissait d'une angoisse qui lui serrait le ventre. Il attendait, regardait au-dessus de lui la nuit propre, le ciel rempli d'étoiles nettes et tranquilles, puis il se jetait en avant, saisissait la première patte à sa portée, ramenait la bête pleine de cris et d'effroi jusqu'à la petite porte, prenait alors la deuxième patte avec son autre main et tirait avec violence la poule hors du poulailler, lui arrachant déjà une partie de ses plumes contre les montants de la porte, pendant que le poulailler entier s'emplissait de caquètements aigus et affolés et que le vieil Arabe sortait dans un rectangle de lumière soudain découpé, vigilant. « C'est moi, monsieur Tahar, disait l'enfant d'une voix blanche. Je prends une poule pour grand-mère. – Ah, c'est toi. Bon, je croyais que c'était des voleurs », et il rentrait, replongeant la cour dans l'obscurité. Jacques courait alors, pendant que la poule se débattait follement, la cognant contre

a. déformées.

les murs du couloir ou les barreaux de l'escalier, malade de dégoût et de peur en sentant contre sa paume la peau épaisse, froide, écailleuse des pattes, courant encore plus vite sur le palier et dans le couloir de la maison, et surgissant enfin dans la salle à manger en vainqueur. Le vainqueur se découpait dans l'entrée, dépeigné, les genoux verdis par la mousse de la cour, tenant la poule aussi loin que possible de son corps, et le visage blanc de peur. « Tu vois, disait la grand-mère à l'aîné. Il est plus petit que toi, mais il te fait honte. » Jacques attendait pour se gonfler d'un juste orgueil que la grand-mère d'une main ferme eût pris les pattes de la poule, qui se calmait soudain comme si elle avait compris qu'elle était désormais dans des mains inexorables. Son frère mangeait son dessert sans le regarder, sinon pour lui adresser une grimace de mépris qui augmentait encore la satisfaction de Jacques. Cette satisfaction était d'ailleurs de courte durée. La grand-mère, heureuse d'avoir un petit-fils viril, l'invitait en récompense à assister dans la cuisine à l'égorgement du poulet. Elle était déjà ceinte d'un gros tablier bleu et, tenant toujours d'une main les pattes de la poule, disposait sur le sol une grande assiette creuse, en faïence blanche, en même temps que le long couteau de cuisine que l'oncle Ernest affilait régulièrement sur une pierre longue et noire, de telle sorte que la lame, rendue très étroite et effilée par l'usure, n'était plus qu'un fil brillant. « Mets-toi là. » Jacques se plaçait à l'endroit indiqué, au fond de la cuisine, tandis que la grand-mère se plaçait dans l'entrée, bouchant la sortie à la poule comme à l'enfant. Les reins à l'évier, l'épaule [gauche] contre le mur, il regardait, horrifié, les gestes précis du sacrificateur. La grand-mère poussait en effet l'assiette juste sous la lumière de la petite lampe à pétrole placée sur une table de bois, à gauche de l'entrée. Elle étendait la bête sur le sol et, mettant le genou droit à terre, coinçait les pattes de la poule, l'écrasait de ses mains pour l'empêcher de se débattre, pour lui saisir ensuite dans la main gauche la tête, qu'elle étirait en arrière au-dessus de l'assiette. Avec le couteau tranchant comme un rasoir, elle l'égorgeait ensuite lentement à la place où se trouve chez l'homme la pomme d'Adam, ouvrant la plaie en tordant la tête en même temps que le couteau entrait plus profondément dans les cartilages avec un bruit affreux, et maintenait la bête, parcourue de terribles soubresauts, immobile pendant que le sang coulait vermeil dans l'assiette blanche, Jacques le regardant, les jambes flageolantes, comme s'il s'agissait de son propre sang dont il se sentait vidé. « Prends l'assiette », disait la grand-mère après un temps interminable. La bête ne saignait plus. Jacques déposait sur la table avec précaution l'assiette où le sang avait déjà foncé. La grand-mère jetait à côté de l'assiette la poule au plumage terni, à l'œil vitreux sur lequel descendait déjà la paupière ronde et plissée. Jacques regardait le corps immobile, les pattes aux doigts maintenant réunis et qui pendaient sans force, la crête ternie et flasque, la mort enfin, puis il partait dans la salle à manger[a]. « Je ne peux pas voir ça, moi », lui avait dit son frère le premier soir avec une fureur rentrée. « C'est dégoûtant. – Mais non », disait Jacques d'une voix incertaine. Louis le regardait d'un air à la fois hostile et inquisiteur. Et Jacques se redressa. Il se referma sur l'angoisse, sur cette peur panique qui l'avait pris devant la nuit et l'épouvantable mort, trouvant dans l'orgueil, et dans l'orgueil seulement, une volonté de courage qui finit par lui servir de courage. « Tu as peur, voilà tout, finit-il par dire. – Oui, dit la grand-mère qui rentrait, c'est Jacques

a. Le lendemain, l'odeur du poulet cru passé à la flamme.

qui ira les autres fois au poulailler. – Bon, bon, disait l'oncle Ernest épanoui, il a le courage. » Figé, Jacques regardait sa mère, un peu à l'écart, qui reprisait des chaussettes autour d'un gros œuf de bois. Sa mère le regarda. « Oui, dit-elle, c'est bien, tu es courageux. » Et elle se retournait sur la rue, et Jacques, la regardant de tous ses yeux, sentait de nouveau le malheur s'installer dans son cœur serré. « Va te coucher », disait la grand-mère. Jacques, sans allumer la petite lampe à pétrole, se déshabillait dans la chambre à la lueur qui venait de la salle à manger. Il se couchait sur le bord du lit à deux places pour ne pas avoir à toucher son frère, ni le gêner. Il s'endormait tout de suite, recru de fatigue et de sensations, réveillé parfois par son frère qui l'enjambait pour dormir contre le mur, car il se levait plus tard que Jacques, ou par sa mère qui parfois heurtait l'armoire dans l'obscurité où elle se déshabillait, qui montait légèrement sur son lit et dormait si légèrement qu'on pouvait croire qu'elle veillait, et Jacques le croyait parfois, avait envie de l'appeler et se disait qu'elle ne l'entendrait pas de toute façon, se forçait alors à rester éveillé en même temps qu'elle, aussi légèrement, immobile sans faire aucun bruit, jusqu'à ce que le sommeil le terrasse comme il avait déjà terrassé sa mère après une dure journée de lessive ou de ménage.

Jeudis et vacances

Le jeudi et le dimanche seulement, Jacques et Pierre retrouvaient leur univers (exception faite pour certains jeudis où Jacques était en colle, c'est-à-dire en retenue et devait (comme l'indiquait un billet de la surveillance générale que Jacques faisait signer à sa mère après le lui avoir résumé par le mot punition) passer deux heures, de 8 à 10 h (et parfois quatre dans les cas graves), au lycée, effectuant dans une salle particulière au milieu d'autres coupables, sous la surveillance d'un répétiteur généralement furieux d'être mobilisé ce jour-là, un pensum particulièrement stérile[a]. Pierre, en huit ans de lycée, ne connut jamais la retenue. Mais Jacques, trop remuant, trop vaniteux aussi, et il faisait donc l'imbécile pour le plaisir de paraître, collectionnait les retenues. Il avait beau expliquer à la grand-mère que les punitions concernaient la conduite, elle ne pouvait faire la distinction entre la stupidité et la mauvaise conduite. Pour elle, un bon élève était forcément vertueux et sage ; de même, la vertu conduisait tout droit à la science. C'est ainsi que les punitions du jeudi s'aggravaient, les premières années du moins, des corrections du mercredi).

a. Au lycée non pas la donnade mais la castagne.

Les jeudis sans punition et les dimanches, le matin était consacré aux courses et aux travaux de la maison. Et, l'après-midi, Pierre et Jean[1] pouvaient sortir ensemble. À la belle saison, il y avait la plage des Sablettes, ou le champ de manœuvres, grand terrain vague qui comportait un terrain de football grossièrement tracé et de nombreux parcours pour les joueurs de boule. On pouvait jouer au football, le plus souvent avec une balle de chiffon et des équipes de gosses, arabes et français, qui se formaient spontanément. Mais, le reste de l'année, les deux enfants allaient à la Maison des invalides de Kouba[a], où la mère de Pierre, qui avait quitté les postes, était lingère en chef. Kouba était le nom d'une colline, à l'est d'Alger, au terminus d'une ligne de tramway[b]. La ville en vérité s'arrêtait là, et la douce campagne du Sahel commençait avec ses coteaux harmonieux, des eaux relativement abondantes, des prairies presque grasses et des champs à la terre rouge et appétissante, coupés de loin en loin par des haies de hauts cyprès ou des roseaux. Des vignes, des arbres fruitiers, du maïs croissaient en abondance et sans grand travail. Pour qui venait de la ville et de ses bas quartiers humides et chauds, l'air était vif de surcroît et passait pour bénéfique. Pour les Algérois qui, dès qu'ils avaient un peu de bien ou quelques revenus, fuyaient l'été d'Alger pour la France plus tempérée, il suffisait que l'air qu'on respirait dans un lieu fût légèrement frais pour qu'on le baptisât « air de France ». À Kouba ainsi, on respirait l'air de France. La Maison des invalides, qui avait été créée peu après la guerre pour les mutilés pensionnés, se trouvait à cinq minutes du terminus de tramway. C'était un ancien cou-

a. Est-ce son nom ?
b. l'incendie.
1. Il s'agit de Jacques.

vent, vaste, d'une architecture compliquée et distribuée sous plusieurs ailes, avec des murs très épais blanchis à la chaux, des galeries couvertes et de grandes salles voûtées et fraîches où l'on avait installé les réfectoires et les services. La lingerie, que dirigeait Mme Marlon, la mère de Pierre, se trouvait dans une de ces grandes salles. C'est là qu'elle accueillait d'abord les enfants, dans l'odeur des fers chauds et du linge humide, au milieu des deux employées, l'une arabe, l'autre française, placées sous sa direction. Elle leur donnait à chacun un morceau de pain et de chocolat, puis, retroussant ses manches sur ses beaux bras frais et forts : « Mettez ça dans votre poche pour 4 heures et allez dans le jardin, j'ai du travail. »

Les enfants erraient d'abord sous les galeries et dans les cours intérieures, et la plupart du temps mangeaient leur goûter tout de suite pour se débarrasser du pain encombrant et du chocolat qui fondait entre leurs doigts. Ils rencontraient des invalides, à qui il manquait un bras ou une jambe, ou bien installés dans des petites voitures à roues de bicyclette. Il n'y avait pas de gueules cassées ou d'aveugles, seulement des mutilés, proprement vêtus, portant souvent une décoration, la manche de chemise ou de veste, ou la jambe du pantalon, relevée soigneusement et maintenue par une épingle anglaise autour du moignon invisible, et ce n'était pas horrible, ils étaient nombreux. Les enfants, la surprise du premier jour passée, les considéraient comme ils considéraient tout ce qu'ils découvraient de neuf et qu'ils incorporaient aussitôt à l'ordre du monde. Mme Marlon leur avait expliqué que ces hommes avaient perdu un bras ou une jambe à la guerre, et la guerre justement faisait partie de leur univers, ils n'entendaient parler que d'elle, elle avait influé sur tant de choses autour d'eux qu'ils comprenaient sans peine qu'on pût y perdre bras ou jambe, et que même on pût la définir justement comme une époque de la vie où les jambes et les bras se perdaient. C'est pourquoi cet univers d'éclopés n'était nullement triste pour les enfants. Les uns étaient taciturnes et sombres, il est vrai, mais la plupart étaient jeunes, souriants, et plaisantaient même leur infirmité. « Je n'ai qu'une jambe », disait l'un, blond, au fort visage carré, plein de santé, et qu'on voyait souvent rôder dans la lingerie, « mais tu peux encore recevoir mon pied dans les fesses », disait-il aux enfants. Et, appuyé sur sa canne de la main droite, et de la main gauche sur le parapet de la galerie, il se dressait et lançait son unique pied dans leur direction. Les enfants riaient avec lui, puis fuyaient à toutes jambes. Il leur paraissait normal d'être les seuls à pouvoir courir ou à utiliser leurs deux bras. Une seule fois Jacques, qui s'était fait une entorse en jouant au football et qui pendant quelques jours dut traîner la patte, fut traversé par la pensée que les invalides du jeudi se trouvaient pour toute leur vie dans l'incapacité où il était de courir et de prendre un tram en marche, et de frapper dans une balle. Ce qu'il y avait de miraculeux dans la mécanique humaine le frappa d'un seul coup, en même temps qu'une angoisse aveugle à l'idée qu'il pourrait lui aussi être mutilé, puis il oublia.

Ils* longeaient les réfectoires aux persiennes à demi fermées, dont les grandes tables entièrement recouvertes de zinc reluisaient faiblement dans l'ombre, puis les cuisines aux énormes récipients, chaudrons et casseroles, d'où s'échappait une tenace odeur de graillon. Dans la dernière aile, ils apercevaient les chambres à deux et trois lits recouverts de couvertures grises, avec des placards de bois blanc.

* les enfants

Puis ils descendaient par un escalier extérieur dans le jardin.

La Maison des invalides était entourée d'un grand parc presque entièrement à l'abandon. Quelques invalides avaient pris pour tâche d'entretenir autour de la maison des massifs de rosiers et des parterres de fleurs, sans compter un petit jardin potager, entouré de grandes haies de roseaux secs. Mais au-delà, le parc, qui avait été autrefois superbe, était en friche. D'immenses eucalyptus, des palmiers royaux, des cocotiers, des caoutchoutiers[a] à l'énorme tronc dont les branches basses s'enracinaient plus loin et formaient ainsi un labyrinthe végétal plein d'ombre et de secret, des cyprès épais, solides, des orangers vigoureux, des bouquets de lauriers d'une taille extraordinaire, roses et blancs, dominaient des allées effacées où l'argile avait mangé le gravier, rongées par un fouillis odorant de seringas, de jasmins, de clématites, de passiflores, de chèvrefeuilles en buissons eux-mêmes envahis à la base par un vigoureux tapis de trèfle, d'oxalis et d'herbes sauvages. Se promener dans cette jungle parfumée, y ramper, s'y tapir le nez au niveau de l'herbe, défricher au couteau les passages enchevêtrés et en ressortir les jambes zébrées et le visage plein d'eau était une ivresse.

Mais la fabrication de terrifiants poisons occupait aussi une grande partie de l'après-midi. Les enfants avaient entassé, sous un vieux banc de pierre adossé à un pan de mur recouvert de vigne sauvage, tout un attirail de tubes d'aspirine, de flacons de médicaments ou de vieux encriers, de tessons de vaisselles et de tasses ébréchées qui constituait leur laboratoire. Là, perdus dans le plus épais du parc, à l'abri des regards, ils préparaient leurs philtres mystérieux.

a. les autres grands arbres.

La base en était le laurier-rose, simplement parce qu'ils avaient souvent entendu dire autour d'eux que son ombre était maléfique et que l'imprudent qui s'endormait à leur pied ne se réveillait jamais. Les feuilles de laurier et la fleur, quand la saison était venue, étaient donc longuement broyées entre deux pierres jusqu'à former une bouillie mauvaise (malsaine) dont le seul aspect promettait une terrible mort. Cette bouillie était laissée à l'air libre, où elle récoltait immédiatement quelques irisations particulièrement effrayantes. Pendant ce temps, l'un des enfants courait remplir d'eau une vieille bouteille. Les pommes de cyprès étaient broyées à leur tour. Les enfants étaient certains de leur malfaisance pour la raison incertaine que le cyprès est l'arbre des cimetières. Mais les fruits étaient récoltés sur l'arbre, non à terre où la dessication leur donnait une fâcheuse allure de santé sèche et dure[a]. Les deux bouillies étaient alors mélangées dans un vieux bol et étendues d'eau, puis filtrées à travers un mouchoir sale. Le jus ainsi obtenu, d'un vert inquiétant, était alors manié par les enfants avec toutes les précautions qu'on peut prendre pour un poison foudroyant. Il était soigneusement transvasé dans des tubes d'aspirine ou dans des flacons pharmaceutiques qu'on rebouchait en évitant de toucher le liquide. Ce qui restait était alors mélangé à des bouillies différentes, de toutes les baies qu'on pouvait recueillir, afin de constituer des séries de poisons de plus en plus corsés, soigneusement numérotés et rangés sous le banc de pierre jusqu'à la semaine d'après, afin que la fermentation rende les élixirs définitivement funestes. Quand ce ténébreux travail était terminé, J. et P. contemplaient avec ravissement la collection de flacons effrayants et humaient avec délice

a. remettre l'ordre chronologique.

l'odeur amère et acide qui montait de la pierre maculée de bouillie verte. Ces poisons du reste n'étaient destinés à personne. Les chimistes supputaient la quantité d'hommes qu'ils pouvaient tuer et poussaient parfois l'optimisme jusqu'à supposer qu'ils en avaient fabriqué une quantité suffisante pour dépeupler la ville. Ils n'avaient cependant jamais pensé que ces drogues magiques puissent les débarrasser d'un camarade ou d'un professeur détesté. Mais c'est qu'en vérité ils ne détestaient personne, ce qui devait beaucoup les gêner dans l'âge adulte et la société où ils devaient vivre alors.

Mais les plus grands jours étaient les jours de vent. Un des côtés de la maison qui donnait sur le parc se terminait par ce qui avait été autrefois une terrasse et dont la balustrade de pierre gisait dans l'herbe au pied du vaste socle de ciment couvert de carrelage rouge. De la terrasse ouverte sur les trois côtés, on dominait le parc et, par-delà le parc, un ravin qui séparait la colline de Kouba d'un des plateaux du Sahel. L'orientation de la terrasse était telle que, les jours où le vent d'est, toujours violent à Alger, se levait, elle était prise par le travers de plein fouet. Les enfants, ces jours-là, couraient vers les premiers palmiers, au pied desquels gisaient toujours de longues palmes desséchées. Ils en raclaient la base pour en enlever les piquants et aussi pour pouvoir la tenir à deux mains. Puis, traînant les palmes derrière eux, ils couraient vers la terrasse ; le vent soufflait avec rage, sifflant dans les grands eucalyptus qui agitaient follement leurs plus hautes branches, dépeignant les palmiers, froissant avec un bruit de papier les larges feuilles vernissées des caoutchoutiers. Il fallait grimper sur la terrasse, hisser les palmes et se mettre dos au vent. Les enfants prenaient alors les palmes sèches et crissantes à pleines mains, les protégeant en partie de leur corps, puis se retournaient brusquement. D'un seul coup, la palme était collée à eux, ils respiraient son odeur de poussière et de paille. Le jeu consistait alors à avancer contre le vent en soulevant la palme de plus en plus haut. Le vainqueur était celui qui pouvait d'abord arriver à l'extrémité de la terrasse sans que le vent lui arrache la palme des mains, pouvait rester debout la palme dressée au bout des bras, tout le corps portant sur une jambe placée en avant, à lutter victorieusement et le plus longtemps possible contre la force enragée du vent. Là, dressé au-dessus de ce parc et de ce plateau bouillonnant d'arbres, sous le ciel traversé à toute vitesse par d'énormes nuages, Jacques sentait le vent venu des extrémités du pays descendre le long de la palme et de ses bras pour le remplir d'une force et d'une exultation qui le faisaient pousser sans discontinuer de longs cris, jusqu'à ce que, les bras et les épaules sciés par l'effort, il abandonne enfin la palme que la tempête emportait d'un seul coup avec ses cris. Et le soir, couché, rompu de fatigue, dans le silence de la chambre où sa mère dormait légèrement, il écoutait encore hurler en lui le tumulte et la fureur du vent qu'il devait aimer toute sa vie.

Le jeudi[a] était aussi le jour où Jacques et Pierre allaient à la bibliothèque municipale. De tout temps Jacques avait dévoré les livres qui lui tombaient sous la main et les avalait avec la même avidité qu'il mettait à vivre, à jouer ou à rêver. Mais la lecture lui permettait de s'échapper dans un univers innocent où la richesse et la pauvreté étaient également intéressantes parce que parfaitement irréelles. *L'Intrépide*, les gros albums de journaux illustrés que lui et ses camarades se repassaient entre eux jusqu'à

a. les séparer de leur milieu.

ce que la couverture cartonnée devînt grise et râpeuse et les pages intérieures cornées et déchirées, l'avaient d'abord enlevé dans un univers comique ou héroïque qui satisfaisait en lui deux soifs essentielles, la soif de la gaieté et du courage. Le goût de l'héroïsme et du panache était sans doute bien fort chez les deux garçons, si l'on en juge par la consommation incroyable qu'ils pouvaient faire des romans de cape et d'épée, et la facilité avec laquelle ils mêlaient les personnages de *Pardaillan* à leur vie de tous les jours. Leur grand auteur était en effet Michel Zévaco, et la Renaissance, surtout italienne, aux couleurs de la dague et du poison, au milieu des palais romains et florentins et des fastes royaux ou pontificaux, était le royaume préféré de ces deux aristocrates qu'on voyait parfois, dans la rue jaune et poussiéreuse où habitait Pierre, se lancer des cartels en dégainant les longues règles vernies de [ ] [1], disputer entre les poubelles de fougueux duels dont leurs doigts ensuite portaient longtemps les traces [a]. Ils ne pouvaient guère à ce moment rencontrer d'autres livres, pour la raison que peu de gens lisaient dans ce quartier et qu'ils ne pouvaient acheter eux-mêmes, et de loin en loin, que les livres populaires qui traînaient dans la boutique du marchand de livres.

Mais, à peu près au moment où ils entraient au lycée, on installa une bibliothèque municipale dans le quartier, à mi-chemin de la rue où habitait Jacques et des hauteurs où commençaient des quartiers plus distingués avec des villas entourées de petits jardins, pleins de plantes parfumées qui croissaient vigoureusement sur les pentes humides et chaudes d'Alger. Ces villas entouraient le grand

a. Ils se battaient en vérité à qui serait d'Artagnan ou Passepoil. Personne ne voulait être Aramis, Athos et Porthos à la rigueur.

1. Un mot illisible.

parc du pensionnat Sainte-Odile, pensionnat religieux où l'on n'accueillait que des filles. C'est dans ce quartier, si près et si loin du leur, que Jacques et Pierre connurent leurs émotions les plus profondes (dont il n'est pas temps encore de parler, dont il sera parlé, etc.). La frontière entre les deux univers (l'un poussiéreux et sans arbres, où toute la place était réservée aux habitants et aux pierres qui les abritaient, l'autre où les fleurs et les arbres apportaient le vrai luxe de ce monde) était figurée par un boulevard assez large planté sur ses deux trottoirs de superbes platanes. L'une de ses rives en effet était longée de villas et l'autre de petits immeubles bon marché. La bibliothèque municipale fut installée sur ce marché.

Elle ouvrait trois fois par semaine, dont le jeudi, le soir après les heures de travail et le jeudi toute la matinée. Une jeune institutrice, de physique assez ingrat, et qui donnait gratuitement quelques heures de son temps à cette bibliothèque, était assise derrière une assez large table de bois blanc et tenait les livres de prêt. La pièce était carrée, les murs entièrement couverts d'étagères de bois blanc et de livres reliés en toile noire. Il y avait aussi une petite table avec quelques chaises autour pour ceux qui voulaient consulter rapidement un dictionnaire, car c'était seulement une bibliothèque de prêt, et un fichier alphabétique que ni Jacques ni Pierre ne consultaient jamais, leur méthode consistant à se promener devant les rayons, à choisir un livre sur son titre et plus rarement sur son auteur, à en noter le numéro et à le porter sur la fiche bleue sur laquelle on demandait communication de l'ouvrage. Pour avoir droit au prêt, il fallait apporter seulement un reçu de loyer et payer une redevance minime. On recevait alors une carte à dépliants où les livres prêtés étaient inscrits en même temps que sur le registre tenu par la jeune institutrice.

La bibliothèque comprenait une majorité de romans, mais beaucoup étaient interdits aux moins de quinze ans et rangés à part. Et la méthode purement intuitive des deux enfants ne faisait pas un vrai choix parmi ceux qui restaient. Mais le hasard n'est pas le plus mauvais aux choses de la culture, et, dévorant tout pêle-mêle, les deux goinfres avalaient le meilleur en même temps que le pire, sans se soucier d'ailleurs de rien retenir, et ne retenant à peu près rien en effet, qu'une étrange et puissante émotion qui, à travers les semaines, les mois et les années, faisait naître et grandir en eux tout un univers d'images et de souvenirs irréductibles à la réalité où ils vivaient tous les jours, mais certainement non moins présents pour ces enfants ardents qui vivaient leurs rêves aussi violemment que leur vie[a] [b].

Ce que contenaient ces livres au fond importait peu. Ce qui importait était ce qu'ils ressentaient d'abord en entrant dans la bibliothèque, où ils ne voyaient pas les murs de livres noirs mais un espace et des horizons multiples qui, dès le pas de la porte, les enlevaient à la vie étroite du quartier. Puis venait le moment où, munis chacun des deux livres auxquels ils avaient droit, les serrant étroitement du coude contre leur flanc, ils se glissaient dans le boulevard obscur à cette heure, écrasant sous leurs pieds les boules des grands platanes et supputant les délices qu'ils allaient pouvoir tirer de leurs livres, les comparant déjà à celles de la semaine passée, jusqu'à ce que, parvenus dans la rue principale, ils commençaient de les ouvrir sous la lumière incertaine du premier réverbère pour y glaner quelque phrase (par ex. « il était d'une vigueur peu

a. Pages du dictionnaire Quillet, l'odeur des planches.
b. Mademoiselle, Jack London c'est bien ?

commune ») qui les renforcerait dans leur joyeux et avide espoir. Ils se quittaient rapidement et couraient vers la salle à manger pour étaler le livre sur la toile cirée, sous la lumière de la lampe à pétrole. Une forte odeur de colle montait de la reliure grossière qui râpait en même temps les doigts.

La manière dont le livre était imprimé renseignait déjà le lecteur sur le plaisir qu'il allait en tirer. P. et J. n'aimaient pas les compositions larges avec de grandes marges, où les auteurs et les lecteurs raffinés se complaisent, mais les pages pleines de petits caractères courant le long de lignes étroitement justifiées, remplies à ras bord de mots et de phrases, comme ces énormes plats rustiques où l'on peut manger beaucoup et longtemps sans jamais les épuiser et qui seuls peuvent apaiser certains énormes appétits. Ils n'avaient que faire du raffinement, ils ne connaissaient rien et voulaient tout savoir. Il importait peu que le livre fût mal écrit et grossièrement composé, pourvu qu'il fût clairement écrit et plein de vie violente ; ces livres-là, et eux seuls, leur donnaient leur pâté de rêves, sur lesquels ils pouvaient ensuite dormir lourdement.

Chaque livre, en outre, avait une odeur particulière selon le papier où il était imprimé, odeur fine, secrète, dans chaque cas, mais si singulière que J. aurait pu distinguer les yeux fermés un livre de la collection Nelson des éditions courantes que publiait alors Fasquelle. Et chacune de ces odeurs, avant même que la lecture fût commencée, ravissait Jacques dans un autre univers plein de promesses déjà [tenues] qui commençait déjà d'obscurcir la pièce où il se tenait, de supprimer le quartier lui-même et ses bruits, la ville et le monde entier qui allait disparaître totalement aussitôt la lecture commencée avec une avidité folle, exaltée, qui finissait par jeter l'enfant dans une totale ivresse dont des ordres répétés n'arrivaient même pas à le tirer[a]. « Jacques, mets la table, pour la troisième fois. » Il mettait enfin la table, le regard vide et décoloré, un peu hagard, comme intoxiqué de lecture, il reprenait son livre comme s'il ne l'avait jamais abandonné. « Jacques, mange » il mangeait enfin une nourriture qui, malgré son épaisseur, lui semblait moins réelle et moins solide que celle qu'il trouvait dans les livres, puis il débarrassait et reprenait le livre. Parfois sa mère s'approchait avant d'aller s'asseoir dans son coin. « C'est la bibliothèque », disait-elle. Elle prononçait mal ce mot qu'elle entendait dans la bouche de son fils et qui ne lui disait rien, mais elle reconnaissait la couverture des livres[b]. « Oui », disait Jacques sans lever la tête. Catherine Cormery se penchait par-dessus son épaule. Elle regardait le double rectangle sous la lumière, la rangée régulière des lignes ; elle aussi respirait l'odeur, et parfois elle passait sur la page ses doigts gourds et ridés par l'eau des lessives comme si elle essayait de mieux connaître ce qu'était un livre, d'approcher d'un peu plus près ces signes mystérieux, incompréhensibles pour elle, mais où son fils trouvait si souvent et durant des heures une vie qui lui était inconnue et d'où il revenait avec ce regard qu'il posait sur elle comme sur une étrangère. La main déformée caressait doucement la tête du garçon qui ne réagissait pas, elle soupirait, et puis allait s'asseoir, loin de lui. « Jacques, va te coucher. » La grand-mère répétait l'ordre. « Demain, tu seras en retard. » Jacques se levait, préparait son cartable pour les cours du lendemain, sans lâcher son livre mis sous l'aisselle, et puis, comme un ivrogne, s'endormait lourdement, après avoir glissé le livre sous son traversin.

a. développer.
b. On lui avait fait faire (l'oncle Ernest) un petit bureau de bois blanc.

Ainsi, pendant des années, la vie de Jacques se partagea inégalement entre deux vies qu'il ne pouvait relier l'une à l'autre. Pendant douze heures, au son du tambour, dans une société d'enfants et de maîtres, parmi les jeux et l'étude. Pendant deux ou trois heures de vie diurne dans la maison du vieux quartier, auprès de sa mère qu'il ne rejoignait vraiment que dans le sommeil des pauvres. Bien que la plus ancienne de sa vie fût en réalité ce quartier, sa vie présente et plus encore son avenir étaient au lycée. Si bien que le quartier, d'une certaine manière, se confondait à la longue avec le soir, le sommeil et le rêve. Existait-il, d'ailleurs, ce quartier, et n'était-il pas ce désert qu'il devint un soir pour l'enfant devenu inconscient ? Chute sur le ciment... À personne en tout cas, au lycée, il ne pouvait parler de sa mère et de sa famille. À personne dans sa famille il ne pouvait parler du lycée. Aucun camarade, aucun maître, pendant toutes les années qui le séparaient du bachot, ne vint jamais chez lui. Et, quant à sa mère et sa grand-mère, elles ne venaient jamais au lycée, sinon une seule fois dans l'année, à la distribution des prix, au début de juillet. Ce jour-là, il est vrai, elles y entraient par la grande porte, au milieu d'une foule de parents et d'élèves endimanchés. La grand-mère mettait la robe et le foulard noir des grandes sorties, Catherine Cormery mettait un chapeau orné de tulle marron, de raisins noirs en cire, et une robe d'été marron, avec les seuls souliers à talons demi-hauts qu'elle possédât. Jacques avait une chemise blanche à col danton et à manches courtes, un pantalon d'abord court puis long, mais toujours soigneusement repassé la veille par sa mère, et, marchant au milieu des deux femmes, il les dirigeait lui-même vers le tramway rouge, vers une heure de l'après-midi, les installait sur une banquette de la motrice et attendait debout à l'avant, regardant à travers les vitres sa mère qui lui souriait de temps en temps, et qui vérifiait tout le long du trajet l'assise du chapeau ou la tombée de ses bas, ou la place de la petite médaille d'or représentant la Vierge qu'elle portait au bout d'une mince chaînette. À la place du Gouvernement, commençait le trajet quotidien que l'enfant faisait une seule fois dans l'année avec les deux femmes, tout le long de la rue Bab-Azoun. Jacques reniflait sur sa mère la lotion [lampero] dont elle avait usé largement pour la circonstance, la grand-mère marchant droite et fièrement, gourmandant sa fille lorsque celle-ci se plaignait de ses pieds (« Ça t'apprendra à prendre des chaussures trop petites à ton âge »), pendant que Jacques leur montrait inlassablement les magasins et les marchands qui avaient pris une si grande place dans sa vie. Au lycée, la porte d'honneur était ouverte, des plantes en pots garnissaient du haut en bas les côtés de l'escalier monumental que les premiers parents et les élèves commençaient à gravir, les Cormery étant naturellement largement en avance, comme le sont toujours les pauvres qui ont peu d'obligations sociales et de plaisirs, et qui craignent de n'y être point exacts[a]. On gagnait alors la cour des grands, couverte de rangs de chaises louées à une entreprise de bals et concerts, tandis qu'au fond, sous la grande horloge, une estrade barrait la cour sur toute la largeur, couverte de fauteuils et de chaises, ornée elle aussi, et à profusion, de plantes vertes. La cour se remplissait peu à peu de toilettes claires, les femmes étant en majorité. Les premiers arrivés choisissaient les places à l'abri du soleil, sous les arbres. Les autres s'éventaient avec des éventails arabes, en paille fine tressée, gar-

a. et ceux que le destin a mal lotis ne peuvent s'empêcher quelque part en eux de se croire responsables et ils sentent qu'il ne faut pas ajouter à cette culpabilité générale par des petits manquements...

nis sur le pourtour de pompons de laine rouge. Au-dessus de l'assistance, le bleu du ciel se coagulait et devenait de plus en plus dur sous la cuisson de la chaleur.

À deux heures, un orchestre militaire, invisible dans la galerie supérieure, attaquait *La Marseillaise*, tous les assistants se levaient, et les professeurs, en bonnets carrés et longues robes dont l'étamine changeait de couleur suivant leur spécialité, entraient, avec, à leur tête, le proviseur et le personnage officiel (généralement un haut fonctionnaire du Gouvernement général) de corvée cette année-là. Une nouvelle marche martiale couvrait l'installation des maîtres, et aussitôt après le personnage officiel prenait la parole et donnait son point de vue sur la France en général et l'instruction en particulier. Catherine Cormery écoutait sans entendre, mais sans jamais manifester d'impatience ni de lassitude. La grand-mère entendait, mais sans trop comprendre. « Il parle bien », disait-elle à sa fille, qui l'approuvait d'un air pénétré. Ce qui encourageait la grand-mère à regarder son voisin ou sa voisine de gauche et à leur sourire, en confirmant par un hochement de tête le jugement qu'elle venait d'exprimer. La première année, Jacques avait remarqué que sa grand-mère était la seule à porter le foulard noir des vieilles Espagnoles, et il en fut gêné. Cette fausse honte, à vrai dire, ne le quitta jamais ; il décida simplement qu'il n'y pouvait rien lorsqu'il eut essayé timidement de parler chapeau à sa grand-mère et qu'elle lui eut répondu qu'elle n'avait pas d'argent à perdre et que d'ailleurs le foulard lui tenait chaud aux oreilles. Mais, lorsque sa grand-mère s'adressait à ses voisins pendant la séance des prix, il se sentait vilainement rougir. Après le personnage officiel, se levait le plus jeune professeur, généralement arrivé cette année-là de la métropole et qui était traditionnellement chargé de prononcer le dis-

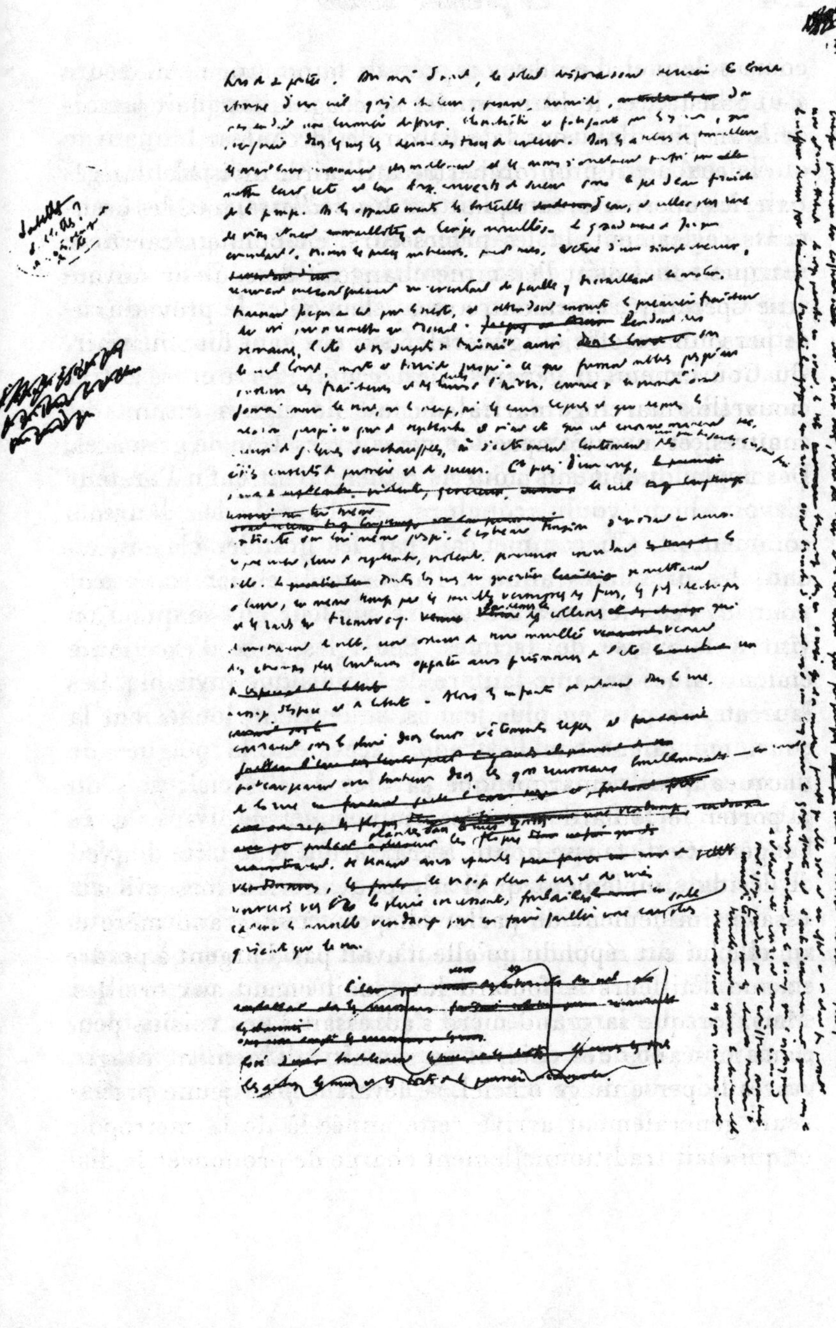
131

cours solennel. Le discours pouvait durer une demi-heure à une heure, et le jeune universitaire ne manquait jamais de le truffer d'allusions de culture et de finesse humaniste qui le rendaient proprement inintelligible à ce public algérien. La chaleur aidant, l'attention fléchissait, et les éventails s'agitaient plus rapidement. Même la grand-mère marquait sa lassitude en regardant ailleurs. Seule Catherine Cormery, attentive, recevait sans ciller la pluie d'érudition et de sagesse qui tombait* sur elle sans discontinuer. Quant à Jacques, il trépignait, cherchait Pierre et les autres camarades du regard, les alertait de signes discrets et commençait avec eux une longue conversation de grimaces. Des applaudissements nourris remerciaient enfin l'orateur d'avoir bien voulu conclure, et l'appel des lauréats commençait. On commençait par les grandes classes, et, dans les premières années, l'après-midi entier se passait pour les deux femmes à attendre sur leur chaise qu'on en vînt à la classe de Jacques. Seuls les prix d'excellence étaient salués par une fanfare de la musique invisible. Les lauréats, de plus en plus jeunes, se levaient, longeaient la cour, montaient sur l'estrade, recevaient la poignée de main saupoudrée de bonnes paroles de l'officiel, puis du proviseur, qui leur remettait leur paquet de livres (après l'avoir reçu d'un appariteur monté avant le lauréat du pied de l'estrade, où des caisses roulantes pleines de livres avaient été déposées). Ensuite, le lauréat redescendait en musique au milieu des applaudissements, ses livres sous le bras, épanoui et cherchant du regard les heureux parents qui essuyaient des larmes. Le ciel devenait un peu moins bleu, perdait un peu de sa chaleur par une fente invisible quelque part au-dessus de la mer. Les lauréats montaient et des-

* glissait

cendaient, les fanfares se succédaient, la cour peu à peu se vidait, pendant que le ciel maintenant commençait de verdir, et on arrivait à la classe de Jacques. Dès que le nom de sa classe était prononcé, il cessait ses gamineries et devenait grave. À l'appel de son nom, il se levait, la tête bourdonnante. Derrière lui, il entendait à peine sa mère, qui n'avait pas entendu, dire à sa grand-mère : « Il a dit Cormery ? – Oui », disait la grand-mère rose d'émotion. Le chemin de ciment qu'il parcourait, l'estrade, le gilet de l'officiel avec sa chaîne de montre, le bon sourire du proviseur, parfois le regard amical d'un de ses professeurs perdu dans la foule de l'estrade, puis le retour en musique vers les deux femmes déjà debout dans le passage, sa mère le regardant avec une sorte de joie étonnée, et il lui donnait à garder l'épais palmarès, sa grand-mère prenant du regard ses voisins à témoin, tout allait trop vite après l'interminable après-midi, et Jacques avait hâte alors de se retrouver à la maison et de regarder les livres qu'on lui avait donnés[a].

Ils revenaient généralement avec Pierre et sa mère[b], la grand-mère comparant en silence la hauteur des deux piles de livres. À la maison, Jacques prenait d'abord le palmarès et faisait, sur la demande de sa grand-mère, des cornes aux pages qui contenaient son nom, afin qu'elle puisse les montrer aux voisins et à la famille. Puis il faisait l'inventaire de ses trésors. Et il n'avait pas terminé quand il voyait revenir sa mère déjà déshabillée, en pantoufles, boutonnant sa blouse de toile et tirant sa chaise vers la fenêtre. Elle lui souriait : « Tu as bien travaillé », disait-elle, et elle secouait la tête en le regardant. Lui la regardait aussi, il

a. *Les Travailleurs de la mer.*

b. Elle n'avait pas vu le lycée ni rien de sa vie quotidienne. Elle avait assisté à une représentation organisée pour les parents. Le lycée ce n'était pas cela, c'était...

attendait, il ne savait quoi, et elle se tournait vers la rue, dans l'attitude qui lui était familière, loin du lycée maintenant, qu'elle ne reverrait plus avant un an, pendant que l'ombre envahissait la pièce et que les premières lampes s'allumaient au-dessus de la rue*, où ne circulaient plus que des promeneurs sans visage.

Mais si la mère quittait alors à jamais ce lycée à peine entrevu, Jacques retrouvait sans transition la famille et le quartier dont il ne sortait plus.

Les vacances aussi ramenaient Jacques à sa famille, du moins dans les premières années. Personne chez eux n'avait de congés, les hommes travaillaient sans répit, tout au long de l'année. Seul l'accident de travail, quand ils étaient employés par des entreprises qui les avaient assurés contre ce genre de risques, leur donnait du loisir, et leurs vacances passaient par l'hôpital ou le médecin. L'oncle Ernest par exemple, à un moment où il se sentait épuisé, s'était, comme il disait, « mis à l'assurance », en s'enlevant volontairement à la varlope un épais copeau de viande sur la paume de la main. Quant aux femmes, et Catherine Cormery, elles travaillaient sans trêve, pour la bonne raison que le repos signifiait pour eux tous des repas plus légers. Le chômage, qui n'était assuré par rien, était le mal le plus redouté. Cela expliquait que ces ouvriers, chez Pierre comme chez Jacques, qui toujours dans la vie quotidienne étaient les plus tolérants des hommes, fussent toujours xénophobes dans les questions de travail, accusant successivement les Italiens, les Espagnols, les Juifs, les Arabes et finalement la terre entière de leur voler leur travail – attitude déconcertante certainement pour les intellectuels qui font la théorie du prolétariat, et pourtant fort humaine et bien

* des trottoirs.

excusable. Ce n'était pas la domination du monde ou des privilèges d'argent et de loisir que ces nationalistes inattendus disputaient aux autres nationalités, mais le privilège de la servitude. Le travail dans ce quartier n'était pas une vertu, mais une nécessité qui, pour faire vivre, conduisait à la mort.

Dans tous les cas, et si dur que fût l'été d'Algérie, alors que les bateaux surchargés emmenaient fonctionnaires et gens aisés se refaire dans le bon « air de France » (et ceux qui en revenaient ramenaient de fabuleuses et incroyables descriptions de prairies grasses où l'eau courait en plein mois d'août), les quartiers pauvres ne changeaient strictement rien à leur vie et, loin de se vider à demi comme les quartiers du centre, semblaient au contraire en voir augmenter leur population du fait que les enfants se déversaient en grand nombre dans les rues [a].

Pour Pierre et Jacques, errant dans les rues sèches, vêtus d'espadrilles trouées, d'une mauvaise culotte et d'un petit tricot de coton à encolure ronde, les vacances c'était d'abord la chaleur. Les dernières pluies dataient d'avril ou mai, au plus tard. À travers les semaines et les mois, le soleil, de plus en plus fixe, de plus en plus chaud, avait séché, puis désséché, puis torréfié les murs, broyé les enduits, les pierres et les tuiles en une fine poussière qui, au hasard des vents, avait recouvert les rues, les devantures des magasins et les feuilles de tous les arbres. Le quartier entier devenait alors, en juillet, comme une sorte de labyrinthe gris et jaune [b], désert dans la journée, toutes les persiennes de toutes les maisons soigneusement fermées, et sur lequel le soleil régnait férocement, abattant les chiens et les chats

a. plus haut jouets le manège les cadeaux utiles.
b. fauve.

sur le seuil des maisons, obligeant les êtres vivants à raser les murs pour demeurer hors de sa portée. Au mois d'août, le soleil disparaissait derrière la lourde étoupe d'un ciel gris de chaleur, pesant, humide, d'où descendait une lumière diffuse, blanchâtre et fatigante pour les yeux, qui éteignait dans les rues les dernières traces de couleur. Dans les ateliers de tonnellerie, les marteaux résonnaient plus mollement et les ouvriers s'arrêtaient parfois pour mettre leur tête et leur torse couverts de sueur sous le jet d'eau fraîche de la pompe[a]. Dans les appartements, les bouteilles d'eau et celles, plus rares, de vins étaient emmaillotées de linges mouillés. La grand-mère de Jacques circulait à travers les pièces ombreuses pieds nus, vêtue d'une simple chemise, remuant mécaniquement son éventail de paille, travaillant le matin, traînant Jacques au lit pour la sieste et attendant ensuite la première fraîcheur du soir pour se remettre au travail. Pendant des semaines, l'été et ses sujets se traînaient ainsi sous le ciel lourd, moite et torride, jusqu'à ce que fût oublié jusqu'au souvenir des fraîcheurs et des eaux* de l'hiver, comme si le monde n'avait jamais connu le vent, ni la neige, ni les eaux légères, et que depuis la création jusqu'à ce jour de septembre il n'ait été que cet énorme minéral sec creusé de galeries surchauffées, où s'activaient lentement, un peu hagards, le regard fixe, des êtres couverts de poussière et de sueur. Et puis, d'un coup, le ciel contracté sur lui-même jusqu'à l'extrême tension s'ouvrait en deux. La première pluie de septembre, violente, généreuse, inondait la ville. Toutes les rues du quartier se mettaient à luire, en même temps que les feuilles vernissées des ficus, les fils électriques et les rails du tramway. Par-

* pluies.
a. Sablettes ? et autres occupations de l'été.

dessus les collines qui dominaient la ville, une odeur de terre mouillée venait des champs plus lointains, apporter aux prisonniers de l'été un message d'espace et de liberté. Alors les enfants se jetaient dans la rue, couraient sous la pluie dans leurs vêtements légers et pataugeaient avec bonheur dans les gros ruisseaux bouillonnants de la rue, plantés en rond dans les grosses flaques, se tenant aux épaules, le visage plein de cris et de rires, renversés vers la pluie incessante, foulaient en cadence la nouvelle vendange pour en faire jaillir une eau sale plus grisante que le vin.

Ah oui, la chaleur était terrible, et souvent elle rendait fou presque tout le monde, plus énervé de jour en jour et sans la force ni l'énergie de réagir, crier, insulter ou frapper, et l'énervement s'accumulait comme la chaleur elle-même, jusqu'à ce que, dans le quartier fauve et triste, deci de-là, il éclatât – comme ce jour où, rue de Lyon, presque à la lisière du quartier arabe qu'on appelait le Marabout, autour du cimetière taillé dans la glaise rouge de la colline, Jacques vit sortir de la boutique poussiéreuse du coiffeur maure un Arabe, vêtu de bleu et la tête rasée, qui fit quelques pas sur le trottoir devant l'enfant, dans une étrange attitude, le corps penché en avant, la tête beaucoup plus en arrière qu'il ne semblait possible qu'elle soit, et en effet ce n'était pas possible. Le coiffeur, devenu fou en le rasant, avait tranché d'un seul coup de son long rasoir la gorge offerte, et l'autre n'avait rien senti sous le doux tranchant que le sang qui l'asphyxiait, et il était sorti, courant comme un canard mal égorgé, pendant que le coiffeur, maîtrisé immédiatement par les clients, hurlait terriblement – comme la chaleur elle-même pendant ces jours interminables.

L'eau, venue des cataractes du ciel, lavait alors brutalement les arbres, les toits, les murs et les rues de la poussière de l'été. Boueuse, elle emplissait rapidement les ruisseaux, gargouillait férocement aux bouches d'égout, crevait presque chaque année les égouts eux-mêmes et recouvrait alors les chaussées, rejaillissait devant les voitures et les tramways comme deux ailes jaunes largement profilées. La mer elle-même devenait alors boueuse sur la plage et dans le port. Le premier soleil faisait ensuite fumer les maisons et les rues, la ville entière. La chaleur pouvait revenir, mais elle ne régnait plus, le ciel était plus ouvert, la respiration plus large, et, derrière l'épaisseur des soleils, une palpitation d'air, une promesse d'eau annonçaient l'automne et la rentrée des classes[a]. « L'été est trop long », disait la grand-mère qui accueillait du même soupir soulagé la pluie d'automne et le départ de Jacques, dont les piétinements d'ennui au long des journées torrides, dans les pièces aux persiennes closes, ajoutaient encore à son énervement.

Elle ne comprenait pas d'ailleurs qu'une période de l'année fût plus spécialement désignée pour n'y rien faire. « Je n'ai jamais eu de vacances, moi », disait-elle, et c'était vrai, elle n'avait connu ni l'école ni le loisir, elle avait travaillé enfant, et travaillé sans relâche. Elle admettait que, pour un bénéfice plus grand, son petit-fils pendant quelques années ne rapporte pas d'argent à la maison. Mais, dès le premier jour, elle avait commencé de ruminer sur ces trois mois perdus, et, lorsque Jacques entra en troisième, elle jugea qu'il était temps de lui trouver l'emploi de ses vacances. « Tu vas travailler cet été », lui dit-elle à la fin de l'année scolaire, « et rapporter un peu d'argent à la maison. Tu ne peux pas rester comme ça sans rien faire[b] ».

a. dans le lycée – la carte d'abonnement. – *démarche chaque mois* – la griserie de répondre : « Abonné » et la vérification victorieuse.

b. intervention de la mère – Il va être fatigué.

En fait, Jacques trouvait qu'il avait beaucoup à faire entre les baignades, les expéditions à Kouba, le sport, le vadrouillage dans les rues de Belcourt et les lectures d'illustrés, de romans populaires, de l'almanach Vermot et de l'inépuisable catalogue de la Manufacture d'armes de Saint-Étienne[a]. Sans compter les courses pour la maison et les petits travaux que lui commandait sa grand-mère. Mais tout cela pour elle était précisément ne rien faire, puisque l'enfant ne rapportait pas d'argent et ne travaillait pas non plus comme pendant l'année scolaire, et cette situation gratuite qui brillait pour elle de tous les feux de l'enfer. Le plus simple était donc de lui trouver un emploi.

En vérité, ce n'était pas si simple. On trouvait certainement, dans les petites annonces de la presse, des offres d'emploi pour petits commis ou pour coursiers. Et Mme Bertaut, la crémière dont le magasin à l'odeur de beurre (insolite pour des narines et des palais habitués à l'huile) était à côté de la boutique du coiffeur, en donnait lecture à la grand-mère. Mais les employeurs demandaient toujours que les candidats eussent au moins quinze ans, et il était difficile de mentir sans effronterie sur l'âge de Jacques qui n'était pas très grand pour ses treize ans. D'autre part, les annonciers rêvaient toujours d'employés qui feraient carrière chez eux. Les premiers à qui la grand-mère (harnachée comme elle le faisait pour les grandes sorties, y compris le fameux foulard) présenta Jacques le trouvèrent trop jeune ou bien refusèrent tout net d'engager un employé pour deux mois. « Il n'y a qu'à dire que tu resteras, dit la grand-mère. – Mais c'est pas vrai. – Ça ne fait rien. Ils te croiront. » Ce n'était pas cela que Jacques voulait dire, et en vérité il ne s'inquiétait pas de savoir

a. Les lectures avant ? les hauts quartiers ?

s'il serait cru ou non. Mais il lui semblait que cette sorte de mensonge s'arrêterait dans sa gorge. Certainement, il avait menti souvent chez lui, pour se préserver d'une punition, pour garder une pièce de 2 francs, et beaucoup plus souvent pour le plaisir de parler ou de se vanter. Mais si le mensonge lui paraissait véniel avec sa famille, il lui paraissait mortel avec les étrangers. Obscurément, il sentait qu'on ne ment pas sur l'essentiel avec ceux qu'on aime, pour la raison qu'on ne pourrait plus vivre avec eux alors ni les aimer. Les employeurs ne pouvaient connaître de lui que ce qu'on leur disait, et ils ne le connaîtraient donc pas, le mensonge serait total. « Allons-y », dit la grand-mère en nouant son foulard, un jour où Mme Bertaut lui avait signalé qu'une grosse quincaillerie de l'Agha demandait un jeune commis pour le classement. La quincaillerie se trouvait dans une des rampes qui montent vers les quartiers du centre ; le soleil de la mi-juillet la rôtissait et exaltait les odeurs d'urine et de goudron qui montaient de la chaussée. Au rez-de-chaussée, se trouvait un magasin étroit mais très profond, partagé en deux dans le sens de la longueur par un comptoir couvert d'échantillons de pièces de fer et de loquets, et dont la plus grande partie des murs était garnie de tiroirs portant des étiquettes mystérieuses. À droite de l'entrée, le comptoir était surmonté d'une grille de fer forgé où l'on avait ménagé un guichet pour la caisse. La dame rêveuse et blette qui se tenait derrière la grille invita la grand-mère à monter aux bureaux, au premier étage. Un escalier de bois, au fond du magasin, menait en effet à un grand bureau disposé et orienté comme le magasin, et dans lequel cinq ou six employés, hommes et femmes, étaient assis autour d'une grande table centrale. Une porte sur l'un des côtés donnait dans le bureau directorial.

Le patron était en manches de chemise et le col ouvert, dans son bureau surchauffé [a]. Une petite fenêtre, dans son dos, donnait sur une cour où le soleil ne parvenait pas, bien qu'il fût deux heures de l'après-midi. Il était court et gros, tenait ses pouces passés dans de larges bretelles bleu ciel et avait le souffle court. On ne distinguait pas bien le visage d'où sortit la voix basse et essoufflée qui invitait la grand-mère à s'asseoir. Jacques respirait l'odeur de fer qui régnait partout dans cette maison. L'immobilité du patron lui paraissait être celle de la méfiance, et il sentit ses jambes trembler à l'idée des mensonges qu'il faudrait faire devant cet homme puissant et redoutable. La grand-mère, elle, ne tremblait pas. Jacques allait avoir quinze ans, il fallait qu'il se fasse une situation, et qu'il débute sans tarder. Selon le patron, il ne paraissait pas ses quinze ans, mais s'il était intelligent... et à propos, avait-il le certificat d'études ? Non il avait la bourse. Quelle bourse ? Pour aller au lycée. Il était donc au lycée ? En quelle classe ? Troisième. Et il abandonnait le lycée ? Le patron était encore plus immobile, on voyait mieux son visage maintenant, et ses yeux ronds et laiteux allaient de la grand-mère à l'enfant. Sous ce regard, Jacques tremblait. « Oui, dit la grand-mère. Nous sommes trop pauvres. » Le patron se détendit imperceptiblement. « C'est dommage, dit-il, puisqu'il était doué. Mais on se fait de bonnes situations aussi dans le commerce. » La bonne situation commençait modestement, il est vrai. Jacques gagnerait 150 francs par mois pour huit heures de présence quotidienne. Il pouvait commencer demain. « Tu vois, dit la grand-mère. Il nous a crus. – Mais quand je partirai, comment lui expliquer ? – Laisse-moi faire. – Bon », dit l'enfant résigné. Il regardait

a. un bouton de col, col détachable.

le ciel d'été au-dessus de leurs têtes et pensait à l'odeur de fer, au bureau plein d'ombres, qu'il faudrait se lever tôt demain et que les vacances à peine commencées étaient finies.

Deux années durant, Jacques travailla pendant l'été. Dans la quincaillerie d'abord, ensuite chez un courtier maritime. Chaque fois, il voyait arriver avec crainte le 15 septembre, date à laquelle il fallait donner son congé [1].

Elles étaient finies, en effet, bien que l'été fût le même qu'autrefois, avec sa chaleur, son ennui. Mais il avait perdu ce qui autrefois le transfigurait, son ciel, ses espaces, sa clameur. Jacques ne passait plus ses journées dans le quartier fauve de la misère, mais dans le quartier du centre, où le riche ciment remplaçait le crépi du pauvre en donnant aux maisons une couleur grise plus distinguée et plus triste. Dès huit heures, au moment où Jacques entrait dans le magasin qui sentait le fer et l'ombre, une lumière s'éteignait en lui, le ciel avait disparu. Il saluait la caissière et grimpait dans le grand bureau mal éclairé du premier étage. Il n'y avait pas de place pour lui autour de la table centrale. Le vieux comptable, aux moustaches jaunies par les cigarettes roulées à la main qu'il suçait à longueur de journée, l'aide-comptable, un homme d'une trentaine d'années à demi chauve au torse et au visage taurins, deux commis plus jeunes, dont l'un mince, brun, musclé, sous un beau profil droit arrivait toujours les chemises mouillées et plaquées, répandant une bonne odeur de mer parce qu'il allait se baigner sur la jetée chaque matin avant de s'enterrer dans le bureau pour la journée, et l'autre gros et rieur ne pouvait tenir en bride sa vitalité joviale, Mme Raslin, enfin, la secrétaire de direction, un peu che-

1. Passage entouré d'un trait par l'auteur.

valine mais assez agréable à regarder dans ses robes de toile ou de coutil toujours roses, mais qui promenait sur le monde entier un regard sévère, suffisaient à encombrer la table avec leurs dossiers, leurs livres de compte et leur machine. Jacques se tenait donc sur une chaise placée à droite de la porte du directeur, attendant qu'on lui donnât du travail à faire et, le plus souvent, il s'agissait de classer des factures ou du courrier commercial dans le fichier qui encadrait la fenêtre, dont il aimait au début sortir les classeurs à tirettes, les manier et les respirer, jusqu'à ce que l'odeur de papier et de colle, exquise au début, finît par devenir pour lui l'odeur même de l'ennui, ou bien on lui demandait de vérifier une fois de plus une longue addition et il le faisait sur ses genoux, assis sur sa chaise, ou encore l'aide-comptable l'invitait à « collationner » une série de chiffres avec lui et, toujours debout, il pointait les chiffres avec application, que l'autre énumérait d'une voix morne et sourde, pour ne pas gêner les collègues. Par la fenêtre, on pouvait voir la rue et les immeubles d'en face, mais jamais le ciel. Parfois, mais ce n'était pas fréquent, on envoyait Jacques en course pour chercher du matériel de bureau à la papeterie qui se trouvait près du magasin ou encore expédier à la poste un mandat urgent. La grande poste se trouvait à deux cents mètres sur un large boulevard qui montait du port jusqu'au sommet des collines où la ville était construite. Sur ce boulevard, Jacques retrouvait l'espace et la lumière. La poste elle-même, installée à l'intérieur d'une immense rotonde, était éclairée par trois grandes portes et une vaste coupole d'où ruisselait la lumière[a]. Mais le plus souvent, malheureusement, on chargeait Jacques de poster le courrier à la fin de la jour-

a. opérations postales ?

née, en quittant le bureau, et c'était alors une corvée de plus car il fallait courir, à l'heure où le jour commençait de pâlir, vers une poste envahie par une foule de clients, faire la queue devant des guichets, et l'attente allongeait encore le temps de son travail. Pratiquement, le long été s'usait pour Jacques dans des journées sombres et sans éclat et à des occupations insignifiantes. « On ne peut pas rester sans rien faire », disait la grand-mère. Justement, c'est dans ce bureau que Jacques avait l'impression de ne rien faire. Il ne refusait pas le travail, bien que rien ne remplaçât pour lui la mer ou les jeux de Kouba. Mais le vrai travail pour lui était celui de la tonnellerie par exemple, un long effort musculaire, une suite de gestes adroits et précis, des mains dures et légères, et on voyait apparaître le résultat de ses efforts : un baril neuf, bien fini, sans une fissure, et que l'ouvrier alors pouvait contempler.

Mais ce travail de bureau ne venait de nulle part et n'aboutissait à rien. Vendre et acheter, tout tournait autour de ces actions médiocres et inappréciables. Bien qu'il eût jusque-là vécu dans la pauvreté, Jacques découvrait dans ce bureau la vulgarité et pleurait sur la lumière perdue. Ses collègues n'étaient pas responsables de cette sensation étouffante. Ils étaient gentils avec lui, ne lui commandaient rien avec rudesse, et même la sévère Mme Raslin lui souriait parfois. Entre eux, ils parlaient peu, avec ce mélange de cordialité joviale et d'indifférence propre aux Algériens. Quand le patron arrivait, un quart d'heure après eux, ou bien quand il sortait de son bureau pour donner un ordre ou vérifier une facture (pour les affaires sérieuses, il convoquait le vieux comptable ou l'employé intéressé dans son bureau), les caractères se découvraient mieux, comme si ces hommes et cette femme ne pouvaient se définir que dans les rapports avec le pouvoir, le vieux comptable discourtois et indépendant, Mme Raslin perdue dans son rêve sévère, et l'aide-comptable d'une parfaite servilité au contraire. Mais, pendant le reste de la journée, ils rentraient dans leur coquille, et Jacques attendait sur sa chaise l'ordre qui lui donnerait l'occasion d'une agitation dérisoire que sa grand-mère appelait le travail[a].

Quand il n'en pouvait plus, bouillant littéralement sur sa chaise, il descendait dans la cour derrière le magasin et s'isolait dans les cabinets à la turque, aux murs de ciment, à peine éclairés et où régnait l'odeur amère du pissat. Dans ce lieu obscur, il fermait les yeux et, respirant l'odeur familière, il rêvait. Quelque chose s'agitait en lui d'obscur, d'aveugle, au niveau du sang et de l'espèce. Il revoyait parfois les jambes de Mme Raslin le jour où, ayant fait tomber une boîte d'épingles en face d'elle, il s'était mis à genoux pour les ramasser et, levant la tête, avait vu les genoux ouverts sous la jupe et les cuisses dans des dessous de dentelle. Il n'avait jamais vu jusque-là ce qu'une femme portait sous ses jupes, et cette brusque vision lui sécha la bouche et l'emplit d'un tremblement presque fou. Un mystère se révélait à lui que, malgré ses incessantes expériences, il ne devait jamais épuiser.

Deux fois par jour, à midi et à six heures, Jacques se précipitait dehors, dévalait la rue en pente et sautait dans les trams bondés, garnis de grappes de voyageurs sur tous les marchepieds et qui ramenaient les travailleurs [dans] leur quartier. Serrés les uns contre les autres dans la chaleur lourde, ils étaient muets, les adultes et l'enfant, tournés vers la maison qui les attendait, transpirant calmement, résignés à cette vie partagée entre un travail sans âme, des longues allées et venues dans des trams incon-

a. L'été les leçons après le bachot – la tête abrutie devant lui.

fortables et pour finir un sommeil immédiat. Jacques avait toujours le cœur serré en les regardant certains soirs. Il n'avait connu jusque-là que les richesses et les joies de la pauvreté. Mais la chaleur, l'ennui, la fatigue lui révélaient sa malédiction, celle du travail bête à pleurer dont la monotonie interminable parvient à rendre en même temps les jours trop longs et la vie trop courte.

Chez le courtier maritime, l'été fut plus agréable parce que les bureaux donnaient sur le boulevard Front-de-mer et surtout parce qu'une partie du travail se passait dans le port. Jacques devait en effet monter à bord des bateaux de toutes nationalités qui relâchaient à Alger et que le courtier, un beau vieillard rose aux cheveux bouclés, avait la charge de représenter auprès des diverses administrations. Les papiers du bord étaient amenés par Jacques au bureau où ils étaient traduits, et, au bout d'une semaine, il était chargé lui-même de traduire les listes de provisions et certains connaissements lorsqu'ils étaient rédigés en anglais et dirigés vers les autorités de douanes ou vers les grandes maisons d'importation qui prenaient réception des marchandises. Jacques devait donc se rendre régulièrement au port marchand de l'Agha pour aller chercher ces papiers. La chaleur dévastait les rues qui descendaient au port. Les lourdes rampes de fonte qui les longeaient étaient brûlantes, et on ne pouvait y poser la main. Sur les vastes quais, le soleil faisait le vide, sauf autour des bateaux qui venaient d'accoster, le flanc contre le quai, et autour desquels s'agitaient les dockers, vêtus d'un pantalon bleu retroussé au mollet, le torse nu et bronzé, et sur la tête un sac qui recouvrait les épaules jusqu'aux reins et sur lequel ils chargeaient les sacs de ciment, de charbon ou les colis à l'arête tranchante. Ils allaient et venaient sur la passerelle qui descendait du pont sur le quai, ou bien entraient directement dans le ventre du cargo par la porte grande ouverte de la cale, marchant avec rapidité sur le madrier qu'on avait jeté entre la cale et le quai. Derrière l'odeur de soleil et de poussière qui montait des quais ou celle des ponts surchauffés dont le goudron fondait et où toutes les ferrures brûlaient, Jacques reconnaissait l'odeur particulière de chaque cargo. Ceux de Norvège sentaient le bois, ceux qui venaient de Dakar ou les Brésiliens apportaient avec eux un parfum de café et d'épices, les Allemands sentaient l'huile, les Anglais sentaient le fer. J. grimpait le long de la passerelle, montrait à un marin, qui ne la comprenait pas, la carte du courtier. Puis on le conduisait, le long des coursives où l'ombre elle-même était chaude, vers la cabine d'un officier ou parfois du commandant[a]. En passant, il regardait avec avidité ces petites cabines étroites et nues où se concentrait l'essentiel d'une vie d'homme, et qu'il commença alors de préférer aux chambres les plus luxueuses. On l'accueillait avec gentillesse parce que lui-même souriait gentiment et qu'il aimait ces visages d'hommes rudes, le regard qu'une certaine vie solitaire leur donnait à tous, et qu'il le montrait. Parfois l'un d'entre eux parlait un peu de français et l'interrogeait. Puis il repartait, content, vers le quai enflammé, les rampes brûlantes et le travail du bureau. Simplement, ces courses dans la chaleur le fatiguaient, il dormait épaissement, et le mois de septembre le trouvait maigri et nerveux.

Il voyait arriver avec soulagement les journées de douze heures du lycée, en même temps que grandissait en lui la gêne d'avoir à déclarer au bureau qu'il abandonnait son emploi. Le plus dur avait été la quincaillerie. Il aurait lâchement préféré ne pas aller au bureau et que la grand-

a. Accident du docker ? Voir journal.

mère y allât pour expliquer n'importe quoi. Mais la grand-mère trouvait tout simple de supprimer toutes les formalités, il n'avait qu'à toucher sa paie et ne plus y retourner, sans autre explication. Jacques, qui eût trouvé tout naturel d'envoyer sa grand-mère encaisser les foudres du patron, et dans un sens, il est vrai qu'elle était responsable de la situation et du mensonge qu'elle entraînait, s'indignait cependant, sans pouvoir expliquer pourquoi, devant cette dérobade ; de surcroît, il trouva l'argument convaincant : « Mais le patron enverra quelqu'un ici. » « C'est vrai, dit la grand-mère. Eh bien, tu n'as qu'à lui dire que tu vas travailler chez ton oncle. » Jacques partait déjà avec la damnation au cœur, lorsque la grand-mère lui dit : « Et surtout prends d'abord ta paie. Tu lui parleras ensuite. » Le soir venu, le patron appelait chaque employé dans sa tanière pour lui remettre son salaire. « Tiens, petit », dit-il à Jacques en lui tendant son enveloppe. Jacques tendait déjà une main hésitante, quand l'autre lui sourit. « Ça marche très bien, tu sais. Tu peux le dire à tes parents. » Déjà Jacques parlait et expliquait qu'il ne reviendrait pas. Le patron le regardait stupéfait, le bras encore tendu vers lui. « Pourquoi ? » Il fallait mentir, et le mensonge ne sortait pas. Jacques resta muet et avec un tel air de détresse que le patron comprit. « Tu retournes au lycée ? – Oui », dit Jacques, et au milieu de sa peur et de sa détresse un soulagement soudain lui mettait les larmes aux yeux. Furieux, le patron se leva. « Et tu le savais quand tu es venu ici. Et ta grand-mère aussi le savait. » Jacques ne put que dire oui de la tête. Les éclats de voix emplissaient maintenant la pièce ; ils avaient été malhonnêtes, et lui, le patron, détestait la malhonnêteté. Est-ce qu'il savait qu'il avait le droit de ne pas le payer, et puis il serait bien bête, non il ne le paierait pas, que sa grand-mère vienne, elle serait bien reçue, si on lui avait dit la vérité il l'aurait peut-être engagé d'ailleurs, mais ce mensonge, ah ! « il ne peut plus aller au lycée, nous sommes trop pauvres » et il s'était laissé avoir. « C'est pour ça, dit soudain Jacques égaré. – Quoi, pour ça ? – Parce que nous sommes pauvres », puis il se tut et ce fut l'autre qui, après l'avoir regardé, ajouta lentement : « ...que vous avez fait ça, que vous m'avez raconté cette histoire ? » Jacques, les dents serrées, regardait à ses pieds. Il y eut un silence, interminable. Puis le patron prit l'enveloppe sur la table et la lui tendit : « Prends ton argent. Va-t'en, dit-il brutalement. – Non », dit Jacques. Le patron lui fourra l'enveloppe dans la poche : « Va-t'en. » Dans la rue, Jacques courait, pleurant maintenant et les mains agrippées à son col de veston pour ne pas toucher l'argent qui lui brûlait la poche.

Mentir pour avoir le droit de ne pas prendre de vacances, travailler loin du ciel de l'été et de la mer qu'il aimait tant, et mentir encore pour avoir le droit de reprendre son travail au lycée, cette injustice lui serrait le cœur à mourir. Car le pire n'était pas dans ces mensonges que finalement il était incapable de proférer, toujours prêt au mensonge de plaisir et incapable de se soumettre au mensonge de nécessité, mais surtout dans ces joies perdues, ces repos de la saison et de la lumière qui lui étaient ravis, et l'année n'était plus alors qu'une suite de levers hâtifs et de journées mornes et précipitées. Ce qu'il y avait de royal dans sa vie de pauvre, les richesses irremplaçables dont il jouissait si largement et si goulûment, il fallait les perdre pour gagner un peu d'argent qui n'achèterait pas la millionième partie de ces trésors. Et cependant, il comprenait qu'il fallait le faire, et même quelque chose en lui, au moment de sa plus grande révolte, était fier de l'avoir fait. Car la seule compensation à ces étés sacrifiés à la misère du mensonge, il l'avait trouvée le jour de sa première paie lorsque, entrant dans la salle à manger où se trouvaient sa grand-mère pelant des pommes de terre qu'elle jetait ensuite dans une bassine d'eau, l'oncle Ernest qui, assis, épuçait le patient Brillant maintenu entre ses jambes, et sa mère qui venait d'arriver et défaisait sur un coin du buffet un petit ballot de lingerie sale qu'on lui avait donné à laver, Jacques s'était avancé et avait posé sur la table, sans rien dire, le billet de 100 francs et les grosses pièces qu'il avait tenus dans sa main pendant tout le trajet. Sans rien dire, la grand-mère avait poussé une pièce de 20 francs vers lui et avait ramassé le reste. De la main, elle avait touché Catherine Cormery au flanc pour attirer son attention et lui avait montré l'argent : « C'est ton fils. – Oui », dit-elle, et ses yeux tristes avaient caressé une seconde l'enfant. L'oncle hochait la tête en retenant Brillant qui croyait son supplice fini. « Bon, bon, disait-il. Toi, un homme. »

Oui, il était un homme, il payait un peu de ce qu'il devait, et l'idée d'avoir diminué un peu la misère de cette maison l'emplissait de cette fierté presque méchante qui vient aux hommes lorsqu'ils commencent de se sentir libres et soumis à rien. Et en effet, à la rentrée qui suivit, lorsqu'il entra dans la cour de seconde, il n'était plus l'enfant désorienté qui, quatre ans auparavant, avait quitté Belcourt dans le petit matin, chancelant sur ses chaussures cloutées, le cœur serré à l'idée du monde inconnu qui l'attendait, et le regard qu'il posait sur ses camarades avait perdu un peu d'innocence. Bien des choses d'ailleurs commençaient à ce moment de l'arracher à l'enfant qu'il avait été. Et si, un jour, lui qui avait jusque-là accepté patiemment d'être battu par sa grand-mère comme si cela faisait partie des obligations inévitables d'une vie d'enfant, lui arracha le nerf de bœuf des mains, soudainement fou de violence et de rage et si décidé à frapper cette tête blanche dont les yeux clairs et froids le mettaient hors de lui que la grand-mère le comprit, recula et partit s'enfermer dans sa chambre, gémissant certes sur le malheur d'avoir élevé des enfants dénaturés mais convaincue déjà qu'elle ne battrait plus jamais Jacques, que jamais plus en effet elle ne battit, c'est que l'enfant en effet était mort dans cet adolescent maigre et musclé, aux cheveux en broussailles et au regard emporté, qui avait travaillé tout l'été pour rapporter un salaire à la maison, venait d'être nommé gardien de but titulaire de l'équipe du lycée et, trois jours auparavant, avait goûté pour la première fois, défaillant, à la bouche d'une jeune fille.

2

Obscur à soi-même

Oh! oui, c'était ainsi, la vie de cet enfant avait été ainsi, la vie avait été ainsi dans l'île pauvre du quartier, liée par la nécessité toute nue, au milieu d'une famille infirme et ignorante, avec son jeune sang grondant, un appétit dévorant de la vie, l'intelligence farouche et avide, et tout au long un délire de joie coupé par les brusques coups d'arrêt que lui infligeait un monde inconnu, le laissant alors décontenancé, mais vite repris, cherchant à comprendre, à savoir, à assimiler ce monde qu'il ne connaissait pas, et l'assimilant en effet parce qu'il l'abordait avidement, sans essayer de s'y faufiler, avec bonne volonté mais sans bassesse, et sans jamais manquer finalement d'une certitude tranquille, une assurance oui, puisqu'elle assurait qu'il parviendrait à tout ce qu'il voulait et que rien, jamais, ne lui serait impossible de ce qui est de ce monde et de ce monde seulement, se préparant (et préparé aussi par la nudité de son enfance) à se trouver à sa place partout, parce qu'il ne désirait aucune place, mais seulement la joie, les êtres libres, la force et tout ce que la vie a de bon, de mystérieux et qui ne s'achète ni ne s'achètera jamais. Se préparant même à force de pauvreté à être capable un jour de recevoir l'argent sans jamais l'avoir demandé et sans jamais lui être soumis, tel qu'il était maintenant, lui,

Jacques, à quarante ans, régnant sur tant de choses et si certain cependant d'être moins que le plus humble, et rien en tout cas auprès de sa mère. Oui, il avait vécu ainsi dans les jeux de la mer, du vent, de la rue, sous le poids de l'été et les lourdes pluies du bref hiver, sans père, sans tradition transmise, mais trouvant un père pendant un an, et juste au moment où il le fallait, et avançant à travers les êtres et les choses des [ ][1], la connaissance qui s'ouvrait à lui pour se fabriquer quelque chose qui ressemblait à une conduite (suffisant à ce moment pour les circonstances qui s'offraient à lui, insuffisantes plus tard devant le cancer du monde) et pour se créer sa propre tradition.

Mais était-ce là tout, ces gestes, ces jeux, cette audace, cette fougue, la famille, la lampe à pétrole et l'escalier noir, les palmes dans le vent, la naissance et le baptême dans la mer, et pour finir ces étés obscurs et laborieux ? Il y avait cela, oh oui, c'était ainsi, mais il y avait aussi la part obscure de l'être, ce qui en lui pendant toutes ces années avait remué sourdement comme ces eaux profondes qui sous la terre, du fond des labyrinthes rocheux, n'ont jamais vu la lumière du jour et reflètent cependant une lueur sourde, on ne sait d'où venue, aspirée peut-être du centre rougeoyant de la terre par des capillaires pierreux vers l'air noir de ces antres enfouis, et où des végétaux gluants et [compressés] prennent encore leur nourriture pour vivre là où toute vie semblait impossible. Et ce mouvement aveugle en lui, qui n'avait jamais cessé, qu'il éprouvait encore maintenant, feu noir enfoui en lui comme un de ces feux de tourbe éteints à la surface mais dont la combustion reste à l'intérieur, déplaçant les fissures extérieures de la tourbe et ces grossiers remous végétaux, de

1. Un mot illisible.

sorte que la surface boueuse a les mêmes mouvements que la tourbe des marais, et de ces ondulations épaisses et insensibles naissaient encore en lui, jour après jour, les plus violents et les plus terribles de ses désirs comme ses angoisses désertiques, ses nostalgies les plus fécondes, ses brusques exigences de nudité et de sobriété, son aspiration à n'être rien aussi, oui ce mouvement obscur à travers toutes ces années s'accordait à cet immense pays autour de lui dont, tout enfant, il avait senti la pesée avec l'immense mer devant lui, et derrière lui cet espace interminable de montagnes, de plateaux et de désert qu'on appelait l'intérieur, et entre les deux le danger permanent dont personne ne parlait parce qu'il paraissait naturel mais que Jacques percevait lorsque, dans la petite ferme aux pièces voûtées et aux murs de chaux de Birmandreis, la tante passait au moment du coucher dans les chambres pour voir si on avait bien tiré les énormes verrous sur les volets de bois pleins et épais, pays où précisément il se sentait jeté, comme s'il était le premier habitant, ou le premier conquérant, débarquant là où la loi de la force régnait encore et où la justice était faite pour châtier impitoyablement ce que les mœurs n'avaient pu prévenir, avec autour de lui ce peuple attirant et inquiétant, proche et séparé, qu'on côtoyait au long des journées, et parfois l'amitié naissait, ou la camaraderie, et, le soir venu, ils se retiraient pourtant dans leurs maisons inconnues, où l'on ne pénétrait jamais, barricadées aussi avec leurs femmes qu'on ne voyait jamais ou, si on les voyait dans la rue, on ne savait pas qui elles étaient, avec leur voile à mi-visage et leurs beaux yeux sensuels et doux au-dessus du linge blanc, et ils étaient si nombreux dans les quartiers où ils étaient concentrés, si nombreux que par leur seul nombre, bien que résignés et fatigués, ils faisaient planer une menace invisible qu'on reniflait dans l'air des rues certains soirs où une bagarre éclatait entre un Français et un Arabe, de la même manière qu'elle aurait éclaté entre deux Français et deux Arabes, mais elle n'était pas accueillie de la même façon, et les Arabes du quartier, vêtus de leurs bleus de chauffe délavés ou de leur djellabah misérable, approchaient lentement, venant de tous côtés d'un mouvement continu, jusqu'à ce que la masse peu à peu agglutinée éjecte de son épaisseur, sans violence, par le seul mouvement de sa réunion, les quelques Français attirés par des témoins de la bagarre et que le Français qui se battait, reculant, se trouve tout d'un coup en face de son adversaire et d'une foule de visages sombres et fermés qui lui auraient enlevé tout courage si justement il n'avait pas été élevé dans ce pays et n'avait su que seul le courage permettait d'y vivre, et il faisait face alors à cette foule menaçante et qui ne menaçait rien pourtant, sinon par sa présence et le mouvement qu'elle ne pouvait s'empêcher de prendre, et la plupart du temps c'étaient eux qui maintenaient l'Arabe qui se battait avec fureur et ivresse pour le faire partir avant l'arrivée des agents, vite prévenus et vite rendus, et qui embarquaient sans discussion les combattants, passants, malmenés sous les fenêtres de Jacques pour aller au commissariat. « Les pauvres », disait sa mère en voyant les deux hommes solidement empoignés et poussés aux épaules, et, après leur départ, la menace, la violence, la peur rôdaient pour l'enfant dans la rue, lui séchant la gorge d'une angoisse inconnue. Cette nuit en lui, oui ces racines obscures et emmêlées qui le rattachaient à cette terre splendide et effrayante, à ses jours brûlants comme à ses soirs rapides à serrer le cœur, et qui avait été comme une seconde vie, plus vraie peut-être sous les apparences quotidiennes de la première vie et dont l'histoire aurait été faite par une suite de désirs obscurs et de sensations puissantes et indescriptibles, l'odeur des écoles, des écuries du quartier, des lessives sur les mains de sa mère, des jasmins et des chèvrefeuilles sur les hauts quartiers, des pages du dictionnaire et des livres dévorés, et l'odeur surie des cabinets chez lui ou à la quincaillerie, celle des grandes salles de classe froides où il lui arrivait d'entrer seul avant ou après le cours, la chaleur des camarades préférés, l'odeur de laine chaude et de déjection que traînait Didier avec lui, ou celle de l'eau de Cologne que la mère du grand Marconi répandait à profusion sur lui et qui donnait envie à Jacques, sur le banc de sa classe, de se rapprocher encore de son ami, le parfum de ce rouge à lèvres que Pierre avait pris à l'une de ses tantes et qu'à plusieurs ils reniflaient, troublés et inquiets comme des chiens qui entrent dans une maison où a passé une femelle en chasse, imaginant que la femme était ce bloc de parfum doucereux de bergamote et de crème qui, dans leur monde brutal de cris, de transpiration et de poussière, leur apportait la révélation d'un monde raffiné[a] et délicat et à l'indicible séduction, dont même les grossièretés qu'ils proféraient en même temps autour du bâton de rouge n'arrivaient pas à les défendre, et l'amour des corps depuis sa plus tendre enfance, de leur beauté qui le faisait rire de bonheur sur les plages, de leur tiédeur qui l'attirait sans trêve, sans idée précise, animalement, non pour les posséder, ce qu'il ne savait pas faire, mais simplement entrer dans leur rayonnement, s'appuyer de l'épaule contre l'épaule du camarade, avec un grand sentiment d'abandon et de confiance, et défaillir presque lorsque la main d'une femme dans l'encombrement des tramways touchait un peu longuement la sienne, le désir,

a. ajouter à la liste

oui, de vivre, de vivre encore, de se mêler à ce que la terre avait de plus chaud, ce que sans le savoir il attendait de sa mère, qu'il n'obtenait pas ou peut-être n'osait pas obtenir et qu'il retrouvait près du chien Brillant quand il s'allongeait contre lui au soleil et qu'il respirait sa forte odeur de poils, ou dans les odeurs les plus fortes et les plus animales où la chaleur terrible de la vie était malgré tout conservée pour lui qui ne pouvait s'en passer.

Dans cette obscurité en lui, prenait naissance cette ardeur affamée, cette folie de vivre qui l'avait toujours habité et même aujourd'hui gardait son être intact, rendant simplement plus amer – au milieu de sa famille retrouvée et devant les images de son enfance – le sentiment soudain terrible que le temps de la jeunesse s'enfuyait, telle cette femme qu'il avait aimée, oh oui, il l'avait aimée d'un grand amour de tout le cœur et le corps aussi, oui, le désir était royal avec elle, et le monde quand il se retirait d'elle avec un grand cri muet au moment de la jouissance retrouvait son ordre brûlant, et il l'avait aimée à cause de sa beauté et de cette folie de vivre, généreuse et désespérée, qui était la sienne et qui lui faisait refuser, refuser que le temps puisse passer, bien qu'elle sût qu'il passât à ce moment même, ne voulant pas qu'on puisse dire d'elle un jour qu'elle était encore jeune, mais rester jeune au contraire, toujours jeune, éclatant en sanglots un jour où il lui avait dit en riant que la jeunesse passait et que les jours déclinaient : « oh non, oh non, disait-elle dans les larmes, j'aime tant l'amour », et, intelligente et supérieure à tant d'égards, peut-être justement parce qu'elle était vraiment intelligente et supérieure, elle refusait le monde tel qu'il était. Comme en ces jours où, retournée pour un bref séjour dans le pays étranger où elle était née, et ces visites funèbres, des tantes dont on lui disait : « c'est la dernière fois que tu les vois », et en effet leurs visages, leurs corps, leurs ruines, et elle voulait partir en criant, ou bien ces dîners de famille sur une nappe brodée par une arrière-grand-mère qui était morte depuis longtemps et à qui personne ne pensait, sauf elle qui pensait à sa jeune arrière-grand-mère, à ses plaisirs, à son appétit de vivre, comme elle, merveilleusement belle dans l'éclat de sa jeunesse, et tout le monde la complimentait à cette table autour de laquelle s'étalaient au mur des portraits de femmes jeunes et belles qui étaient celles-là même qui la complimentaient et qui étaient décrépites et fatiguées. Alors, le sang en feu, elle voulait fuir, fuir vers un pays où personne ne vieillirait ni ne mourrait, où la beauté serait impérissable, la vie serait toujours sauvage et éclatante, et qui n'existait pas ; elle pleurait dans ses bras au retour, et il l'aimait désespérément.

Et lui aussi, plus qu'elle peut-être, puisque né sur une terre sans aïeux et sans mémoire, où l'anéantissement de ceux qui l'avaient précédé avait été plus total encore et où la vieillesse ne trouvait aucun des secours de la mélancolie qu'elle reçoit dans les pays de civilisation [ ] [1], lui comme une lame solitaire et toujours vibrante destinée à être brisée d'un coup et à jamais, une pure passion de vivre affrontée à une mort totale, sentait aujourd'hui la vie, la jeunesse, les êtres lui échapper, sans pouvoir les sauver en rien, et abandonné seulement à l'espoir aveugle que cette force obscure qui pendant tant d'années l'avait soulevé au-dessus des jours, nourri sans mesure, égale aux plus dures des circonstances, lui fournirait aussi, et de la même générosité inlassable qu'elle lui avait donné ses raisons de vivre, des raisons de vieillir et de mourir sans révolte.

1. Un mot illisible.

ANNEXES

Feuillet I

4) Sur le bateau. Sieste avec enfant + guerre de 14.

*

5) Chez la mère – attentat.

*

6) Voyage à Mondovi – sieste – la colonisation.

*

7) Chez la mère. Suite de l'enfance – il retrouve l'enfance et non le père. Il apprend qu'il est le premier homme. Madame Leca.

*

« Quand, l'ayant embrassé de toutes ses forces deux ou trois fois, le serrant contre elle et après l'avoir relâché, elle le regardait et le reprenait pour l'embrasser encore une fois comme si, ayant mesuré le plein de tendresse (qu'elle venait de faire), elle aurait décidé qu'une mesure manquait encore et [1]. Et puis, tout de suite après, détournée, elle semblait ne plus penser à lui ni d'ailleurs à rien, et le regardait même parfois avec une étrange expression comme si maintenant il était de trop, dérangeant l'univers vide, clos, restreint où elle se mouvait. »

1. La phrase s'arrête là.

Feuillet II

Un colon écrivait en 1869 à un avocat :

« Pour que l'Algérie résiste aux traitements de ses médecins, il faut qu'elle ait l'âme chevillée au corps. »

*

Villages entourés de fossés ou de remparts (et des tourelles aux 4 coins).

*

Sur 600 colons envoyés en 1831, 150 meurent sous les tentes. Le grand nombre d'orphelinats en Algérie tient à ça.

*

À Boufarik, ils labourent avec le fusil à l'épaule et la quinine dans la poche. « Il a une figure de Boufarik. » 19 %

de morts en 1839. La quinine est vendue dans les cafés comme une consommation.

*

Bugeaud marie ses colons soldats à Toulon après avoir écrit au maire de Toulon de choisir 20 vigoureuses fiancées. Ce furent « les mariages au tambour ». Mais, sur le vu de la chose, on échange les fiancées au mieux. C'est la naissance de *Fouka.*

*

Le travail en commun au début. Ce sont des kolkhozes militaires.

*

Colonisation « régionale ». Cheragas a été colonisée par 66 familles d'horticulteurs de *Grasse.*

*

Les mairies d'Algérie *n'ont pas d'archives* la plupart du temps.

*

Les Mahonnais qui débarquent en petites troupes avec la malle et les enfants. Leur parole vaut un écrit. N'emploie jamais un Espagnol. Ils ont fait la richesse du littoral algérien.

Birmandreis et la maison de Bernarda.

L'histoire du [Dr Tonnac] le premier colon de la Mitidja.

Cf. de Bandicorn, *Histoire de la colonisation de l'Algérie*, p. 21.

Histoire de Pirette, *id.*, p. 50 et 51.

Feuillet III

10 – Saint-Brieuc[1]

*

14 – Malan

20 – Les jeux de l'enfance

30 – Alger. Le père et sa mort (+ attentat)

42 – La famille

69 – M. Germain et l'École

91 – Mondovi – La colonisation et le père

*

1. Les chiffres correspondent aux pages du manuscrit.

II

101 – Lycée

140 – Obscur à soi-même

145 – L'adolescent [1]

1. Le manuscrit s'arrête à la page 144.

Feuillet IV

Important aussi le thème de la comédie. Ce qui nous sauve de nos pires douleurs, c'est ce sentiment d'être abandonné et seul, mais pas assez seul cependant pour que « les autres » ne nous « considèrent » pas dans notre malheur. C'est dans ce sens que nos minutes de bonheur sont parfois celles où le sentiment de notre abandon nous gonfle et nous soulève dans une tristesse sans fin. Dans ce sens aussi que le bonheur souvent n'est que le sentiment apitoyé de notre malheur.

Frappant chez les pauvres – Dieu a mis la complaisance à côté du désespoir comme le remède à côté du mal [a].

*

Jeune, je demandais aux êtres plus qu'ils ne pouvaient donner : une amitié continuelle, une émotion permanente.

Je sais leur demander maintenant moins qu'ils peuvent donner : une compagnie sans phrases. Et leurs émotions, leur amitié, leurs gestes nobles gardent à mes yeux leur valeur entière de miracle : un entier effet de la grâce.

Marie Viton : avion

a. mort de la grand-mère.

Feuillet V

Il avait été le roi de la vie, couronné de dons éclatants, de désirs, de force, de joie et c'était de tout cela qu'il venait lui demander pardon à elle, qui avait été l'esclave soumise des jours et de la vie, qui ne savait rien, n'avait rien désiré ni osé désirer et qui pourtant avait gardé intacte une vérité qu'il avait perdue et qui seule justifiait qu'on vive.

Les jeudis à Kouba
Entraînement, le sport
Oncle
Bachot
maladie
Ô mère, ô tendre, enfant chéri, plus grande que mon temps, plus grande que l'histoire qui te soumettait à elle, plus vraie que tout ce que j'ai aimé en ce monde, ô mère pardonne ton fils d'avoir fui la nuit de ta vérité.

La grand-mère, tyran, mais elle servait debout à table.

Le fils qui fait respecter sa mère et frappe sur son oncle.

Le premier homme

(Notes et plans)

« Rien ne vaut contre la vie humble, ignorante, obstinée... »

Claudel, *L'Échange*.

Ou encore

Conversation sur le terrorisme :

Objectivement elle est responsable (solidaire)

Change d'adverbe ou je te frappe

Quoi ?

Ne prends pas à l'Occident ce qu'il a de plus bête. Ne dis plus objectivement ou je te frappe.

Pourquoi ?

Ta mère s'est-elle couchée devant le train d'Alger-Oran ? (le trolleybus).

Je ne comprends pas.

Le train a sauté, 4 enfants sont morts. Ta mère n'a pas bougé. Si objectivement elle est quand même responsable*, alors tu approuves qu'on fusille des otages.

Elle ne savait pas.

Celle-là non plus. Ne dis plus jamais objectivement.

Reconnais qu'il y a des innocents ou je te tue toi aussi.

Tu sais que je pourrai le faire.

Oui, je t'ai vu.

* solidaire

*

[a] Jean est le premier homme.

Se servir alors de Pierre comme repère et lui donner un passé, un pays, une famille, une morale (?) – Pierre – Didier ?

*

Amours adolescentes sur la plage – et le soir qui tombe sur la mer – et les nuits d'étoiles.

*

Rencontre avec l'Arabe à Saint-Étienne. Et cette fraternité des deux exilés en France.

*

Mobilisation. Quand mon père fut appelé sous les drapeaux, il n'avait jamais vu la France. Il la vit et fut tué.

(Ce qu'une humble famille comme la mienne a donné à la France.)

a. Cf. *Histoire de la colonisation.*

*

Dernière conversation avec Saddok quand J. est déjà contre le terrorisme. Mais il accueille S., le droit d'asile étant sacré. Chez sa mère. Leur conversation a lieu devant sa mère. À la fin, « Regarde », dit J. en montrant sa mère. Saddok se lève, va vers sa mère, la main sur le cœur, pour embrasser sa mère en s'inclinant à l'arabe. Or J. ne lui a jamais vu faire ce geste, car il était francisé. « Elle est ma mère, dit-il. La mienne est morte. Je l'aime et la respecte comme si elle était ma mère. »

(Elle est tombée *à cause* d'un attentat. Elle est mal.)

*

Ou encore :

Oui je vous déteste. L'honneur du monde pour moi vit chez les opprimés, non chez les puissants. Et c'est là seulement que gît le déshonneur. Quand une fois dans l'histoire un opprimé saura... alors...

Au revoir, dit Saddok.

Reste, ils te prendront.

C'est mieux. Eux je peux les haïr, et je les rejoins dans la haine. Toi tu es mon frère et nous sommes séparés.

...

La nuit J. est au balcon... On entend au loin deux coups de feu et une course...

– Qu'est-ce que c'est ? dit la mère.

– Ce n'est rien.

– Ah ! J'avais peur pour toi.

Il s'abat contre elle...
Arrêté ensuite pour hébergement.
On envoyait faire cuire au four
La grand-mère, son autorité,
son énergie
Il volait la monnaie

Les 2 francs dans le trou

*

Le sens de l'honneur chez les Algériens.

*

Apprendre la justice et la morale, c'est juger du bien et du mal d'une passion d'après ses effets. J. peut se laisser aller aux femmes – mais si elles lui prennent tout son temps...

*

« J'en ai assez de vivre, d'agir, de sentir pour donner tort à celui-ci et raison à celui-là. J'en ai assez de vivre selon l'image que d'autres me donnent de moi. Je décide l'autonomie, je réclame l'indépendance dans l'interdépendance. »

*

Pierre serait l'artiste ?

*

Le père de Jean charretier ?

*

Après maladie Marie, P. fait une crise genre Clamence (je n'aime rien...), c'est J. (ou Grenier) qui fait alors réponse à la chute.

*

Opposer à la mère l'univers (l'avion, les pays les plus éloignés reliés ensemble).

*

Pierre avocat. Et avocat d'Yveton[1].

*

« Tels que nous sommes braves et fiers et forts... si nous avions une foi, un Dieu, rien ne pourrait nous entamer. Mais nous n'avions rien, il a fallu tout apprendre, et vivre seulement pour l'honneur qui a ses défaillances... »

1. Militant communiste qui avait déposé des explosifs dans une usine. Guillotiné pendant la guerre d'Algérie.

*

Ce devrait être *en même temps* l'histoire de la fin d'un monde – traversé du regret de ces années de lumière...

*

Philippe Coulombel et la grande ferme à Tipasa. L'amitié avec Jean. Sa mort en avion au-dessus de la ferme. On le retrouve le manche à balai dans le flanc, le visage écrasé sur le tableau de bord. Une bouillie sanglante saupoudrée d'éclats de verre.

*

Titre : Les Nomades. Commence sur un déménagement et se termine par évacuation des terres algériennes.

*

2 exaltations : la femme pauvre et le monde du paganisme (intelligence et bonheur).

*

Tout le monde aime Pierre. Les succès et l'orgueil de J. lui attirent des inimitiés.

*

Scène de lynchage : 4 Arabes jetés au bas du Kassour.

*

Sa mère *est* le Christ.

*

Faire parler de J., l'amener, le présenter par les autres et par le portrait contradictoire qu'à eux tous ils en brossent.

Cultivé, sportif, débauché, solitaire et le meilleur des amis, méchant, d'une loyauté sans faille, etc., etc.

« Il n'aime personne », « pas de cœur plus généreux », « froid et distant », « chaleureux et enflammé », tous le trouvent énergique sauf lui, toujours couché.

Faire ainsi *grandir* le personnage.

Quand lui parle : « J'ai commencé à croire à mon innocence. J'étais tzar. Je régnais sur tout et sur tous, à ma disposition (etc.). Puis j'ai appris que je n'avais pas assez de cœur pour aimer vraiment et j'ai cru mourir de mépris pour moi-même. Puis j'ai admis que les autres non plus n'aimaient pas vraiment et qu'il fallait seulement accepter d'être comme à peu près tout le monde.

Puis j'ai décidé que non et que je devais me reprocher à moi seul de n'être pas assez grand et désespérer à mon aise en attendant que l'occasion me soit donnée de le devenir.

Autrement dit, j'attends le moment d'être tzar et de n'en pas jouir. »

*

Et encore :

On ne peut vivre avec la vérité – « en sachant » –, celui qui le fait se sépare des autres hommes, il ne peut plus rien partager de leur illusion. Il est un monstre – et c'est ce que je suis.

*

Maxime Rasteil : Le calvaire des colons de 1848. Mondovi –

Intercaler histoire de Mondovi ?

Ex. 1) le tombeau le retour et la [ ][1] à Mondovi
1*bis)* Mondovi en 1848 → 1913.

*

Son côté espagnol sobriété et sensualité
énergie et nada.

*

J. : « Personne ne peut imaginer le mal dont j'ai souffert... On honore les hommes qui ont fait de grandes choses.

1. Mot illisible.

Mais on devrait faire plus encore pour certains qui, malgré ce qu'ils étaient, ont su se retenir de commettre les plus grands forfaits. Oui, honorez-moi. »

*

Conversation avec le lieutenant para :

– Tu parles trop bien. Nous allons voir à côté si ta langue sera aussi bien pendue. Allons.

– Bon, mais je veux d'abord vous prévenir car vous n'avez sans doute jamais rencontré d'hommes. Écoutez bien. Je vous tiens pour responsable de ce qui va se passer à côté, comme vous dites. Si je ne plie pas, ce ne sera rien. Simplement, je vous cracherai à la figure en public le jour où ce sera possible. Mais si je plie et que je m'en sorte, que ce soit dans un an ou dans 20, je vous tuerai, vous personnellement.

– Soignez-le, dit le lieutenant, c'est un fortiche[a].

*

L'ami de J. se tue « pour que l'Europe soit possible ». Pour *faire* l'Europe, il faut une victime volontaire.

*

J. a quatre femmes à la fois et mène donc une vie *vide*.

a. (il le rencontre désarmé [provoque] le duel).

*

C.S. : quand l'âme reçoit une trop grande souffrance, il lui vient un appétit de malheur qui...

*

Cf. Histoire du mouvement Combat.

*

Chatte qui meurt à l'hôpital pendant que la radio de son voisin débite des niaiseries.

– Maladie de cœur. Mort ambulant. « Si je me suicidais, au moins j'aurais l'initiative. »

*

« Toi seule sauras que je me suis tué. Tu connais mes principes. Je haïssais les suicides. À cause de ce qu'ils font *aux autres*. Il faut, si l'on y tient, maquiller la chose. Par générosité. Pourquoi je te le dis ? Parce que toi tu aimes le malheur. C'est un cadeau que je te fais. Bon appétit ! »

*

J. : La vie bondissante, renouvelée, la multiplicité des êtres et des expériences, le pouvoir de renouvellement et de [pulsion] (Lope) –

*

Fin. Elle leva vers lui ses mains aux articulations noueuses et lui caressa le visage. « Toi, tu es le plus grand. » Il y avait tant d'amour et d'adoration dans ses yeux sombres (dans l'arcade sourcilière un peu usée) que quelqu'un en lui – celui qui savait – se révolta... L'instant d'après, il la prenait dans ses bras. Puisque elle, la plus clairvoyante, l'aimait, il devait l'accepter, et pour reconnaître cet amour il devait s'aimer un peu lui-même...

*

Sujet de Musil : la recherche du salut de l'esprit dans le monde moderne – D : [Fréquentation] et séparation dans *Les Possédés.*

*

Torture. Bourreau par solidarité. Je n'ai jamais pu approcher aucun homme – maintenant nous sommes coude à coude.

*

L'état chrétien : la sensation pure.

*

Le livre *doit être* inachevé. Ex. : « Et sur le bateau qui le ramenait en France... »

*

Jaloux, il fait semblant de ne pas l'être et joue l'homme du monde. Et puis il n'est plus jaloux.

*

À 40 ans, il reconnaît qu'il a besoin de quelqu'un qui lui montre la voie et lui donne blâme ou louange : un père. L'autorité et non le pouvoir.

*

X voit un terroriste tirer sur... Il l'entend courir derrière lui dans une rue noire, ne bouge pas, se retourne brusquement, le fait tomber d'un croc-en-jambe, le revolver tombe. Il prend l'arme et tient l'autre en respect, puis réfléchit qu'il ne peut le livrer, l'emmène dans une rue éloignée, le fait courir devant lui et tire.

*

La jeune actrice qui est au camp : le brin d'herbe, la première herbe au milieu du mâchefer et ce sentiment aigu de bonheur. Misérable et joyeux. Plus tard elle aime Jean – parce qu'il est *pur*. Moi ? Mais je [mérite pas] que tu m'aimes. Justement. Ceux qui [suscitent] l'amour, même déchus, sont les rois et les justificateurs du monde.

*

28 *nov. 1885* : naissance de C. Lucien à Ouled-Fayet : fils de C. Baptiste (43 ans) et de Cormery Marie (33 ans). Marié en 1909 *(13 nov.)* avec Mlle Sintès Catherine (née le 5 *nov.* 1882). Décédé à Saint-Brieuc le 11 oct. 1914.

*

À 45 ans, comparant les dates, il découvre que son frère est né après deux mois de mariage ? Or l'oncle qui vient de lui décrire la cérémonie parle d'une longue robe mince...

*

C'est un médecin qui la délivre du second fils dans la nouvelle maison où les meubles ont été entassés.

*

Elle part en *juillet 14* avec l'enfant gonflé par les piqûres de moustiques de la Seybouze. Août, mobilisation. Le mari rejoint son [corps] à Alger directement. Il s'échappe un soir pour embrasser ses deux enfants. On ne le reverra plus jusqu'à l'annonce de sa mort.

*

Un colon, qui, expulsé, détruit les vignes, fait ressortir les eaux saumâtres... « Si ce que nous avons fait ici est un crime, il faut l'effacer... »

*

Maman (à propos du N.) : le jour où tu as été « reçu » – « quand on t'a donné la prime ».

*

Criklinski et l'amour ascétique.

*

Il s'étonne que Marcelle dont il vient de faire sa maîtresse ne s'intéresse pas au malheur du pays. « Viens », dit-elle. Elle ouvre une porte : son enfant de 9 ans – né aux fers avec les nerfs moteurs broyés – paralysé, ne parlant pas, la partie gauche de la figure plus *haute* que la droite, qu'on fait manger, qu'on lave, etc. Il referme la porte.

*

Il sait qu'il a un cancer, mais ne dit pas qu'il le sait. Les autres croient jouer la comédie.

*

1re partie : Alger, Mondovi. Et il rencontre un Arabe qui lui parle de son père. Ses rapports avec les ouvriers arabes.

*

J. Douai : L'Écluse.

*

Mort de Béral à la guerre.

*

Le cri de F. en larmes quand elle apprend sa liaison avec Y. : « Moi aussi, je suis belle. » Et le cri d'Y. : « Ah ! que quelqu'un vienne et m'emporte. »

*

Après, bien après le drame, F. et M. se rencontrent.

*

Le Christ n'a pas atterri en Algérie.

*

La première lettre qu'il reçoit d'elle et son sentiment devant son propre nom écrit de sa main.

*

Dans l'idéal, si le livre était écrit à la mère, d'un bout à l'autre – et l'on apprendrait seulement à la fin qu'elle ne sait pas lire –, oui ce serait cela[a].

*

Et ce qu'il désirait le plus au monde, qui était que sa mère lût tout ce qui était sa vie et sa chair, cela était impossible. Son amour, son seul amour serait à jamais muet.

a. T.I. souligné.

*

Arracher cette famille pauvre au destin des pauvres qui est de disparaître de l'histoire sans laisser de traces. Les Muets.

Ils étaient et ils sont plus grands que moi.

*

Commencer par la nuit de la naissance. Chap. I, puis chap. II : 35 ans après, un homme descendrait du train à Saint-Brieuc.

*

Gr [1], que j'ai reconnu comme père, est né là où mon vrai père est mort et est enterré.

*

Pierre avec Marie. Au début, il ne peut la prendre : *c'est pourquoi* il se met à l'aimer. Au contraire, J. avec Jessica, le bonheur immédiat. C'est pourquoi il met du temps à l'aimer vraiment – son corps la cache.

1. Grenier.

*

Le corbillard sur les hauts plateaux [Figari].

*

L'histoire de l'officier allemand et de l'enfant : rien ne vaut qu'on meure pour lui.

*

Les pages du dictionnaire *Quillet* : leur odeur, les planches.

*

Les odeurs de la tonnellerie : le copeau a l'odeur plus [ ][1] que la sciure.

*

Jean, son insatisfaction perpétuelle.

*

Il quitte la maison *adolescent* pour *coucher seul.*

1. Un mot illisible.

*

Découverte de la religion en Italie : par l'art.

*

Fin du chap. I : pendant ce temps, l'Europe accordait ses canons. Ils éclatèrent six mois plus tard. La mère arrive à Alger, un enfant de 4 ans à la main, l'autre au bras, celui-ci gonflé par les piqûres des moustiques de la Seybouze. Ils se présentèrent chez la grand-mère installée dans 3 pièces d'un quartier pauvre. « Mère, je vous remercie de nous accueillir. » La grand-mère droite, les yeux clairs et durs la regardant : « Ma fille, il va falloir travailler. »

*

Maman : comme un Muichkine ignorant. Elle ne connaît pas la vie du Christ, sinon sur la croix. Et qui pourtant en est plus près ?

*

Le matin, dans la cour d'un hôtel de province, attendant M. Ce sentiment de bonheur qu'il n'avait jamais pu éprouver que dans le provisoire, l'illicite – qui par le fait qu'il était illicite empêchait que ce bonheur pût jamais durer – l'empoisonnait même la plupart du temps, moins les rares fois où il s'imposait, comme maintenant, à l'état pur, dans la lumière légère du matin, parmi les dahlias encore luisants de rosée...

*

Histoire de XX.

Elle vient, elle force, « je suis libre », etc., joue les affranchies. Puis se met nue dans le lit, fait tout pour... finalement un mauvais [ ][1] Malheureux.

Elle quitte son mari – désespéré, etc. Le mari écrit à l'autre : « Vous êtes responsable. Continuez à la voir ou elle se tuera. » En fait, échec certain : être épris d'absolu, et dans ce cas on cherche à cultiver l'impossible – donc elle se tue. Le mari vient. « Vous savez ce qui m'amène. – Oui. – Bon, vous avez le choix, je vous tue ou vous me tuez. – Non, c'est à vous que doit revenir le poids du choix. – Tuez. » En fait, le type de coinçage où la victime n'est vraiment pas responsable. Mais [sans doute] elle était responsable d'autre chose pour quoi elle n'a jamais payé. Connerie.

*

XX. Elle a en elle l'esprit de destruction et de mort. Elle est [vouée] à Dieu.

1. Un mot illisible.

*

Un naturiste : en état de méfiance perpétuelle vis-à-vis de la nourriture, de l'air, etc.

*

En Allemagne occupée :

Bonsoir Herr offizer.

Bonsoir, dit J. en refermant la porte. Le ton de sa voix l'étonne. Et il comprend que bien des conquérants n'ont ce ton que parce qu'ils sont gênés de conquérir et d'occuper.

*

J. veut ne pas être. Ce qu'il fait, perd son nom, etc.

*

Personnage : Nicole Ladmiral.

*

La « tristesse africaine » du père.

*

Fin. Emmène son fils à Saint-Brieuc. Sur la petite place, plantés l'un en face de l'autre. Comment vis-tu ? dit le fils. Quoi ? Oui, qui es-tu, etc. (Heureux) il sentit s'épaissir autour de lui l'ombre de la mort.

*

V.V. Nous autres hommes et femmes de cette époque, de cette ville, dans ce pays, nous nous sommes étreints, repoussés, repris, séparés enfin. Mais pendant tout ce temps nous n'avons pas cessé de nous aider à vivre, avec cette merveilleuse complicité de ceux qui ont à lutter et à souffrir ensemble. Ah ! c'est cela l'amour – l'amour pour tous.

*

À 40 ans, ayant toute sa vie commandé de la viande très saignante dans les restaurants, il s'aperçut qu'il l'aimait en réalité à point et nullement saignante.

*

Se libérer de tout souci d'art et de forme. Retrouver le contact direct, sans intermédiaire, donc l'innocence. Oublier l'art ici, *c'est s'oublier*. Renoncer à soi non par la vertu. Au contraire, accepter son enfer. Celui qui veut être meilleur se préfère, celui qui veut jouir se préfère. Seul celui-là renonce à ce qu'il est, à son moi, qui accepte *ce qui vient* avec les conséquences. Celui-là est alors en prise directe.

Retrouver la grandeur des Grecs ou des grands Russes par cette innocence au 2e degré. Ne pas craindre. Ne rien craindre... Mais qui me viendra en aide !

*

Cette après-midi, sur la route de Grasse à Cannes, où dans une exaltation incroyable il découvre soudain, et après des années de liaison, qu'il aime Jessica, qu'il aime enfin, et le reste du monde devient comme une ombre à côté d'elle.

*

Je n'étais dans rien de ce que j'ai dit ni écrit. Ce n'est pas moi qui me suis marié, pas moi qui ai été père, qui... etc...

*

Mémoires nombreux pour affecter les *enfants trouvés* à la colonisation d'Algérie. Oui. Nous tous ici.

*

Le tramway du matin, de Belcourt à la place du Gouvernement. À l'avant, le wattman et ses manettes.

*

Je vais raconter l'histoire d'un monstre.
L'histoire que je vais raconter...

*

Maman et l'histoire : On lui annonce le spoutnik : « Oh, j'aimerais pas là-haut ! »

*

Chapitre *à reculons*. Otages village kabyle. Soldat émasculé – ratissage, etc., de proche en proche jusqu'au premier coup de feu de la colonisation. Mais pourquoi s'arrêter là ? Caïn a tué Abel. Problème technique : un seul chapitre ou en contre-chant ?

*

Rasteil : un colon à forte moustache, favoris grisonnants.

Son père : un charpentier du Faubourg Saint-Denis ; sa mère : blanchisseuse de fin.

Tous les colons parisiens d'ailleurs (et beaucoup de quarante-huitards). Beaucoup de chômeurs à Paris. La Constituante avait voté 50 millions pour expédier une « colonie » :

Pour chaque colon :

une habitation
2 à 10 hectares
semences, cultures, etc.
rations de vivres

Pas de chemin de fer (il n'allait que jusqu'à Lyon). D'où canaux – *sur péniches* traînées par des chevaux de halage. *Marseillaise, Chant du départ,* bénédiction du clergé, drapeau remis pour *Mondovi.*

6 péniches de chacune 100 à 150 m. Parqués sur des paillasses. Les femmes pour changer de linge se déshabillaient derrière des draps de lit qu'elles tenaient les unes après les autres.

Près d'un mois de voyage.

*

À Marseille, au grand Lazaret (1 500 personnes), pendant une semaine. Embarqués ensuite sur une vieille frégate à roues : le *Labrador.* Départ par mistral. Cinq jours et cinq nuits – tous malades.

Bône – avec toute la population sur le quai pour accueillir les colons.

Les objets entassés dans la cale et qui disparaissent.

De Bône à Mondovi (sur les prolonges de l'armée, et les hommes à pied pour laisser de la place et de l'air aux femmes et aux enfants) *pas de route.* À vue de nez dans la plaine marécageuse ou dans les maquis, sous le regard hostile des Arabes, accompagnés par la meute hurlante des chiens kabyles – Le 8 XII 48 [1]. Mondovi n'existait pas, des tentes militaires. Dans la nuit, les femmes pleuraient –

1. Cerclé d'un trait par l'auteur.

8 jours de pluie algérienne sur les tentes, et les oueds débordent. Les enfants faisaient leurs besoins sous les tentes. Le charpentier édifie de légers abris recouverts de draps pour protéger les meubles. Les roseaux creux coupés sur les bords de la Seybouze pour que les enfants puissent uriner du dedans au-dehors.

4 mois sous les tentes puis baraques provisoires en planches ; chaque baraquement double devait loger *six familles.*

Au printemps de 49 : chaleurs prématurées. On cuit dans les baraques. Paludisme puis choléra. 8 à 10 morts par jour. La fille du charpentier, Augustine, meurt, puis sa femme. Le beau-frère aussi. (On les enterre dans un banc de tuf.)

Ordonnance des médecins : *Dansez* pour échauffer le sang.

Et ils dansent toutes les nuits entre deux enterrements avec un violoneux.

Les concessions ne devaient être distribuées qu'en 1851. Le père meurt. Rosine et Eugène restent seuls.

Pour aller laver leur linge dans l'affluent de la Seybouze, il fallait une escorte de soldats.

Remparts construits + fossés par l'armée. Maisonnettes et jardins, ils construisent de leurs mains.

Cinq ou six lions rugissent autour du village. (Lion de Numidie à crinière noire.) Chacals. Sangliers. Hyène. Panthère.

Attaques de villages. Vols de bétail. Entre Bône et Mondovi, un char s'embourbe. Les voyageurs vont chercher du renfort, sauf une jeune femme enceinte. On la retrouve éventrée et les seins coupés.

La première église, quatre murs en torchis, pas de chaises, quelques bancs.

La première école : un gourbi de perches et de branchages. 3 sœurs.

Les terres : parcelles dispersées, on laboure le fusil à l'épaule. On rentre au village le soir.

Une colonne de 3 000 soldats français de passage razzie le village dans la nuit.

Juin 51 : insurrection. Centaines de cavaliers en burnous autour du village. Miment des canons sur les petits remparts avec des tuyaux de poêle.

*

En fait, les Parisiens aux champs ; beaucoup allaient aux champs coiffés de gibus et leurs femmes avec des robes de soie.

*

Défense de fumer la cigarette. Seule la pipe avec couvercle était autorisée. (À cause des incendies.)

*

Les maisons édifiées en *54*.

*

Dans le département de Constantine, les 2/3 des colons sont morts sans presque avoir touché la pioche ou la charrue.

Vieux cimetière des colons, l'immense oubli[1].

1. « L'immense oubli » est encerclé par l'auteur.

*

Maman. La vérité est que, malgré tout mon amour, je n'avais pas pu vivre au niveau de cette patience aveugle, sans phrases, sans projets. Je n'avais pu vivre de sa vie ignorante. Et j'avais couru le monde, édifié, créé, brûlé les êtres. Mes jours avaient été remplis à déborder – mais rien ne m'avait rempli le cœur comme...

*

Il savait qu'il allait repartir, se tromper à nouveau, oublier ce qu'il savait. Mais ce qu'il savait justement, c'est que la vérité de sa vie était là dans cette pièce... Il fuirait sans doute cette vérité. Qui peut vivre avec sa vérité ? Mais il suffit de savoir qu'elle est là, il suffit de la connaître enfin et qu'elle nourrisse en soi une [ferveur] secrète et silencieuse, face à la mort.

*

Christianisme de maman à la fin de sa vie. La femme pauvre, malheureuse, ignorante [ ][1] lui montrer le spoutnik ? Que la croix la soutienne !

1. Un mot illisible.

*

En 72, quand la souche paternelle s'installe, elle succède à :

– la Commune,

– l'insurrection arabe de 71 (le premier tué dans la Mitidja fut un instituteur).

Les Alsaciens occupent les terres des *insurgés.*

*

Dimensions de l'époque

*

L'ignorance de la mère en contre-chant à tous les [ ][1] de l'histoire et du monde.

Bir Hakeim : « c'est loin » ou « là-bas ».

Sa religion est visuelle. Elle sait ce qu'elle a vu sans pouvoir l'interpréter. Jésus c'est la souffrance, il tombe, etc.

*

Combattante.

1. Un mot illisible.

*

Écrire son [ ][1] pour retrouver vérité

*

1re Partie
Les Nomades

1) Naissance dans le déménagement. 6 mois après la guerre[a]. L'enfant. Alger, le père en zouave coiffé d'un canotier montait à l'attaque.

2) 40 ans après. Le fils devant le père au cimetière de Saint-Brieuc. Il retourne en Algérie.

3) Arrivée en Algérie pour « les événements ». Recherche. Voyage à Mondovi. Il retrouve l'enfance et non le père. Il apprend qu'il est le premier homme[b].

2e Partie
Le Premier Homme

L'adolescence : Le coup de poing
Sport et morale
L'homme : (Action politique (l'Algérie), la Résistance)

a. Mondovi en 48.
b. Les Mahonnais en 1850 – Les Alsaciens en 72-73 – 14.
1. Deux mots illisibles.

3e Partie
La Mère

Les Amours
Le royaume : le vieux camarade de sport, le vieil ami, Pierre, le vieux maître et l'histoire de ses 2 engagements
La mère[1]
Dans la dernière partie, Jacques explique à sa mère la question arabe, la civilisation créole, le destin de l'Occident. « Oui, dit-elle, oui. » Puis confession complète et fin.

*

Il y avait un mystère chez cet homme, et un mystère qu'il voulait éclairer.
Mais finalement il n'y a que le mystère de la pauvreté qui fait les êtres sans nom et sans passé.

*

Jeunesse sur les plages. Après les journées pleines de cris, de soleil, de violents efforts, de désir sourd ou éclatant. Le soir tombe sur la mer. Un martinet crie haut dans le ciel. Et l'angoisse lui serre le cœur.

*

Finalement il prend comme modèle Empédocle. Le philosophe [ ][2] qui vit seul.

1. Tout ce passage a été encadré d'un trait par l'auteur.
2. Un mot illisible.

*

Je veux écrire ici l'histoire d'un couple lié par un même sang et toutes les différences. Elle semblable à ce que la terre porte de meilleur, et lui tranquillement monstrueux. Lui jeté dans toutes les folies de notre histoire ; elle traversant la même histoire comme si elle était celle de tous les temps. Elle silencieuse la plupart du temps et disposant à peine de quelques mots pour s'exprimer ; lui parlant sans cesse et incapable de trouver à travers des milliers de mots ce qu'elle pouvait dire à travers un seul de ses silences... La mère et le fils.

*

Liberté de prendre n'importe quel ton.

*

Jacques, qui s'était jusque-là senti solidaire de toutes les victimes, reconnaît maintenant qu'il est aussi solidaire des bourreaux. Sa tristesse. Définition.

*

Il faudrait vivre en spectateur de sa propre vie. Pour y ajouter le rêve qui l'achèverait. Mais on vit, et les autres rêvent votre vie.

*

Il la regardait. Tout s'était arrêté, et le temps se déroulait en crépitant. Comme dans ces séances de cinéma où, l'image ayant disparu par suite d'un dérangement, on n'entend plus dans la nuit de la salle que le déroulement mécanique... devant l'écran vide.

*

Les colliers de jasmin vendus par les Arabes. Le chapelet de fleurs parfumées jaunes et blanches [ ][1]. Les colliers se fanent vite [ ][2] les fleurs jaunissent [ ][3] mais l'odeur longue, dans la chambre pauvre.

*

Journées de mai à Paris où la bourse blanche des fleurs de marronniers flotte partout dans l'air.

*

Il avait aimé sa mère et son enfant, tout ce qui ne dépendait pas de lui de choisir. Et finalement, lui qui avait

1. Six mots illisibles.
2. Deux mots illisibles.
3. Deux mots illisibles.

tout contesté, tout remis en cause, il n'avait jamais aimé que la nécessité. Les êtres que le destin lui avait imposés, le monde tel qu'il lui apparaissait, tout ce que dans sa vie il n'avait pas pu éviter, la maladie, la vocation, la gloire ou la pauvreté, son étoile enfin. Pour le reste, pour tout ce qu'il avait dû choisir, il s'était efforcé d'aimer, ce qui n'est pas la même chose. Il avait sans doute connu l'émerveillement, la passion et même les instants de tendresse. Mais chaque instant l'avait relancé vers d'autres instants, chaque être vers d'autres êtres, il n'avait rien aimé pour finir de ce qu'il avait choisi, sinon ce qui peu à peu s'était imposé à lui à travers les circonstances, avait duré par hasard autant que par volonté, et finalement était devenu nécessité : Jessica. L'amour véritable n'est pas un choix ni une liberté. Le cœur, le cœur surtout n'est pas libre. Il est l'inévitable et la reconnaissance de l'inévitable. Et lui, vraiment, n'avait jamais aimé de tout son cœur que l'inévitable. Maintenant il ne lui restait plus qu'à aimer sa propre mort.

*

[a]Demain, six cents millions de Jaunes, des milliards de Jaunes, de Noirs, de basanés, déferleraient sur le cap de l'Europe... et au mieux [la convertiraient]. Alors tout ce qu'on avait appris, à lui et à ceux qui lui ressemblaient, tout ce qu'il avait appris aussi, de ce jour les hommes de sa race, toutes les valeurs pour quoi il avait vécu, mourraient d'inutilité. Qu'est-ce qui vaudrait encore alors ?... Le silence de sa mère. *Il déposait ses armes devant elle.*

a. Il le rêve dans la sieste :

*

M. a 19 ans. Il en avait 30 alors, et ils étaient inconnus alors l'un à l'autre. Il comprend qu'on ne peut remonter le temps, empêcher l'être aimé d'avoir été, et fait, et subi, on ne possède rien de ce qu'on choisit. Car il faudrait choisir avec le premier cri de la naissance, et nous naissons séparés – sauf de la mère. On ne possède que le nécessaire, et il faut y revenir et (voir note précédente) s'y soumettre. Quelle nostalgie pourtant et quel regret !

Il faut renoncer. Non, apprendre à aimer l'impur.

*

Pour finir, il demande pardon à sa mère – Pourquoi tu as été un bon fils – Mais c'est pour tout le reste qu'elle ne peut savoir ni même imaginer [ ][1] qu'elle est seule à pouvoir pardonner (?)

*

Puisque j'ai renversé, montrer Jessica âgée *avant* de la montrer jeune.

*

Il épouse M. parce qu'elle n'a jamais connu d'homme et qu'il est fasciné par cela. Il l'épouse à cause de ses défauts

1. Un mot illisible.

à lui, en somme. Il apprendra ensuite à aimer les femmes qui ont servi – c.à.d. – aimer la nécessité affreuse de la vie.

*

Un chapitre sur la guerre de 14. Couveuse de notre époque. Vue par la mère ? Qui ne connaît ni la France, ni l'Europe, ni le monde. Qui croit que les éclats d'obus sont autonomes, etc.

*

Chapitres alternés qui donneraient une voix à la mère. Le commentaire des mêmes faits mais avec son vocabulaire de 400 mots.

*

En somme, je vais parler de ceux que j'aimais. Et de cela seulement. Joie profonde.

*

[a] Saddok :
1) – Mais pourquoi te marier ainsi, Saddok ?
– Dois-je me marier à la française ?

a. Tout ça dans un style [invécu] lyrique non réaliste précisément.

– À la française ou autrement ! Pourquoi te soumettre à une tradition que tu juges sotte et cruelle[a] ?

– Parce que mon peuple est identifié à cette tradition, qu'il n'a rien d'autre, qu'il s'y est figé, et que se séparer de cette tradition c'est se séparer de lui. C'est pourquoi j'entrerai demain dans cette chambre, et je dénuderai une inconnue, et je la violerai au milieu du fracas des fusils.

– Bon. En attendant, allons nager.

2) – Alors ?

– Ils disent que pour le moment il faut consolider le front antifasciste, que la France et la Russie doivent se défendre ensemble.

– Ne peuvent-elles se défendre en faisant régner la justice chez elles ?

– Ils disent que ce sera pour plus tard, qu'il faut attendre.

– La justice n'attendra pas ici et tu le sais bien.

– Ils disent que si vous n'attendez pas, vous servirez objectivement le fascisme.

– Et c'est pourquoi la prison est bonne pour vos anciens camarades.

– Ils disent que c'est regrettable, mais qu'on ne peut pas faire autrement.

– Ils disent, ils disent. Et toi tu te tais.

– Je me tais.

Il le regardait. La chaleur commençait à monter.

– Alors, tu me trahis ?

Il n'avait pas dit : « tu nous trahis » et il avait raison car la trahison concerne la chair, l'individu seul, etc...

– Non. Je quitte aujourd'hui le parti...

a. Les Français ont raison, mais leur raison nous opprime. Et c'est pourquoi je choisis la folie arabe, la folie des opprimés.

3) – Souviens-toi de 1936.

– Je ne suis pas terroriste pour les communistes. Je le suis contre les Français.

– Je suis français. Celle-là l'est aussi.

– Je sais. Tant pis pour vous.

– Alors tu me trahis.

Les yeux de Saddok brillaient d'une sorte de fièvre.

*

Si finalement je choisis l'ordre chronologique, Mme Jacques ou le docteur seront des descendants des premiers colons de Mondovi.

Ne nous plaignons pas, dit le docteur, imaginez seulement nos premiers parents, ici..., etc.

*

4) – Et le père de Jacques tué à la Marne. Que reste-t-il de cette vie obscure ? Rien, un souvenir impalpable – la cendre légère d'une aile de papillon brûlée à l'incendie de forêt.

*

Les *deux* nationalismes algériens. L'Algérie entre 39 et 54 (rébellion). Ce que deviennent les valeurs françaises dans une conscience algérienne, celle du premier homme. La chronique des deux générations explique le drame actuel.

*

La colonie de vacances à Miliana, les trompettes de la caserne dans le matin et le soir.

*

Amours : il aurait voulu qu'elles fussent toutes vierges de passé et d'hommes. Et le seul être qu'il ait rencontré et qui le fut en effet, il lui avait voué sa vie mais n'avait jamais pu être lui-même fidèle. Il voulait donc que les femmes fussent ce qu'il n'était pas lui-même. Et ce qu'il était le renvoyait aux femmes qui lui ressemblaient et qu'il aimait et prenait alors avec rage et fureur.

*

Adolescence. Sa force de vie, sa foi dans la vie. Mais il crache le sang. La vie serait donc ça, l'hôpital, la mort, la solitude, cette absurdité. D'où la dispersion. Et tout au fond de lui : non, non, la vie est autre chose.

*

Illumination sur la route de Cannes à Grasse...

Et il savait que, même s'il devait revenir à cette sécheresse où il avait toujours vécu, il vouerait sa vie, son cœur, la gratitude de tout son être qui lui avait permis une fois, une seule fois peut-être, mais une fois, d'accéder...

*

Commencer la dernière partie par cette image :

l'âne aveugle qui patiemment pendant des années tourne autour de la noria, endurant les coups, la nature féroce, le soleil, les mouches, endurant encore, et de cette lente avancée en rond, apparemment stérile, monotone, douloureuse, les eaux jaillissent inlassablement...

*

1905. Guerre du Maroc de L.C.[1]. Mais, à l'autre bout de l'Europe, Kaliayev.

*

La vie de L.C. Tout entière involontaire, sauf sa volonté d'être et de persister. Orphelinat. Ouvrier agricole obligé d'épouser sa femme. Sa vie qui se construit ainsi malgré lui – et puis la guerre le tue.

*

Il va voir Grenier : « Les hommes comme moi, je l'ai reconnu, doivent obéir. Il leur faut une règle impérieuse, etc. La religion, l'amour, etc. : impossible pour moi.

1. Probablement Lucien Camus, le père.

J'ai donc décidé de vous vouer obéissance. » Ce qui s'ensuit (nouvelle).

*

Finalement, il ne sait pas qui est son père. Mais lui-même qui est-il ? 2e partie.

*

Le cinéma muet, la lecture des sous-titres à la grand-mère.

*

Non, je ne suis pas un bon fils : un bon fils est celui qui reste. Moi j'ai couru le monde, je l'ai trompée avec les vanités, la gloire, cent femmes.

– Mais, tu n'aimais qu'elle ?

– Ah ! je n'ai aimé qu'elle ?

*

Quand, près de la tombe de son père, il sent le temps se disloquer – ce nouvel ordre du temps est celui du livre.

*

Il est l'homme de la démesure : femmes, etc.
Donc [l'hyper] est puni en lui. Ensuite il sait.

*

L'angoisse en Afrique quand le soir rapide descend sur la mer ou sur les hauts plateaux ou sur les montagnes tourmentées. C'est l'angoisse du sacré, l'effroi devant l'éternité. La même qui, à Delphes, où le soir, produisant le même effet, a fait surgir des temples. Mais sur la terre d'Afrique les temples sont détruits, et il ne reste que ce poids immense sur le cœur. Comme ils meurent alors ! Silencieux, détournés de tout.

*

Ce qu'ils n'aimaient pas en lui, c'était l'Algérien.

*

Ses rapports avec l'argent. Dus en partie à la pauvreté (il ne s'achetait rien), de l'autre à son orgueil : il ne marchandait jamais.

*

Confession à la mère pour finir.

« Tu ne me comprends pas, et pourtant tu es la seule qui puisse me pardonner. Bien des gens s'offrent à le faire. Beaucoup aussi crient sur tous les tons que je suis coupable, et je ne le suis pas quand ils me le disent. D'autres ont le droit de me le dire et je sais qu'ils ont raison, et que je devrais obtenir leur pardon. Mais on demande pardon à ceux dont on sait qu'ils peuvent vous pardonner. Simplement cela, pardonner, et non pas vous demander de mériter le pardon, d'attendre. [Mais] simplement leur parler, leur dire tout et recevoir leur pardon. Ceux et celles à qui je pourrais le demander, je sais que quelque part dans leurs cœurs, malgré leur bonne volonté, ils ne peuvent ni ne savent pardonner. Un seul être pouvait me pardonner, mais je n'ai jamais été coupable envers lui et je lui ai donné l'entier de mon cœur, et cependant j'aurais pu aller vers lui, je l'ai souvent fait en silence, mais il est mort et je suis seul. Toi seule peux le faire, mais tu ne me comprends pas et ne peux me lire. Aussi je te parle, je t'écris, à toi, à toi seule, et, quand ce sera fini, je demanderai pardon sans autre explication et tu me souriras... »

*

Jacques, lors de l'évasion de la salle de rédaction clandestine, tue un poursuivant (il grimaçait, chancelait, un peu courbé en avant. Alors Jacques sentit monter une terrible fureur : il le frappa une fois de plus de bas en haut dans la [gorge], et un énorme trou bouillonna aussitôt à la base du cou, puis, fou de dégoût et de fureur, il le frappa une autre fois [ ][1] droit dans les yeux sans regarder où il frappait...) ... puis il va chez Wanda.

*

Le paysan berbère pauvre et ignorant. Le colon. Le soldat. Le Blanc sans terres. (Il les aimait, eux, et non pas ces métis à souliers jaunes pointus et foulards qui avaient seulement pris de l'Occident ce qu'il avait de pire.)

*

Fin.

Rendez la terre, la terre qui n'est à personne. Rendez la terre qui n'est ni à vendre ni à acheter (oui et le Christ n'a jamais débarqué en Algérie puisque même les moines y avaient propriété et concessions).

Et il s'écria, regardant sa mère, et puis les autres :

« Rendez la terre. Donnez toute la terre aux pauvres, à ceux qui n'ont rien et qui sont si pauvres qu'ils n'ont même jamais désiré avoir et posséder, à ceux qui sont comme elle dans ce pays, l'immense troupe des misérables, la plupart arabes, et quelques-uns français et qui vivent ou survivent ici par obstination et endurance, dans le seul honneur qui vaille au monde, celui des pauvres, donnez-leur la terre comme on donne ce qui est sacré à ceux qui sont sacrés, et moi alors, pauvre à nouveau et enfin, jeté

1. Quatre mots illisibles.

dans le pire exil à la pointe du monde, je sourirai et mourrai content, sachant que sont enfin réunis sous le soleil de ma naissance la terre que j'ai tant aimée et ceux et celle que j'ai révérés.

(Alors le grand anonymat deviendra fécond et il me recouvrira aussi – Je reviendrai dans ce pays.)

*

Révolte. Cf. *Demain* en Algérie, p. 48, Servier.

Jeunes commissaires politiques du F.L.N. qui ont pris pour nom de guerre Tarzan.

Oui je commande, je tue, je vis dans la montagne, sous le soleil et la pluie. Qu'est-ce que tu me proposais au mieux : manœuvre à Béthune.

Et la mère de Saddok, cf. p. 115.

*

Affrontés à... dans l'histoire la plus vieille du monde nous sommes les premiers hommes – non pas ceux du déclin comme on le crie dans [ ][1] journaux mais ceux d'une aurore indécise et différente.

*

Enfants sans Dieu ni père, les maîtres qu'on nous proposait nous faisaient horreur. Nous vivions sans légitimité – Orgueil.

1. Un mot illisible.

*

Ce qu'on appelle le scepticisme des nouvelles générations – mensonge.

Depuis quand l'honnête homme qui refuse de croire le menteur est-il le sceptique ?

*

La noblesse du métier d'écrivain est dans la résistance à l'oppression, donc au consentement à la solitude.

*

Ce qui m'a aidé à soutenir le sort contraire m'aidera peut-être à recevoir un sort trop favorable – Et ce qui m'a soutenu c'est d'abord la grande idée, la très grande idée que je me fais de l'art.

Non qu'il soit pour moi au-dessus de tout, mais parce qu'il ne se sépare de personne.

*

Exception faite pour [l'antiquité]

Les écrivains ont commencé par l'esclavage.

Ils ont conquis leur liberté – il n'est pas question [ ] [1]

1. Quatre mots illisibles.

*

K.H. : Tout ce qui est exagéré est insignifiant. Mais Monsieur K.H. était insignifiant avant d'être exagéré. Il a tenu à cumuler.

Deux lettres

19 novembre 1957

Cher Monsieur Germain,

J'ai laissé s'éteindre un peu le bruit qui m'a entouré tous ces jours-ci avant de venir vous parler de tout mon cœur. On vient de me faire un bien trop grand honneur, que je n'ai ni recherché ni sollicité. Mais quand j'en ai appris la nouvelle, ma première pensée, après ma mère, a été pour vous. Sans vous, sans cette main affectueuse que vous avez tendue au petit enfant pauvre que j'étais, sans votre enseignement, et votre exemple, rien de tout cela ne serait arrivé. Je ne me fais pas un monde de cette sorte d'honneur. Mais celui-là est du moins une occasion pour vous dire ce que vous avez été, et êtes toujours pour moi, et pour vous assurer que vos efforts, votre travail et le cœur généreux que vous y mettiez sont toujours vivants chez un de vos petits écoliers qui, malgré l'âge, n'a pas cessé d'être votre reconnaissant élève. Je vous embrasse de toutes mes forces.

Albert Camus

Alger, ce 30 avril 1959

Mon cher petit,

Adressé de ta main, j'ai bien reçu le livre *Camus* qu'a bien voulu me dédicacer son auteur Monsieur J.-Cl. Brisville.

Je ne sais t'exprimer la joie que tu m'as faite par ton geste gracieux ni la manière de te remercier. Si c'était possible, je serrerais bien fort le grand garçon que tu es devenu et qui resteras toujours pour moi « mon petit Camus ».

Je n'ai pas encore lu cet ouvrage, sinon les premières pages. Qui est Camus ? J'ai l'impression que ceux qui essayent de percer ta personnalité n'y arrivent pas tout à fait. Tu as toujours montré une pudeur instinctive à déceler ta nature, tes sentiments. Tu y arrives d'autant mieux que tu es simple, direct. Et bon par-dessus le marché ! Ces impressions, tu me les a données en classe. Le pédagogue qui veut faire consciencieusement son métier ne néglige aucune occasion de connaître ses élèves, ses enfants, et il s'en présente sans cesse. Une réponse, un geste, une attitude sont amplement révélateurs. Je crois donc bien connaître le gentil petit bonhomme que tu étais, et l'enfant, bien souvent, contient en germe l'homme qu'il deviendra. Ton plaisir d'être en classe éclatait de toutes parts. Ton visage manifestait l'optimisme. Et à t'étudier, je n'ai jamais soupçonné la vraie situation de ta famille. Je n'en ai eu qu'un aperçu au moment où ta maman est venue me voir au sujet de ton inscription sur la liste des candidats aux Bourses. D'ailleurs, cela se passait au moment où tu allais me quitter. Mais jusque-là tu me paraissais dans la même situation que tes camarades. Tu avais toujours ce qu'il te fallait. Comme ton frère, tu étais gentiment habillé. Je crois que je ne puis faire un plus bel éloge de ta maman.

Pour en revenir au livre de monsieur Brisville, il porte une abondante iconographie. Et j'ai eu l'émotion très grande de connaître, par son image, ton pauvre Papa que j'ai toujours considéré comme « mon camarade ». Monsieur Brisville a bien voulu me citer : je vais l'en remercier.

J'ai vu la liste sans cesse grandissante des ouvrages qui te sont consacrés ou qui parlent de toi. Et c'est une satisfaction très grande pour moi de constater que ta célébrité (c'est l'exacte vérité) ne t'avait pas tourné la tête. Tu es resté Camus : bravo.

J'ai suivi avec intérêt les péripéties multiples de la pièce que tu as adaptée et aussi montée : *Les Possédés.* Je t'aime trop pour ne pas te souhaiter la plus grande réussite : celle que tu mérites. Malraux veut, aussi, te donner un théâtre. Je sais que c'est une passion chez toi. Mais... vas-tu arriver à mener à bien et de front toutes ces activités ? Je crains pour toi que tu n'abuses de tes forces. Et, permets à ton vieil ami de le remarquer, tu as une gentille épouse et deux enfants qui ont besoin de leur mari et papa. À ce sujet, je vais te raconter ce que nous disait parfois notre directeur d'École normale. Il était très, très dur pour nous, ce qui nous empêchait de voir, de sentir, qu'il nous aimait *réellement.* « La nature tient un grand livre où elle inscrit minutieusement tous les excès que vous commettez. » J'avoue que ce sage avis m'a souventes fois retenu au moment où j'allais l'oublier. Alors dis, essaye de garder blanche la page qui t'est réservée sur le Grand Livre de la nature.

Andrée me rappelle que nous t'avons vu et entendu à une émission littéraire de la télévision, émission concernant *Les Possédés.* C'était émouvant de te voir répondre aux questions posées. Et, malgré moi, je faisais la malicieuse remarque que tu ne te doutais pas que, finalement, je te verrai et t'entendrai. Cela a compensé un peu ton absence d'Alger. Nous ne t'avons pas vu depuis pas mal de temps...

Avant de terminer, je veux te dire le mal que j'éprouve en tant qu'instituteur laïc, devant les projets menaçants ourdis contre notre école. Je crois, durant toute ma carrière, avoir respecté ce qu'il y a de plus sacré dans l'enfant : le droit de chercher sa vérité. Je vous ai tous aimés et crois avoir fait tout mon possible pour ne pas manifester mes idées et peser ainsi sur votre jeune intelligence. Lorsqu'il était question de Dieu (c'est dans le programme), je disais que certains y croyaient, d'autres non. Et que dans la plénitude de ses droits, chacun faisait ce qu'il voulait. De même, pour le chapitre des religions, je me bornais à indiquer celles qui existaient, auxquelles appartenaient ceux à qui cela plaisait. Pour être vrai, j'ajoutais qu'il y avait des personnes ne pratiquant aucune religion. Je sais bien que cela ne plaît pas à ceux qui voudraient faire des instituteurs des commis voyageurs en religion et, pour être plus précis, en religion *catholique.* À l'École normale d'Alger (installée alors au parc de Galland), mon père, comme ses camarades, était *obligé* d'aller à la messe et de communier chaque dimanche. Un jour, excédé par cette contrainte, il a mis l'hostie « consacrée » dans un livre de messe qu'il a fermé ! Le directeur de l'École a été informé de ce fait et n'a pas hésité à exclure mon père de l'école. Voilà ce que veulent les partisans de « l'École libre » (libre... de penser comme eux). Avec la composition de la Chambre des députés actuelle, je crains que le mauvais coup n'aboutisse. *Le Canard enchaîné* a signalé que, dans un département, une centaine de classes de l'École laïque fonctionnent sous le crucifix accroché au mur. Je vois là un abominable attentat contre la conscience des enfants. Que sera-ce, peut-être, dans quelque temps ? Ces pensées m'attristent profondément.

Mon cher petit, j'arrive au bout de ma 4e page : c'est abuser de ton temps et te prie de m'excuser. Ici, tout va bien. Christian, mon beau-fils, va commencer son 27e mois de service demain !

Sache que, même lorsque je n'écris pas, je pense souvent à vous tous.

Madame Germain et moi vous embrassons tous quatre bien fort. Affectueusement à vous.

Germain Louis

Je me rappelle la visite que tu as faite, avec tes camarades communiants comme toi, dans notre classe. Tu étais visiblement heureux et fier du costume que tu portais et de la fête que tu célébrais. Sincèrement, j'ai été heureux de votre joie, estimant que si vous faisiez la communion, c'est que cela vous plaisait ? Alors...

Annexes

Œuvres d'Albert Camus (suite)

REQUIEM POUR UNE NONNE de William Faulkner.

LE CHEVALIER D'OLMEDO de Lope de Vega.

LES POSSÉDÉS de Dostoïevski.

Cahiers Albert Camus

I. LA MORT HEUREUSE, *roman.*
II. Paul Viallaneix : *Le premier Camus,* suivi d'*Écrits de jeunesse d'Albert Camus.*
III. *Fragments d'un combat* (1938-1940) – Articles d'*Alger Républicain.*
IV. CALIGULA (version de 1941), *théâtre.*
V. *Albert Camus : œuvre fermée, œuvre ouverte ?* Actes du colloque de Cerisy (juin 1982).
VI. Albert Camus éditorialiste à *L'Express* (mai 1955-février 1958).
VII. LE PREMIER HOMME.

Bibliothèque de la Pléiade

THÉÂTRE, RÉCITS ET NOUVELLES.

ESSAIS.

Aux Éditions Calmann-Lévy

RÉFLEXIONS SUR LA GUILLOTINE, *in* : Réflexions sur la peine capitale, de Camus et Koestler, *essai.*

À l'Avant-Scène

UN CAS INTÉRESSANT, adaptation de Dino Buzzati, *théâtre.*

Achevé d'imprimer
sur Roto-Page
par l'Imprimerie Floch
à Mayenne, le 8 juillet 1994.
Dépôt légal : juillet 1994.
1er dépôt légal : mars 1994.
Numéro d'imprimeur : 36174.
ISBN 2-07-073827-2 / Imprimé en France.

58448

Cahiers
Albert Camus

« En somme, je vais parler de ceux que j'aimais », écrit Albert Camus dans une note pour Le premier homme. *Le projet de ce roman auquel il travaillait au moment de sa mort était ambitieux. Il avait dit un jour que les écrivains « gardent l'espoir de retrouver les secrets d'un art universel qui, à force d'humilité et de maîtrise, ressusciterait enfin les personnages dans leur chair et dans leur durée ».*

Pour commencer, il avait jeté les bases de ce qui serait le récit de l'enfance de son « premier homme ».. Cette rédaction initiale a un caractère autobiographique qui aurait sûrement disparu dans la version définitive du roman. Mais c'est justement ce côté autobiographique qui est précieux aujourd'hui. Camus y rapporte, avec mille détails inconnus, la naissance dans l'Est sauvage de l'Algérie. L'absence du père, tué dès le début de la Première Guerre, de sorte que le fils sera « le premier homme ». Les jours de l'enfance à Belcourt, le « quartier pauvre » d'Alger, dans un milieu démuni, illettré. Les joies des humbles. L'école, l'intervention miraculeuse de l'instituteur pour que l'enfant poursuive ses études, tout un petit monde tantôt drôle et chaleureux, tantôt cruel, et des personnages faits d'amour, comme sa mère, toujours silencieuse. Ces tableaux ne forment pas seulement une histoire colorée, mais aussi une confession qui bouleverse.

Après avoir lu ces pages, on voit apparaître les racines de ce qui fera la personnalité de Camus, sa sensibilité, la genèse de sa pensée, les raisons de son engagement. Pourquoi, toute sa vie, il aura voulu parler au nom de ceux à qui la parole est refusée.

9 782070 738274

94-IV A 73827 ISBN 2-07-073827-2 110 FF tc